Frank Godemann

Verzweifelte Ohnmacht

Kommissar Friedrichs 1. Fall

www.tredition.de

© 2018 Frank Godemann

Verlag: tredition GmbH, Hamburg

ISBN
Paperback: 978-3-7469-0426-9
Hardcover: 978-3-7469-0426-6
e-Book: 978-3-7469-0426-3

Printed in Germany

Prolog

Ihr Gesicht wurde von einem weißen Schal bedeckt. Das Haar war auch noch in diesem Zustand top frisiert. Kein Makel. Keine Strähne, die nicht am richtigen Platz lag. Friseurbesuche hatten einen festen Platz in ihrem Leben. Für sich? Um die Blicke der Männer einzufangen? Und jetzt hatte all das keine Bedeutung mehr. Der Schnitt war sauber gesetzt, das Blut aufgefangen, kein Fleck verdreckte das Bett. Sie konnte sich nicht wehren, lag im Bett regungslos, eingefroren. Sie war mit bunten Bändern gefesselt, straff gespannt, keine Bewegungen zulassend.

Es war ein lebloses Hotelzimmer, Doppelbett, offensichtlich in der letzten Nacht benutzt, die Bettdecke gefaltet, nicht eilig, aber die Kanten unscharf aufeinanderliegend. Ein Hotel im Süden von Berlin. Wie so viele. Blauer Teppichboden mit einzelnen Mustern. Dezenten Rauten, unaufdringlich. Tausende Menschen liefen über diesen Teppich ohne Spuren zu hinterlassen. Ein Teppich für hundert Jahre. Der Flachbildschirm dominierte die Wand gegenüber vom Bett. Der Fernseher lief. Mittagsfernsehen. „Panda-Fieber in Berlin. Meng-Meng und Jiao Qing ziehen mehr als 30 000 Besucher in den Berliner Zoo." Der geräuschlose Kühlschrank, dezent versteckt und doch gut erreichbar. Dunkles Holz, eine Bibel im Regal. Ein Schild mit Druckschrift stand auf dem Schreibtisch. „Lassen Sie sich verwöhnen!" Stilles Wasser, ungeöffnet, steht bereit, um den Durst zu löschen. Keine Sektgläser, keine Wäsche, die Schränke sind leer.

Die schwarzhaarige Schönheit liegt nackt im Bett und der Schnitt unterhalb der Kehle war akkurat ausgeführt. Von einem Profi, der wusste, wo er ansetzen musste. Ihr wurde das Blut aus der Zentralvene abgelassen, die Kanüle lag noch auf der rechten Halsseite. Sie konnte nicht mehr um Hilfe rufen. Der Körper war blass, lebloser als der Tod.

20 Jahre zuvor

Kalt servierte ihr Chef sie in der Universität ab.

„Sie sind unfähig. Wissenschaft: das ist wohl ein Fremdwort für Sie! Ich habe selten jemanden so wie sie erlebt, der nicht die einfachsten Zusammenhänge versteht."

Diese Wutanfälle waren in der Klinik gut bekannt. Der einzige geniale Mensch in der Klinik war er, der göttliche Professor.

„Ihr Antrag bei der Deutschen Forschungsgemeinschaft ist abgelehnt worden. Aber wie kann man nur so einfältig sein! Dieser Antrag konnte kein Erfolg werden. Psychotherapie bei älteren Menschen mit Depressionen. Da können Sie doch gleich die Geldscheine in der Spree versenken. Der Mensch verändert sich im Alter nicht mehr! Einmal dumm, immer dumm!"

Und dann wurde er gnädig. „Gehen Sie zu Herrn Gliesch in die Arbeitsgruppe. Dort können sie etwas lernen. Er erforscht schwere Gedächtnisstörungen – Demenz nennt man diese Erkrankungen. In diesem Gebiet liegt die Zukunft. Wir werden immer älter und das Gehirn ist dann ein Wrack. Außer meins natürlich!" und er lachte über seinen eigenen Witz.

Monika Betram war selbst sehr enttäuscht. Alle hatten ihr abgeraten und sie hatte es trotzdem versucht. Der Antrag wurde abgelehnt und sie hatte viel Zeit in ihn gesteckt. Und nun stand sie vor der Tür von Herrn Gliesch, einem anerkannten Neurobiologen. Etwas schräger Typ, aber in Ordnung. Wenn er sich in seine Arbeit vertiefte, hörte er nichts, sah er nichts, schien nichts zu fühlen.

Er konzentrierte sich nur auf weniges. Auf seine Mäuse und ihrem Wohlergehen, auf seine wissenschaftlichen Artikel und den Neuerungen in seinem Spezialgebiet. „Ich muss schneller als die Arbeitsgruppe aus New York sein!".

Nur diese beiden Arbeitsgruppen forschten auf diesem Gebiet. Die Konkurrenz zu New York trieb ihn an. Es war manchmal wie ein Wettrennen, bei dem eine Ziellinie überschritten wird, aber das Rennen immer weitergeht.

Und nun klopfte sie an die Tür. Sie war ehrgeizig, also musste sie diesen Weg gehen. Der andere hatte in eine Sackgasse geführt und ohne wissenschaftlichen Erfolg keine Karriere. Sie klopfte und musste lange warten. Er nahm sich Zeit, erzählte meist selbst, freute sich, dass jemand ihm zuhörte. Als sie den Raum verließ, hatte sie einen großen Stapel Bücher und Artikel auf dem Arm. Gefragt hatte sie danach nicht, aber auch keine Wahl. Zumindest innerlich.

17 Jahre zuvor

Sie hatte sich durchgebissen. Neider gab es viele. Mehr als sie gedacht hatte. Manchmal subtil, manchmal offen versuchten sie ihr das Leben schwer zu machen. Als sie nach New York gehen wollte, um dort ihre Demenzforschung fortzusetzen, schnappte ihr eine Kollegin die Stelle weg. Sie hatte das Gerücht von der freien Stelle auf dem Gang aufgeschnappt und bewarb sich mit ihren Erkenntnissen. Gemeinsam hatten sie Veröffentlichungen geschrieben. Aber sie, nicht ihre Kollegin, war die treibende Kraft, die Ideengeberin. Erst zwei Jahr später bekam sie die Stelle. Die Kollegin erfüllte in New York nicht die Erwartungen. Wie auch.

Aber in New York war sie erst einmal dem Zweifel ausgesetzt. Noch eine unfähige Deutsche? Schlampig im Labor? Unzureichend im Verstehen komplexer Zusammenhänge? Sie brauchte Zeit, um die anderen Wissenschaftler von sich zu überzeugen. Aber der Preis war hoch. Zwei Jahre New York bedeutete Trennung ohne Rückfahrschein. Sie war bereit, ihn zu zahlen. Ohne hochrangige Forschung keine Professur an einer Universität.

Ob sie die Inhalte ihrer Forschung wirklich überzeugten? Sie wusste es selbst nicht. Beim Einschlafen hatte sie vor allem die Macht vor Augen, die sie als Professorin haben werde. Sie malte es sich aus. War großzügig, aber streng. Sprach mit ihren Mitarbeitern fordernd, motivierend und wurde geschätzt. Ihr Geburtstag wurde nicht vergessen. Blumen stapelten sich in den Gedankenspielen auf ihrem Schreibtisch.

7 Jahr zuvor

Sie erhielt einen Ruf an die Universität Dresden. Fachbereich für Psychiatrie, Psychosomatik und Psychotherapie. Ein unglaublicher Triumpf. Ihr war egal, ob andere ihr den Erfolg neideten. Sie war am Ziel ihrer Träume. Dafür hatte sie so viele Jahre gearbeitet. Sie war fest davon überzeugt gewesen, dass sie gegen ihre zumeist männlichen Konkurrenten keine Chance habe. Sie hatte sich innerlich schon vorbereitet, dies als zweifellos vorhandenen versteckten Sexismus zu interpretieren. Kaum ein Ruf ereilte Frauen. Und sie hatte es geschafft!

5 Jahre zuvor

Es war ihr eine innere Genugtuung, jeden neuen Arzt auf seine neue, von ihr bestimmten Station zu begleiten.

„Meine Mutter muss wieder gesundwerden!" Ein 40jähriger stürzte auf sie zu. „Es kann doch nicht so lange dauern! Meine Mutter ist schon zwei Wochen bei Ihnen und es geht ihr noch nicht ein Deut besser! Das geht doch nicht mit rechten Dingen zu!"

Sie versuchte ihn zu beruhigen. Kam ins Gespräch. Er erzählte ihr, dass seine Mutter alles vergesse, auch die Tabletteneinnahme. Aber er habe eine Lösung gefunden, wenn er tagsüber nicht zu Hause sei. Es gäbe eine spezielle Konstruktion für Vögel, die Körner in festen Abständen abgab. „Dann muss man nicht zu Hause sein." Er habe dies für seine Mutter umgebaut. Immer drei Tabletten alle vier Stunden. Gut, es könnte dieses Mal schiefgegangen sein.

Betram fühlte sich besonders Menschen mit Gedächtnisstörungen verbunden, konnte sich in ihre Nöte hineinversetzen. Als sie sich vom Angehörigen entfernte, erklärte sie dem neuen Kollegen, dass Angehörige häufig nicht akzeptieren können, dass ihr Mutter oder ihr

Vater schwer krank sind. Die Idee mit dem Tablettenspender sei schon ungewöhnlich, aber nicht, dass er die Schuld der Klinik zuweist.

„Er macht uns verantwortlich, um es selber besser aushalten zu können. Es ist unsere Aufgabe, dies zu tragen und sorgsam mit ihm umzugehen. Manchmal gar nicht so einfach."

Der neue Arzt staunte.

3 Jahre zuvor

Sie hatte die Situation falsch eingeschätzt. Die Patientin war nur kurz in der Visite und nervte. Wieder dieses Jammern, dieses Klagen über sich und die Welt. Sie weiß, dass es nicht professionell war. Aber sie selbst hatte auch allen Grund zum Klagen. Aber tat sie es? Nein, sie hielt einfach die Spur. Ja, sie hätte genauer danach fragen müssen, ob sie nicht mehr leben wolle, ja, sie hätte auf die Assistenzärztin hören sollen, die sich sehr viel Sorgen machte, nein, sie hätte die Behandlung nicht wegen fehlender Motivation beenden dürfen. Sie stellte sich selbst in Frage. Aber im Moment der Entlassung war sie sich sicher gewesen. Es bestand kein Suizidrisiko. Sie hatte der Patientin nahegelegt, wieder kommen zu können, aber mit dem Wunsch nach Veränderung. Sie hatte ihr angeboten, die ambulante Therapie bei ihr fortzusetzen, innerlich aber gehofft, dass dies nicht stattfinden würde. Sie hatte schon so viel Zeit vergeblich investiert.

Die Patientin nahm sich das Leben. Aber das Leben ist nicht ohne Risiken. Eine schlüssige Erklärung für das Team und dann abwarten. Es wächst schon Gras über die Sache. Und dann noch diese Angehörigen. Sie fragten, fragten und fragten. Warum? Wieso? Wie konnte es sein? Es hatte viel Kraft gekostet, sie von einer Klage abzuhalten. Ob es auf Dauer hält? Nicht zu beurteilen. Wird schon gut gehen. Das Leben ist ein Glücksspiel und bisher habe sie meist gewonnen.

Ein Jahr zuvor

"Ich werde Ihren Arbeitsvertrag nicht verlängern! Sie hatten sieben Jahre Zeit, um Ihre Ausbildung zu schaffen. Andere schaffen dies auch! Ja, die Psychotherapieausbildung dauert lange, aber nicht so lange. Es wird schwer sein, eine andere Stelle zu finden. Außerhalb von Dresden wird dies möglich sein. Gehen sie aufs Land. Dort gibt es ein Mangel an Ärzten. Ihre Frau wird es aushalten, Sie für eine Zeit nur am Wochenende zu sehen. Sie haben es in der Hand, wie lange es sein wird."

Sie war froh, den Assistenzarzt Kleinkamp los zu werden. Die Diskussionen mit ihm hatte sie satt. Immer diese Ausflüchte, warum er dies oder jenes nicht geschafft habe. Arztbriefe stapelten sich, aber er musste auf jeden Fall pünktlich nach Hause. Tage, an denen er freigestellt wurde, nutzte er nicht. Am Ende des Tages fragte man sich, was er den ganzen

Tag gemacht hat. Und dann kamen von ihm immer die aggressivsten Mails, er beschwerte sich - angeblich im Namen der anderen Ärzte, die sich nur nicht trauten. Die Stationen sind zu schlecht besetzt. Forschung und Patientenversorgung sind nicht miteinander zu vereinbaren. Die Krankenschwestern und Pfleger sitzen nur rum und weigern sich, die Blutentnahmen zu übernehmen.

In einem Punkt hatte er Recht. Das Personal war knapp, aber zu behaupten, dass die anderen faul seien, war eine Unverschämtheit. Und als sie ankündigte, den Vertrag nicht zu verlängern, fing er an, ihr zu drohen. Er habe Dinge in der Hand, werde sie bei der Ärztekammer melden. Sie werde ihre Erlaubnis verlieren, Ärzte auszubilden. Ihr war nicht klar, wie er dies anstellen wollte. Diese Wut war ihr fremd. Es war nicht das erste Mal, dass sie einen Vertrag nicht verlängerte. Wenn ihm es gelänge, dass sie die Weiterbildungsermächtigung verliere, würde kein Assistenzarzt mehr kommen. Sie brauchten eine Chefärztin, die ihnen die gesamte Ausbildung bescheinigen konnte, und dazu brauchte sie die volle Weiterbildungsermächtigung. Sonst war es nicht möglich, Facharzt an der Dresdner Universität zu werden. Und ohne Facharzttitel war der weitere berufliche Weg für die Ärzte versperrt.

9 Monate zuvor

„Sehr geehrte Monika Betram, ich bitte um Rebegutachtung, Rente und Kunst sind vereint und doch getrennt. Und Sie trennen. Verantwortung – wer hat Verantwortung? Sie nehmen sie wahr und doch nicht und lassen mich beobachten. Ich glaube an Sie und doch nicht – wiederum. Nichts wird die Welt wieder zusammenbringen, außer Sie und ich. Empfangen sie mich. Bald. Ich bin Künstler – Lebenskünstler – und meine Bilder sind in mir. Kennen Sie sie? Ich gehe an die Presse oder zur Polizei. Die werden mir ein Ohr oder auch nicht. Sie sind in Gefahr. Ich schütze Sie. Verheißungsvoll. Hochwürdungsvoll. Fred Spittler."

Jede Woche einen Brief – immer per Post. Meist per Einschreiben. Hilfsangebote hatte er abgeschlagen. Ein Klinikaufenthalt vor einem Jahr half ihm, sein Denken war klarer, aber er verließ schnell die betreute Wohnung und damit die haltgebende Struktur. Freiheit? Oder Gefangensein in der Erkrankung? Das fragte sie sich oft. Die meisten Texte von ihm waren nicht zu verstehen. Einmal stand er überraschend vor ihrem Sekretariat. Sie erschreckte. Aber nur kurz. Oft hatte sie den Eindruck, ihn aus dem Augenwinkel zu beobachten, wenn sie zu ihrem nächsten Termin eilte. Sie wusste ihn zu nehmen. Ihr half ihre lange Erfahrung. Es war nicht die einzige Begegnung mit ihm.

6 Monate zuvor

„Sie haben zu viel Personal. Die Krankenschwestern sind zu teuer, einjährige Ausbildungen müssen reichen! Und kommen Sie mir nicht mit der Qualität der Arbeit und dass die Behandlung von der fachlichen Qualifikation der Mitarbeiter abhängt. Quatschen kann jeder mit den Patienten. Und sonst haben sie ja auch noch die Medikamente."

„Sie und ihre Vorgaben. Freuen sich die Aktionäre? Wissen die Krankenkassen eigentlich, dass Sie mit dem Geld die chirurgische Abteilung finanzieren. Bloß weil sie zu blöd sind, ihren Laden zu organisieren. Wie unfähig sie sind! Was hat man Ihnen eigentlich auf der Akademie beigebracht? Können Sie überhaupt das Wort Patient schreiben?"

Der Geschäftsführer Peter Klemp der Universität Dresden lachte. „Sie sind fast sexy, wenn Sie sich aufregen. Schlagen Sie normalerweise um sich, wenn sie sich ärgern? Muss ich mir eine Sicherheitsweste anlegen? Ich erkläre es Ihnen noch einmal. Die Welt ändert sich auch in der Psychiatrie. Mehr Leistung, mehr Geld. Weniger Leistung, weniger Geld. Kürzere Aufenthalte sind besser. Dann rollt der Rubel! Ihre Patienten sollten froh sein, wenn sie zeitweise ein Dach über dem Kopf haben. Und unsere Küche ist nicht die schlechteste. In unserer letzten Patientenbefragung haben wir sehr gut abgeschnitten. Qualität ist eben alles!"

„Sie sind ein Typ, bei dem ich Kotzen könnte. Ich würde Ihnen wünschen, selbst einmal Hilfe zu benötigen. Oder vielleicht doch nicht. Sie wären eine Qual für jeden Therapeuten mit ihrer Selbstgerechtigkeit!"

Er veränderte seinen Tonfall. „Halten Sie einfach ihre Vorgaben ein und ich würde dann sogar die nächste Stelle besetzen. Das ist doch ein Friedensangebot."

Voller Wut schlägt sie die Tür zu. Es muss doch eine Möglichkeit geben, ihn auflaufen zu lassen.

6 Wochen vorher

Anfänglich war ihre sexuelle Macht verlockend. Und ihr eigener körperlicher Hunger. Sie meinte, nicht zu lieben. Wie bei allen ihren letzten Beziehungen. Sie war sexuell attraktiv. Das war etwas, was sie wusste.

Dieses Mal entwickelte es sich anders. Wie konnte sie nicht sagen. Gieriger. Sie wollte sie ganz. Verlangte, dass sie log, Termine absagte. Anfänglich fanden beide es reizvoll, aber zunehmend führte es zu Spannungen. Die gemeinsamen Erfahrungen im Bett waren großartig. Trennen oder nicht trennen. Sie wollte keine Kompromisse. Aber die Familie war bedroht – nicht ihre. Sie forderte Entscheidungen, nahm dies wieder zurück. Druck

10

schadete. Das wusste sie, konnte es aber nur zeitweise kontrollieren. Die Macht über sich selbst verflüchtigte sich ins Nichts.

Zwei Tage zuvor

„Wir freuen uns, dass Sie zahlreich erschienen sind! Das Interesse an unserem Fach wächst. Von Jahr zu Jahr! Mehr als 5.000 Personen nehmen an dem Weltkongress für Psychiatrie teil. „Der Mensch im Mittelpunkt". Dies ist das Motto dieses Kongresses. Wir behandeln Menschen in seelischen Nöten und tun dies auf hohem Niveau. Wir engagieren uns in der Gesellschaft, damit Menschen mit psychischen Erkrankungen nicht ausgegrenzt werden, in allen Lebensbereichen – ob Arbeit, Wohnung, Freizeit oder Familie – teilhaben können, nicht auf ihre Krankheit begrenzt werden. Wir fordern von der Politik, sich zu engagieren, ausreichend finanzielle Mittel zur Verfügung zu stellen, flexibel zu sein, vorrangig Behandlungen in der Lebenswelt der Menschen mit psychischen Erkrankungen zu ermöglichen. Wir kämpfen gegen die Stigmatisierung, die einseitige Sicht, den Hype, wenn Menschen mit psychischen Erkrankungen ein Verbrechen begehen. Psychisch gesunde Menschen begehen genauso häufig Verbrechen. Aber daran haben wir uns gewöhnt! Voyeuristisch ergötzen sich viele an dem Besonderen, weil sie vor sich und ihren eigenen dunklen Seiten Angst haben. Menschen mit psychischen Erkrankungen haben nichts mit diesen dunklen Seiten zu tun. Helfen Sie alle mit! Gemeinsam mit den Angehörigen und den Patienten kämpfen wir! Wir stehen zusammen und haben schon viel erreicht!"

Die Rede der Präsidentin der World Psychiatriatic Association, WPA, war mit viel Engagement vorgetragen, der Übersetzer gab sein bestes und der Funke sprang über. Betram fand einerseits faszinierend, dass Menschen sich politisch für die Psychiatrie engagieren und unglaublich viel Zeit investieren, aber es war ihr auch fremd, einen großen Teil des Lebens diesem Engagement zu widmen.

Der Präsidentin Linger wurden vom Vizepräsidenten die obligatorischen Blumen überreicht. „Sie haben viel erreicht für unser Fach! Die Menschen sind ihnen dankbar! Auch im nächsten Jahr kommen viele Aufgaben auf uns zu." Es war nicht ganz klar, ob er sich oder die Präsidentin meinte. Sie fand ihn ekelig. Bei ihm spürte sie nur Hunger nach Macht – als Selbstzweck.

Kapitel 1

Ein lauter Schrei. Eine Frauenstimme. Die spanische Raumpflegerin rief: "Ayúdame!". Sie lebte seit einigen Jahren in Deutschland. Wenn sie rechnete oder aufgeregt war, wechselte sie aber immer in ihre Muttersprache. Sie hatte bis zur letzten Minute gewartet, um das Zimmer zu reinigen. Bis 12 Uhr musste das Zimmer geräumt sein, um 15 Uhr konnten die nächsten Gäste kommen, aber es rührte sich nichts. Kein Auschecken beim Empfang, kein Anruf, der Bewohner bräuchte nur noch ein wenig Zeit, beeile sich aber. Es wäre nicht das erste Mal gewesen, dass Gäste das Hotel verlassen, ohne sich abzumelden.

Sie klopfte vorsichtig, dann lauter, mehrfach und öffnete dann die Tür. Und tatsächlich, das Zimmer schien verlassen zu sein. Sie begann mit ihrer Arbeit. Auf der rechten Seite lag das Bad. Sie begann immer mit dem Bad. Die Zimmer mit dem weiten Blick über die Stadt reinigte sie fast gerne, Betten beziehen, zu hoffen, irgendwann sich auch selbst dieses Zimmer leisten zu können. Aber das Bad. Oft ekelerregend. Niemand denkt an diejenigen, die das Bad später reinigen müssen. Die verteilte Zahncreme war das harmloseste. Daher begann sie immer dort.

"Erst die Pflicht, dann das Vergnügen!" Sie musste lächeln, als sie an den Satz dachte, den ihr eine Kollegin gesagt hatte. Auch diese begann immer mit dem Bad. So einen Satz können sich nur Deutsche einfallen lassen. Sie hatte studiert, in Spanien keinen Job gefunden und jetzt musste sie sich in Deutschland über Wasser halten. Vergnügen? Soweit ging das Beziehen von Betten dann doch nicht. Aber besser als Toiletten reinigen, in enger Zeittaktung. Aber es wird nicht auf Dauer sein.

"Ihr Deutsch muss nur noch besser werden." Oft reichte abends die Kraft aber nicht mehr, um sich auf die Bücher zu stürzen. Und dann lag sie da plötzlich, leichenblass, gleichzeitig friedlich. Erst hatte sie gedacht, sie würde schlafen, aber dann bewegte sich das Tuch nicht. Es lag über ihrem Gesicht. Und sie hätte doch Bewegungen erzeugen müssen - beim Atmen.

"Ayúdame!" Mehr konnte sie nicht rufen. Danach waren die Erinnerungen nur noch wie in einem verschwommenen Schwarz-Weiß-Film. Ihre Kollegin zog sie vom Bett weg. Das Herz schlug wie wild. Sie hockte im Flur - lange - an die Wand gelehnt. "Das hat nichts mit mir zu tun!" Diese Worte sprach sie innerlich immer wieder zu sich selbst. "Ich kenne diese Frau nicht! Ich habe nichts mit ihr zu tun!" Kurze Zeit später liefen viele Personen an ihr vorbei. Wer sie gerufen hat, wusste sie nicht.

Kapitel 2

47 Jahre, 175 cm, 92 kg schwer, damit leicht übergewichtig, bauchbetont, Pustebäckchen mit kleinem Grübchen, immer im Jackett, ohne Krawatte, "Ich hasse Krawatten!", derzeit mit Teilzeitfreundin, keine Kinder, 20 Jahre bei der Kriminalpolizei, 18 Jahre und 11 Monate, um es genau zu sagen, ohne großen Ehrgeiz, aber der Aufstieg ist meist eine Frage der Zeit. "Sie sind doch schon 10 Jahre bei der Kriminalpolizei. Dann können Sie doch die Arbeitsgruppe Kapitalverbrechen leiten." Seit 9 Jahren war er Chef der Abteilung.

Einige Male hatte er schon Tötungsdelikte aufgeklärt. Oder eher seine Arbeitsgruppe. Es gibt zum Glück auch einige junge, ehrgeizige Kollegen, die nicht merken, wenn sie die ganze Arbeit machen. Eifer macht manchmal blind. Soll ihm recht sein. Zurzeit waren ihm Karl Schuster und Simone Krüger zugewiesen. Außerdem zwei Anwärter. Häufig wurde das Team erweitert. Je wichtiger, desto größer das Team. Toter Obdachloser gleich keine Aufstockung.

Irgendwie kommen die alten Namen wieder in Mode. Er hätte sich als Jugendlicher geschämt, Karl zu heißen. Am Anfang musste er sich auf die Zunge beißen, um keinen blöden Spruch zu machen. Vermutlich hätten sie seine Ironie überhaupt nicht verstanden und ihn für arrogant gehalten. Sie halten ihn vermutlich sowieso für überheblich. Bloß weil er meist nichts sagt. Aber was soll er machen, wenn ihm nichts Kluges einfällt.

Jetzt noch die Tomaten hinzufügen, mit einem halben Teelöffel Salz und Pfeffer würzen. Er liebte es, für sich alleine zu kochen. Dann konnte er manches Gespräch vermeiden. "Ich würde zu diesem Essen den Wein Chianti empfehlen. Meine Frau würde noch etwas Kreuzkümmel hinzufügen." Dabei hasste er Wein und trank nur Bier, alkoholfrei. Und die letzte Packung Kreuzkümmel hat er gerade weggeschmissen.

Seinen Couscous liebte er dagegen. Einfach und schnell herzustellen. Wenige Zutaten und köstlich im Geschmack. Etwas Olivenöl in einer beschichteten Pfanne heiß werden lassen - nicht zu heiß. Zwiebeln glasig anschwitzen, dabei das Rühren nicht vergessen. Tomatenmark und Zucker einrühren und kurz erhitzen. Die Sauce ist vorbereitet. Gleichzeitig den Couscous in eine flache Schüssel geben, mit kalter Brühe übergießen. Alle schreiben, dass die Brühe heiß sein sollte, kalt schmeckt es aber besser. Die Brühe hatte er tiefgefroren. Selbstverständlich musste sie selbst hergestellt sein. Fertigprodukte sind würdelos. 10 Minuten den Couscous quellen lassen. Die Zeituhr einstellen. Die genaue Zeit war wichtig. Das Gequatsche vom Zeitgefühl beim Kochen! Auch so ein Gerede, wenn man nicht allein in der Küche ist. Routiniert geht es weiter. Die Pfanne erneut erhitzt, dieses Mal mit Butter. Den Couscous in die Pfanne geben, gleichmäßig verteilen. Die Hitze darf nicht entweichen. Ein Deckel verhindert dies. 10-12 Minuten bei mittlerer Hitze. Goldbraun wird der Couscous. Umdrehen auf einem Teller, die Sauce auf den Couscous. Voila! Dem Genuss steht nichts mehr im Wege.

Sein Telefon schrillte. Er wollte immer schon den Ton ändern. Aber eigentlich passte er. Zu unangenehmen Anrufen passte auch ein unangenehmer Ton. "Friedrich!" Etwas lauter als gewollt meldete er sich.

"Unbekannte Tote im Hotel Novena. Leichenfund in einem Hotelzimmer. Tötungsdelikt nicht auszuschließen. Die Spurensicherung ist unterwegs. Sie wurde von einer Reinigungskraft gefunden." Karl Schuster rief ihn an und meldete alle Informationen in geflissentlichem Ton. Er war wahrscheinlich der Ehrgeizigste in seinem Team. Immer der erste am Tatort, auch nachts erreichbar. Viele Ideen, die er ungefragt zum Besten gab. "Fahren Sie schon einmal hin! Ich komme später. Aber nichts verändern!" Er wollte erst in Ruhe seinen Couscous essen. Er wäre schade, ihn nicht sofort zu genießen. Am nächsten Tag schmeckte er auch, aber kalter Couscous ist ein nicht zu akzeptierender Kompromiss.

Im Magen rumorte es noch, als er seinen Mercedes aus der Tiefgarage fuhr. Er hatte den Couscous zu schnell gegessen. Ihn ärgerte immer wieder, wie viel er jeden Monat für den Parkplatz abdrücken musste. Aber die tägliche Parkplatzsuche war keine Alternative. Lange Wegstrecken - schon beim Gedanken daran empfand er körperliche Schmerzen. Der Innenraum des Mercedes war nicht geeignet, um jemanden mitzunehmen. Er müsste ihn eigentlich ausmisten. Pappbecher für Kaffee, Plastikflaschen, Reste von Schokolade. Nur Verpackungen von Fast Food waren ein no go. Allein bei der Vorstellung ekelte er sich.

20 Minuten später kam er im Hotel an. Die Aufregung war schon aus der Ferne zu spüren. Zwei Streifenwagen standen vor der Tür. Journalisten, die den Polizeifunk abgehört hatten, versuchten, brisante Fotos zu ergattern. Ein Portier hatte es offensichtlich nicht hinter dem Tresen ausgehalten und lief aufgeregt vor dem Hotel hin und her. Friedrich parkte sein Auto auf einem Behindertenparkplatz, zeigte seinen Polizeiausweis und ließ sich erklären, in welchem Zimmer die Tote lag. Zimmer 412. Fahrstuhl vierter Stock, dann nach rechts, letztes Zimmer auf der rechten Seite. So die Erklärung des Portiers. Seit neuestem war es Pflicht, dass auch der Kommissar beim Betreten eines Tatortes einen weißen Schutzanzug tragen musste. Er hasste diesen Anzug. Darunter schwitzte er noch stärker, sein Hemd war immer nass wie ein Putzlappen und er stank. Besser er näherte sich dann niemandem. Die Sekretärin im Präsidium versuchte, erkennbar Abstand zu halten. Zumindest meinte er es.

Der erste Eindruck vom Tatort wurde maßlos überschätzt. Es lohnte sich genau hinzuschauen, manchmal verriet sich der Täter, da er Spuren am Tatort hinterließ. Aber diese Spuren wurden meist in penibler, systematischer Kleinarbeit entdeckt. Suche nach Fingerabdrücken, Hautresten, Haaren und sonstigem Kleinkram. Oder die Rechtsmedizin half bei der Aufklärung. Sexualdelikt ja oder nein, Todeszeitpunkt, Medikamente und Gifte. Hunderte von Fotos aus allen Perspektiven wurden immer am Tatort gemacht. Selbst die Position des rechten Zehs der Leiche war später zu rekonstruieren. Dies half ihm, einen Tatort entspannt zu betreten. Viel war nicht falsch zu machen.

„Es sieht nach einem Sexualdelikt aus!" Der angehende Kommissar Peter Fischer bestürmte ihn mit seiner Einschätzung, noch bevor er das Hotelzimmer betreten konnte. „Sie wurde an Armen und Beinen gefesselt. Dass Frauen auf so etwas stehen. Aber sie scheint sich in ihrem Liebhaber getäuscht zu haben. Elastische, farbige Bänder wurden zum Fesseln genutzt. Der Mörder hat einen Luftröhrenschnitt durchgeführt. Ein Sadist. Und dann genüsslich das Blut abgelassen. Über die Zentralvene am Hals."

„Ja, ja, ist schon gut. Lassen Sie mich wenigstens auch noch kurz einen Blick ins Zimmer werfen, bevor ich mich gleich zurück an meinen warmen Kamin bewege." Er ließ den Anwärter stehen. Friedrich war ständig von ihm genervt. Dieser schleimige Übereifer. Es lohnte, hin und wieder klar zu machen, wer das Sagen hat. Ersparte einem manch unnötige Diskussion. Die meisten Menschen dachten nur in den Kategorien Chef und Untergebener. Was denkt denn der Chef von meinen Ideen? Wird er meine Arbeitsweise gut finden, vielleicht sogar loben? Freie Geister gab es wenig, die Mut hatten zum Widerspruch. Schon gar nicht in einem Kommissariat, in dem Beamte den Ton angaben. So unsympathisch ihm Fischer war. Immerhin war er autoritätshörig und erfüllte brav alle Aufgaben, die er ihm stellte.

Die Szene war bizarr. Die unbekannte Frau lag auf dem Bett, an Armen und Beinen gefesselt, ausdruckloser, nicht schmerzvoller Gesichtsausdruck, eher gelassen, den Tod in Gewissheit abwartend, dabei leichenblass – passender Ausdruck für eine Leiche -, alles ordentlich angeordnet, Arme und Beine lagen rechts und links exakt symmetrisch, alle Gegenstände waren von dem Körper entfernt, keine Kette, keine Uhr, keine Ohrringe. Es musste viel Blut geflossen sein, aber auf den ersten Blick gab es keine Blutspuren auf dem Bett. Auf der Fensterbank standen fünf Einmachgläser – sauber aufgereiht. Gefüllt mit Blut. Sie war gutaussehend, auch wenn sie ihre besten Jahre hinter sich hatte. Körperlich natürlich – so korrigierte er sich innerlich selbst. Der gesamte Raum war steril, als ob niemand dieses Hotelzimmer nach der Reinigung betreten hatte.

„Der Tod ist vor..." Er unterbrach die Rechtsmedizinerin Christie Schilte sofort. „Leg mir doch den vollständigen Bericht vor. Sonst muss ich mir die ganzen Details merken. Wie lange brauchst Du dafür?" Etwas eingeschnappt antwortete sie. „Der Bericht wird morgen früh vorliegen, aber nur der vorläufige. Dann kannst Du bei mir vorbeikommen." „Muss das sein? Der schriftliche Bericht ist doch aussagekräftig genug." „Deinen Hintern musst Du schon bewegen. Und wenn Dir der Anblick von Leichen nicht gefällt, kann ich Dir im Vorfeld einige Bilder schicken, damit Du etwas üben kannst." Verärgert drehte sie sich um und fluchte noch leise vor sich hin. ‚Sie wird sich schon einkriegen. Sie kennt meine Marotten und ist zum Glück nur maximal 23 Stunden nachtragend. Damit – und er schaute auf die Uhr – sollte er morgen frühestens um 15 Uhr bei ihr auftauchen'.

Das erste Gespräch führte er mit der Raumpflegerin, ein schönes Wort für eine harte Arbeit, die immer noch ganz aufgelöst war. Sie war etwas schwer zu verstehen. Deutsch war nicht ihre Muttersprache, dazu die Aufregung - eine schlechte Mischung. Wie erwartet gab das Gespräch nicht viel her. Die Uhrzeit ließ sich nach hinten eingrenzen. Der Tod trat vor 12 Uhr mittags ein. Aber das war es auch schon. Und sie hatte unwissentlich viele Spuren verwischt oder vernichtet, da sie erst das Bad gereinigt hatte. Normalerweise eine Goldgrube für frische Spuren, da das Bad meist nicht sehr gründlich gereinigt wurde, Spuren sich leichter Gästen zuordnen ließen.

Die polizeiinternen Spürhunde wedelten derweil über alle Oberflächen, nahmen Proben ab, sammelten die Einweggläser mit größter Vorsicht ein, kratzten mögliche Reste aus den Abflussröhren, besprühten die Oberflächen mit irgend so einem Spezialzeug, welches jede Art von Abdrücken sichtbar machte, Rußpulver, Argen..., weiter wusste er den Namen nicht, die Namensbrücke über Agentur half ihm nur für den ersten Buchstaben. Aber als Chef wird man nicht nach der Technik gefragt. Auch hier funktioniert die Taktik des Schweigens. „Aha!" „Interessant!" und schon hatte man Ruhe. Und auch hier bekam man die Berichte einschließlich Empfehlungen für weitere Untersuchungen auf den Tisch – reicht doch. Dann hieß es die Kosten abzuschätzen, sich die Vorteile für weitere Untersuchungen erklären lassen, auf den Stand des aktuellen Budgets schauen, jährliche Zielvereinbarungen wie Festlegungen zu den Laborkosten gaben den Rahmen vor, so ein modernes Instrument, welches sich die Leitungsebene hat einfallen lassen, „Dann haben Sie Ihre Handlungsmöglichkeiten klarer vor Augen, um ihre Entscheidungen zu treffen." Die Vorgaben waren tatsächlich sehr hilfreich, um im nächsten Jahr keine Kritik einstecken zu müssen. Und dies wäre nur mit der Gefahr verbunden, neue Statistiken führen zu müssen.

Er kam nicht darum herum, sich seine Arbeit und die der Mitarbeiter zu strukturieren. Diese Aufgabe konnte er dann doch nicht anderen übergeben. Aber Arbeit delegieren – damit hatte er große Erfahrung. An erster Stelle stand, die Identität der Frau festzustellen. Eigentlich war es ein leichtes Unterfangen. Man musste nur die Anmeldedaten in der Rezeption erfragen. Die Daten der unbekannten Frau fanden sich jedoch nicht in der Gästeliste. Vielleicht wurde der Personalausweiß in der Rezeption nicht vorgelegt. Eine Kontrolle wurde selten durchgeführt. Die Übernachtung wurde bar bezahlt. Eine Woche vorher. Daher fand sich auch keine Buchung per Internet. Alles sehr ungewöhnlich, es sei denn, man möchte seine Identität verschleiern. Er würde Karl Schuster damit beauftragen, sich auf die weitere Suche zu begeben.

Dann galt es alle Mitarbeiter des Hotels zu interviewen. Wann ist sie angekommen? Was für Kleidung trug sie? Kam sie alleine? Eben die ganze Palette an Fragen. Vielleicht war der Fall ja tatsächlich schnell aufzuklären. Enttäuschter Liebhaber mit medizinischen Kenntnissen. Aber es wäre gleichzeitig auch ein wenig langweilig. Wenigstens war die Art der Tötung spannend. Kein gewöhnlicher Schuss in den Kopf oder Strangulation beim Geschlechtsverkehr, der aus dem Ruder gelaufen ist. Diese Aufgabe übertrug er Simone

Krüger, der zweiten Kommissarin, und Peter Fischer, die Unterstützung durch den Anwärter Hans Hanusch erhielten.

Die Tote wurde immer wieder von den Hausangestellten gesehen. Sie begrüßte andere Kongressteilnehmer, begleitete sie zu den Vortragssälen, war mit anderen in Gespräche vertieft und einmal auf dem Bildschirm zu sehen, die in den Vorräumen der Säle aufgebaut waren. Schnell war auch klar, warum es keinen Eintrag ins Gästebuch unter der Nummer 412 gab. Es war nicht ihr eigenes Zimmer. Der große Unbekannte war nicht sie, sondern der Mieter dieses Zimmers. Sie hatte das Zimmer 317 regulär über ihr Sekretariat gemietet. Krüger, Fischer und Hanusch ließen sich den Schlüssel von Zimmer 317 aushändigen, um ihr Zimmer zu inspizieren.

Wer hatte das Mordzimmer gemietet? Niemand von den Angestellten konnte sich erinnern, wer die Schlüssel abgeholt hatte. Zwei Personen waren nicht im Dienst, konnten telefonisch nicht erreicht werden. Auf dem Anmeldezettel stand der Name „Pascal Schmidt-Hilters". In den Daten der Einwohnermeldeämter fand sich niemand mit diesem Namen. Es half nichts: Man musste versuchen, die abwesenden Angestellten zu erreichen und hoffen, dass sie nicht nur freundlich „Willkommen im Hotel" sagen, sondern sich ihre Gäste auch noch anschauen. Vielleicht bindet das äußere Lächeln aber schon alle Energie.

Beim Verlassen des Hotels versuchte Stephan Friedrich die Atmosphäre einzuatmen. „Das Novena Hotel, im Süden Berlins gelegen, ist mit mehr als 1200 Zimmern und Suiten das größte Hotel Deutschlands. Sein Kongresszentrum bietet genug Vortragssäle, um auch größte Veranstaltungen durchzuführen." Ein Zitat aus dem Flyer des Hauses. In den Vortragsräumen ist es kalt, die Klimatisierung erzeugt nach wenigen Stunden Kopfschmerzen, ein Gefühl, in einer fremden Welt zu sein. Überall wird man freundlich angesprochen. „Kann ich Ihnen helfen? Brauchen Sie etwas? Möchten Sie einen Kaffee trinken?" Professionelle Höflichkeit ohne Charme. Das Herz des Hotels ist ein lichtüberflutetes Foyer, gewaltig in seinen Ausmaßen. Auf den weichen Sofas den Kopf zurücklehnen und in den Himmel blicken, das Wandern der Wolken beobachten. Sich erholen von der Sterilität der Säle. Er schlief früher während der Vorträge immer sofort ein, wenn die PowerPoint-Präsentation an die Wand geworfen und der Raum abgedunkelt wurde. Manche Stunde unruhigen Schlafs, unterbrochen von dem Gedanken, nicht beim Schlafen erwischt zu werden, manchmal auch mit dem Ärger, nicht im Bett geblieben zu sein. Verschwendete Zeit. Er fand damals seine Lösung. Die ersten fünf Folien blieb er wach, merkte sich die Inhalte besonders intensiv und nahm sie schließlich doch ohne schlechtes Gewissen in seine sitzenden Träume hinein.

Ein Wechsel von Kongressräumen ins Foyer, zu einem Ort des Wohlgefühls, war ein Lichtblick in dem sterilen Einerlei. Hier finden die wichtigen Gespräche statt. Hier vertraut sich einer dem anderen an. Der Rotwein eines italienischen Restaurants öffnet den Mund. Wo hat sie gesessen? Mit wem hat sie gesprochen? Nicht die beiläufigen Gespräche. Ihn interessierten die Gespräche, die ihren Tod vorbereiteten. Er spürte stark, dass sich in diesem lichtüberfluteten Raum die Geschichte ihres Todes verdichtete. Und sein Instinkt hatte ihn selten getäuscht.

Kapitel 3

Gemütlich saß er auf seinem Sofa. Das Bier in der Hand. Die halbgeleerte Tüte mit Gummibärchen auf dem Tisch. Er mochte die Mischung aus prickelndem Bier, etwas Schaum um die Lippen und dem süßen Fruchtgeschmack der Gummibärchen. Der Fußball im Fernsehen lief an ihm vorbei. Leider. Gestern hatte er sich noch auf das Spiel gefreut. Stattdessen war er nun mit seinem Kopfkino beschäftigt, ermüdet, so dass er schon um 21:30 Uhr auf dem Sofa einschlief.

Die Untersuchung ihres Hotelzimmers erzählte etwas über die Tote. Kleidungsstücke waren achtlos auf einen Stuhl geworfen – Schlafanzug, Unterwäsche, die Badetücher. Der Koffer stand an der Seite des Bettes, nicht ausgeräumt, nur der Kulturbeutel fehlte. Er fand sich im Bad und war gewaltig, daher waren 50 Prozent des Koffers leergeräumt. Cremes, Parfums, Duschgel, Haarshampoo, Lippenstift, Lidschatten, Eye-Line-Stift, Makeup, Nagellackentferner, Deodorant, Binden, Nageletui, Einwegrasierer – noch nicht ausgepackt – Zahnbürste, Zahnpasta, Zahnseide – in zwei Varianten – Sonnencreme – mitten im Winter, Ohrstäbchen, Kamm, Bürste. Er hatte bei der Aufzählung nur gedacht, dass Frausein anstrengend sein muss. Der Inhalt war chaotisch über die Ablage verteilt. Das Bett war ordentlich gemacht. Der Zimmerservice sorgte täglich dafür, rührte aber nicht die herumliegenden Bücher und Unterlagen an. Es könnte sein, dass im Chaos System liegt. Die Unterlagen wurden zur detaillierten Sichtung mitgenommen. Hanusch benannte einige Unterlagen, die er sich gemerkt hatte. Ausgedruckte Texte, die handschriftlich überarbeitet wurden, ein Buch mit dem Titel „Treibsand", ein Ordner, auch dem „World Psychiatric Association" stand, vermutlich der offizielle Kongressordner, zwei abgerissene Eintrittskarten für eine Ausstellung und einige Fachzeitschriften, „Neuroscience" oder so ähnlich.

Die Identität der Toten war schnell geklärt. Prof. Dr. Betram war Chefärztin der psychiatrischen Uniklinik aus Dresden. Sie nahm am Weltkongress der World Psychiatric Association (WPA) in Berlin im Hotel Novena teil. Alle wichtigen Persönlichkeiten der internationalen Psychiatrie hatten sich in Berlin eingefunden, halb wissenschaftlicher Kongress, halb gesellschaftliches Ereignis. Monika Betram hatte mehrere Verabredungen und war nicht erschienen. Nachdem auch ihr Sekretariat sie nicht erreichen konnte, machte sich die Sekretärin Sorgen und verständigte die Polizei. In der Gästeliste fand sich ihr Name, sie hatte ein anderes Zimmer gebucht, als das, in dem man sie in blutentleerter Leichenstarre fand.

Als die wenigen Fakten zur Presse durchdrangen, hatte sich sowohl die Anzahl der Journalisten, die vor dem Hotel herumlungerten, vervielfacht, als auch die Emails, mit denen Stephan Friedrich beschossen wurde, und ebenso die Anzahl der vermeintlichen Zeugen, die sich bei der Polizei meldeten. Eine Psychiaterin, die ermordet wurde. Das roch nach einer spannenden Story. Und dann noch unter dubiosen Umständen und die Polizei tappte im Dunkeln. Sofort kursierten wilde Spekulationen. Der Germanwings-Absturz jährte sich. Die Presse war voll von Diskussionen über Gefährdungen, die von psychischen Erkrankungen ausgehen. Warum hatten die Ärzte bei dem Piloten versagt? Wer hatte weggeschaut? Welche Sicherheitsnetze muss man einbauen? Steht die Sicherheit Dritter nicht über der Schweigepflicht von Ärzten? Dürfen Piloten überhaupt ein Flugzeug fliegen, wenn sie je psychische Auffälligkeiten gezeigt haben? Sind Pflichtuntersuchungen notwendig? Auch die Präsidentin der WPA Linger hatte Pressemeldungen zu diesem Thema formuliert. Sie machte deutlich, dass der erweiterte Suizid der Fachausdruck dafür ist, wenn jemand sich das Leben und jemanden anders mit in den Tod nimmt - ein extrem seltenes Ereignis ist. Ein tief empfundenes Mitgefühl mit den Opfern des Absturzes bestehe. Sie wies gleichzeitig darauf hin, dass Menschen mit Depressionen vor allem Hilfe brauchen und nicht Ausgrenzung. Die Ausgrenzung gefährdet Menschen, die nicht mehr leben wollen. 90% aller Menschen, die sich das Leben nehmen, tun dies mit dem Hintergrund von psychischen Problemen. Berichterstattungen mit Horrorszenarien erhöhen die Schwelle, sich helfen zu lassen. Gleichzeitig war überhaupt nicht erwiesen, dass der Pilot tatsächlich sich selbst das Leben genommen hatte. Aber diese Stellungnahme wurde von der Presse wenig wahrgenommen. Viel zu langweilig, nicht spektakulär genug.

Gab es Verwandte, die verständigt werden mussten? Freunde, zu denen Kontakt aufgenommen werden sollte? Kollegen, die mehr Auskunft über sie geben können? Alles mit der Ruhe. Es war mittlerweile 21 Uhr. Eigentlich hatte er schon lange Feierabend. Was galt es am nächsten Tag zu tun? Erst einmal eine Nachrichtensperre verhängen. Standardtext für die Presse: „Todesfall unklarer Ursache. Polizei ermittelt in alle Richtungen. Keine weiteren Aussagen möglich. Alle Anfragen an die Pressestelle." Damit ließen die Presseleute die Polizei in Ruhe, fingen aber meist selbst an, zu ermitteln. Auch musste man zumindest die Familie und den Arbeitsplatz informieren, sein Mitgefühl ausdrücken und darum bitten, keine Interviews zu geben. Je weniger sich die Personen mit dem Opfer verbunden fühlten, desto weniger trug diese Bitte. Einmal im Mittelpunkt stehen! Toll! Erschwerte leider die Ermittlungen.

Der Anruf im Sekretariat der Klink würde schnell gehen, dann noch der Geschäftsführer der Klinik in Dresden. Beiden nahelegen, auch die Mitarbeiter zu bitten, die Befragungen durch die Polizei abzuwarten, am besten natürlich gar nicht mit der Presse zu sprechen. Vermutlich war es auch leicht, den Punkt mit der Familie abzuarbeiten. Direkte Angehörige gab es nicht. Keine Geschwister, kein Ehemann, die Eltern verstorben. Folglich maximal nach einem bisher unbekannten Partner suchen. Nach diesen Überlegungen war es möglich, den Arbeitstag zu beenden, eine Sitzung für den nächsten Tag um 8:30 Uhr anzusetzen und die Kollegen per SMS darüber zu informieren.

Kapitel 4

„Was hat die Befragung der Mitarbeiter ergeben?" erkundigte Friedrich sich während der Frühbesprechung bei Hanusch. ‚Beim nächsten Mal sollte ich etwas mehr Erdbeeren in mein Müsli rühren. Und ich muss heute unbedingt neues Müsli kaufen, sonst ist der Start in den Morgen hundsmiserabel'. Seine Gedanken waren noch nicht im Kommissariat angekommen. Hanusch konnte er besser ertragen als den überheblichen Besserwisser Schuster. Er war zuverlässig, erledigte die ihm aufgetragen Aufgaben, berichtete sachlich, emotionsarm. Er sah die Arbeit als notwendigen Broterwerb an, hätte aber auch Versicherungskaufmann werden können. Emotionen waren nur zu spüren, wenn er über das nächste Fußballspiel von Hertha BSC berichtete. Nur interessiere sich niemand außer ihm selbst in seinem Team für Fußball. Und er hatte keine Lust, sich über die letzte vermeintliche Fehlentscheidung eines Schiedsrichters zu diskutieren. Daher waren die Gefühlsausbrüche von Hanusch kurz, selbstlimitierend.

„Wir konnten noch nicht alle erreichen, da einige im Dienstfrei waren. Es ist klar, dass Betram gegen 20:00 Uhr ihren Schlüssel an der Rezeption abgeholt hat. Beim Einchecken - war sich ein Mitarbeiter sicher - trug sie einen Koffer. Er erinnerte sich aber nicht mehr an die Größe und die Farbe. Sie trug einen schicken schwarzen Mantel, kragenlos. Er könne sich an dieses Detail erinnern, weil seine Freundin sich auch einen ähnlichen Mantel wünsche. Und immer sollte er kragenlos sein. An weitere Details konnte sich der Portier nicht erinnern. Alle anderen Informationen betrafen die Tage zuvor."

Hanusch brachte eine Tonaufnahme vom Interview des Portiers mit, die sich alle gemeinsam anhörten. „Es kommen jeden Abend Hunderte von Gästen ins Novena, die einchecken, etwas fragen, sich beschweren, zum Restaurant wollen, die Toilette suchen, nach einem Taxi fragen. Daher sei es nicht möglich, sich an Details zu erinnern. Es ginge wie am Fließband, wie in einem Discounter-Markt zu. Nur dass die Kunden schicker angezogen seien." Er könne versuchen, sich zu erinnern. Nach Besonderheiten des Tages suchen. Ach ja, es gab im Laufe des Abends einen Streit, bei dem hinter der Blumenampel im Sitzbereich zwei Männer heftig miteinander gestritten hatten. Gesehen habe er sie nicht. Und sie haben sich nicht geprügelt. Daher sollte man die Menschen lieber in Ruhe streiten lassen. Auch wenn ich in meinem früheren Leben Ringer war. Sonst kommen sie nur auf die Idee, im Portier ihren gemeinsamen Feind zu sehen." Es war manchmal schwer zu ertragen, wie witzig sich Menschen selbst fanden.

Hanusch hatte beim Service erfahren, dass es keine Bestellungen für das Zimmer 412 gab. Es fehlten aber zwei Gläser, die zur Standardausstattung gehörten. Auch waren alle Handtücher aus dem Bad verschwunden – drei an der Zahl. Es sei nicht ungewöhnlich, dass Gäste Handtücher mitnehmen. Auch wenn sie es bestimmt nicht nötig hätten. Aber es sei sehr wichtig, dies sofort zu melden. Sonst komme man als Angestellte in den Verdacht, sie gestohlen zu haben. Und der Verdacht reiche aus, um seine Kündigung im Postfach zu finden.

Mehr brachten die Aussagen der Angestellten nicht. Die weiteren Befragungen sollten sich auf die Tage vor dem Ableben konzentrieren. Routine, die Friedrich schon immer langweilig fand. Dann schon besser die Abteilung zu leiten, sagte er sich innerlich.

Nach der Frühbesprechung wurde es spannender. Der erste Bericht von der Rechtsmedizinerin lag auf seinem Schreibtisch. „Genervt!" stand mit großen Buchstaben auf dem Umschlag, der den Bericht enthielt. Vielleicht sollte er sie doch heute in seiner Arbeitszeit in ihren dunklen Kellerräumen besuchen. Aber erst mussten die 23 Stunden vergehen und er sah sie ja sowieso schon bald. Bei ihrem Kellerschicksal kann bei ihr schon mal das Gefühl aufkommen, abgeschoben zu werden.

„Die Tote, Monika Betram, starb möglicherweise am Blutverlust und nachfolgendem Zusammenbruch des Kreislaufsystems und Sauerstoffmangel des Gehirns. Das Blut wurde über eine 1,7 mm Kanüle abgelassen. Der Blutverlust betrug mindestens 1,5 Liter. Ein weiteres Ausbluten wurde dadurch verhindert, dass die Kanüle mechanisch verschlossen wurde. Es finden sich zwei weitere Einstichstellen am Hals. Es könnte sein, dass weitere Faktoren notwendig waren, um den Tod herbeizuführen.

Der Trachealschnitt wurde direkt unterhalb des Kehlkopfs durchgeführt. Es findet sich eine gerade Wundkante. Der Schnitt führte zu einer Öffnung der Luftröhre. Ein weiteres Atmen war möglich, der Schnitt war mit einem Verlust der Sprechfähigkeit verbunden. Für beide Körpermanipulationen sind medizinische Kenntnisse notwendig. Sie können kaum durch einen medizinischen Laien ausgeführt worden sein."

Großartig! Friedrich hatte zwar nichts Anderes erwartet, war schon am Tatort zu erkennen, dass für den Mord medizinische Kenntnisse notwendig sind, aber besser schwarz auf weiß. Diese Erkenntnis reduzierte die Anzahl der möglichen Täter aus Berlin auf etwa 80 000. Vielleicht gab es darüber hinaus noch einige Naturtalente. Vielleicht sollte er in seiner Fleischerei fragen, ob er beim nächsten Nackensteak auch den gesamten Halsbereich erwerben könne. Dann könnte er selbst testen, wie kompliziert es ist, einen Trachealschnitt auszuführen.

„Trotz der Fesselungen an Armen und Beinen sprechen die Untersuchungsergebnisse dagegen, dass sich die Tote bei oder nach der Fesselung heftig gewehrt hat, da die Druckstellen an den Armen und Beinen gering ausgeprägt sind. Es finden sich am ganzen

Körper, einschließlich des Genitalbereichs, keine weiteren Verletzungen. Kein Hinweis auf ein Sexualdelikt"

Seltsam. Warum hat sich die Tote nicht gewehrt? Hat Sie einfach hingenommen, dass sie langsam über das Ablassen des Blutes getötet wird? Das war nur schwer vorstellbar. Kein Todeskampf, kein Kampf, weiter leben zu wollen. Das schien mehr als erklärungsbedürftig. War die Tote überhaupt bei Bewusstsein? Wurde sie in diesem wehrlosen Zustand kaltblütig ermordet? Aber wenn sie bewusstlos war - warum wurde der Luftröhrenschnitt durchgeführt? Das ergab keinen Sinn. Sie konnte sowieso nicht rufen, wenn sie bewusstlos war. Viele Fragezeichen. Friedrich musste langsam Klarheit darüber bekommen, wohin er zum Mittagessen gehen wollte. Die vietnamesische Küche – eine gute Variante. Nur in der letzten Zeit zu oft gewählt. Das vietnamesische Essen verlangt nicht zwingend einen anschließenden Mittagsschlaf. Eigentlich fester Bestandteil seines Arbeitstages, aber jetzt leuchtete sogar ihm ein, dass für seinen Mittagsschlaf kein Platz im Tagesablauf war.

Kapitel 5

Friedrich liebte die moderne Technik, wenn sie half, sich weniger bewegen zu müssen. Klar, wenn es darum ging, Verdächtige zu befragen, Todesnachrichten zu überbringen oder seine eigene Macht spürbarer zu machen, war es besser, anderen direkt in die Augen zu schauen, aber zumeist ging es um das nüchterne Einholen von Informationen. Petra Starke war ihr Technik-Freak. Er stellte die Liste der Personen zusammen, mit denen er in Dresden sprechen wollte, sie fuhr hin, baute über das Internet eine sichere Verbindung auf und er konnte von seinem Schreibtisch aus die Befragungen durchführen. Und seine Mannschaft konnte im Nebenzimmer zuhören. Wenn er auf Toilette musste, war dies immer das sichere Zeichen, dass er die Befragung an jemanden anders übergeben sollte und wollte.

Wer war alles auf seiner ersten Liste gelandet? Die Sekretärin, der leitende Oberarzt, so etwas wie ihr Vertreter, der leitender Psychologe, der Verwaltungsleiter und zwei Assistenzärzte, die er mit einem Dartwurf aus der Liste der Assistenzärzte ausgewählt hatte, die ihm übergeben worden war. Hans Hanusch hatte die Aufgabe, die einzelnen Personen punktgenau - im Halbstundenrhythmus - einzubestellen. Auf ihn konnte er sich verlassen.

Es waren immer zwei Verbindungen, damit er die Befragung mit einer zweiten Person beginnen konnte, während seine Mitarbeiter die erste fortsetzten.

„Mochten Sie eigentlich ihre Chefin?"

„Hat jemand das Gegenteil behauptet?" Die Sekretärin Helene Kirchler war hörbar irritiert.

„Ich kenne nur Sekretärinnen, die ihre Chefin lieben, und andere, die sie hassen, es aber nicht laut sagen dürfen."

„Dann gehöre ich zu einer dritten Gruppe, die sie bisher noch nicht kenngelernt haben. Sie war fordernd, erwartete Dinge, die schwer vorauszuahnen waren, vergriff sich manchmal im Ton, konnte dann aber voller Dankbarkeit sein, Blumen mitbringen, einen in den Himmel loben für die eigene Genialität. Ich komme meist gerne zur Arbeit. Man durfte nur weder das eine noch das andere zu ernst nehmen. Musste ich mit den Jahren lernen."

„Wie lange sind Sie Ihre Sekretärin?"

„Seit sieben Jahren. Vorher bei ihrem Vorgänger. Ein schrecklicher Patriarch, der in der Rente vermutlich jetzt seine Ehefrau quält. Ich bin auch deshalb dankbar, mit ihr zu arbeiten. Sorry, gearbeitet zu haben. Sie wollen sicherlich eine Liste aller Personen haben, mit denen sie Streit hatte. Konflikte, Missverständnisse, wer sie beneidete. Einerseits riecht dies zwar nach übler Nachrede meinerseits, aber warum mühselig herausfinden, wer Leichen im Keller haben könnte. Irgendjemand quatscht sowieso. Und wenn es das Ziel ist, bald wieder Ruhe in die Klinik zu bekommen, ist es besser, schnell alles auf den Tisch zu packen. Ich werde dies auch morgen in der Mittagsbesprechung mitteilen und erklären. Daher wäre es nett, wenn Sie mir bis dahin Zeit geben würden."

„Sehr zuvorkommend!" Eine ganz neue Erfahrung für Kommissar Friedrich. Eine Zeugin, die alles berichtet, nicht eitel, ohne eigennütziges Motiv, nicht gespickt mit tränenden Emotionen.

„Dann lege ich los. Nr. 1. Vor sieben Jahren hatte sie heftige Auseinandersetzungen mit ihrer ehemaligen Forschungsgruppe aus den USA. Es bestand Uneinigkeit, wem einzelne Untersuchungsergebnisse gehören, ob sie die Ergebnisse als Erstautorin veröffentlichen kann. Sie war – ich zitiere sie – die treibende Kraft, aber die Untersuchungen fanden in US-amerikanischen Laboren statt. Sie publizierte einfach. Ich habe eine Vielzahl wütender Mails gesehen. Wenn Sie die Namen benötigen, muss ich genauer recherchieren."

„Es wird Sie nicht überraschen, wenn ich Ihnen sehr verbunden wäre."

„Nr. 2. Während der letzten Jahre hat es einige Unglücksfälle gegeben. Einzelne Patienten haben sich trotz aller Bemühungen der Klinik das Leben genommen. Ich kann natürlich nicht einschätzen, ob dies zu verhindern gewesen wäre. Monika Betram sagte immer, dass dies Berufsrisiko sei. Naja, vor allem das Risiko der Patienten. Einmal ist es ihr besonders nahegegangen. Ihr Zeitplan war eng, aber hin und wieder behandelte sie einzelne Patienten psychotherapeutisch selbst. Eine Patientin, eine gewisse Karla Brinkmann, nahm sich während der Therapie das Leben, kurz nachdem sie sich in stationärer Behandlung befand. Monika Betram machte sich Vorwürfe, wechselte dann aber schnell die Perspektive. Welche Risiken gibt es für sie und die Klinik? Wurde ausreichend dokumentiert, dass sie die

Einschätzung hatte, dass kein Suizidrisiko bestand? Wer waren die Angehörigen? Wie waren sie zu erreichen? Ihnen ein Gespräch anbieten. Versuchen, ihnen Mitgefühl gegenüber auszudrücken, sicherlich ein ehrliches Mitgefühl, aber weit entfernt von der Trauer der Angehörigen, gleichzeitig verhindern, dass eine Klage gegen die Klinik eingereicht wird."

„Wie haben die Angehörigen reagiert?"

„Voller Wut, voller Vorwürfe, voller Verzweiflung! Anfänglich dachte Monika Betram, dass es eine Frage der Zeit wäre, bis der Schmerz nachließe. Aber die Vorwürfe ließen nicht nach. Ständige Schreiben. Gespräche mit Rechtsanwälten."

„Endete die Auseinandersetzung?

„Ja und nein. Die gerichtliche Auseinandersetzung gewann Monika Betram. Die Familie, insbesondere die Mutter, wendete sich daraufhin in ihrer Wut der Antipsychiatriebewegung zu. Eine radikale, manchmal etwas fanatische Gruppe, zumeist ehemalige Patienten, die schlechte Erfahrungen mit der Psychiatrie gemacht haben. Sie tauchen überall auf, wenn es gilt, Psychiatrie als Folter darzustellen. Die Briefe, die Monika Betram erhielt, waren sehr aggressiv. Sie hat sie immer weggeworfen. ‚Wir können nicht allen helfen. Das ist für die Betroffenen bitter. Vielleicht wäre ich auch wütend. Es ist besser, nicht zu reagieren'. So oder ähnlich sprach sie. Auf mich wirkte das beeindruckend souverän.

„Wo finde ich diese Leute?"

„Schauen Sie ins Internet unter „Psychiatrie und Folter". Sie finden immer die gleichen Personen, die in vorderster Reihe stehen. Und vielleicht finden Sie auch das Bild der Mutter der Toten. Vor dem World Psychiatric Association Congress stand sie bestimmt mit den Rächern der Entrechteten."

„Monika Betram war – wie mir scheint – sehr aktiv. Wie sah es denn insgesamt mit ihrer Zeit für Patienten aus?"

„Ein schwieriges Kapitel. Sie wünschte sich, jeden Patienten persönlich zu kennen. Dies war aber unmöglich. Ihr und innerhalb der Klinik war klar, dass sie die Behandlungen weitgehend anderen überlassen musste. Sonst hätte der Tag mehr als 24h haben müssen.

Nr. 3. Sie hatte oft Streit mit dem Geschäftsführer Peter Klemp. Ein unangenehmer - es bleibt doch unter uns? - Zeitgenosse. Arrogant, selbstgefällig, würde sich im Krankenhaus am wohlsten fühlen, wenn die Patienten und das medizinische Personal nicht da wären. Manchmal schimpfte sie nach einem Treffen, dass er ihr das Personal verweigere, einmal sagte sie in ihrer Wut auch, dass er korrupt sei. In der letzten Zeit bat er sie öfter zum Gespräch. Danach schaute Monika Betram zufriedener aus. Aber sie verriet mir nicht

24

warum. Zumindest waren die letzten Stellenverlängerungen unkompliziert über die Bühne gegangen."

„Wie lange ist er in der Klinik Geschäftsführer?"

„Gefühlt eine Ewigkeit, aus dem Stand würde ich fünf Jahre sagen. Seitdem hat sich das Klima in der Universitätsklinik gewandelt. In der Psychiatrie ist es eine neue Entwicklung. Die Bezahlung der Krankenhäuser ändert sich. Pay for Performance kommt auch in der Psychiatrie an. „Seelische Erkrankungen im Turbogang behandeln!" Darüber empörte sich Monika Betram immer wieder. Und Peter Klemp konnte fast nur noch über dieses Thema reden."

„Haben Sie eine Idee, warum der Verwaltungsleiter in der letzten Zeit nachgiebiger geworden ist? Wurde er ausreichend mit Beruhigungsmitteln versorgt?"

„Keine Ahnung. Da muss ich leider passen."

Nr. 4. Dann eine Beobachtung, deren Bedeutung ich nicht gut einordnen kann. Monika Betram hatte seit einiger Zeit ein zweites Handy auf dem Schreibtisch liegen. Bisher hatte sie mir alle ihre Nummern gegeben. Es konnte immer ein Notfall eintreten. Aber dieses Telefon hatte einen anderen Zweck. Ich musste öfter Termine verlegen. War ganz schön nervig. Wenn Sie einmal so hochkommen, treffen Sie sich nur noch mit Leuten, die sich unglaublich wichtig finden. Beleidigt sind die nur nicht, wenn man vorgibt, dass die eigene Schwiegermutter gestorben ist. Aber so viele Schwiegermütter stehen dann doch nicht zur Verfügung, vor allem da bekannt war, dass Monika Betram alleinstehend ist.

Besonders schwierig war es, wenn es um ganze Wochenenden ging, die meist am Donnerstag am Abend begannen."

„Und was ist Ihre Vermutung?"

„Was soll es anderes als die Liebe sein, die heimliche Liebe. Ich tippe auf einen verheirateten Mann, vier Kinder, unglücklich verheiratet, verzweifelt, dass er sie nicht früher getroffen hat."

„Haben Sie nicht wenigstens ein wenig lauschen können?"

„Auch so eine Vorstellung, die Sie von Sekretärinnen haben? Schweigsame Spione, die ihr wesentliches Wissen durch das Drücken ihrer Ohren an die Tür der Chefin erwerben. Ich kann Ihnen nur berichten, dass ich einmal mitbekommen habe, wie es sehr laut wurde. Wegen irgendeiner Unterschrift habe ich kurz geklopft, das Zimmer betreten und da stand sie am Fenster, schimpfte, fluchte und bekam nicht mit, dass ich das Zimmer betreten habe. Ich zog mich schnell wieder zurück. Ich hatte nur sehen können, dass sie mit ihrem secret-Handy telefonierte.

Nr. 5. Wenn Sie bei uns über das Klinikgelände laufen, könnten Sie nicht erkennen, wer Patient, Besucher oder Therapeut der psychiatrischen Klinik ist. Die chirurgischen Patienten sind an ihren Krücken erkennbar, das Innenleben eines Menschen erschließt sich nicht aus der Ferne. Als ich hier anfing, habe ich den Leuten immer auf die Brust geschaut. Namensschild gleich Mitarbeiter. Kein Namensschild gleich Patient. Kein Namensschild plus suchender Blick gleich Angehöriger. Die weißen Kittel finden sich bei den Chirurgen. Aber es gibt unter den psychiatrischen Patienten auch immer wieder besondere Menschen. Dies können solche sein, die offensichtlich voller Angst sind, sich bedroht fühlen oder andere, an denen man nicht vorbeikommt, ohne ihre Pläne zur Verbesserung der Welt und ihre zentrale Rolle dabei erklärt zu bekommen. Einige dieser Patienten schauen beim Sekretariat vorbei, um dringendst mit der Chefin sprechen zu müssen. Meist hat es genügt, dass ich mir etwas Zeit für sie nehme. Monika Betram war meist nicht da und ihre enge Zeittaktung ließ solche spontanen Gespräche nicht zu. Wenn die Dichte der Besuche sehr hoch wird – kommt auch mal vor – nervt es ungemein, da ich zu stark von meiner Arbeit abgehalten werde."

„Haben Sie denn nie Angst vor den Verrückten?"

„Da sind mir ihre Vorurteile gegenüber Sekretärinnen angenehmer. Klar gibt es auch schwierige Situationen. Aber eigentlich nicht hier beim Sekretariat. Oder warten Sie. Vor drei Monate kam ein Patient zu mir, der sehr gereizt war, bedrohlich. Da hatte ich schon ordentlich Herzklopfen. Er hat mir seine Station verraten, auf der er behandelt wurde und jemand von der Pflege ist gekommen und hat die Situation entschärft. Danach habe ich nichts mehr von ihm gehört."

„Auf welcher Station war er?"

„Station 6. Aber nachfragen wird sich nicht lohnen. Die Mitarbeiter müssen sich an ihre Schweigepflicht halten. Um diese zu brechen, reicht es auf jeden Fall nicht aus, dass ich Ihnen sage, dass bei mir im Sekretariat einmal jemand angespannt war."

„Aber was beklagt denn diese – wie heißt sie noch einmal? – Antipsychiatriebewegung? Wenn alles so nett abläuft, müssten die doch liebliche Blumenkränze binden und um die Eingangstüren der Stationen hängen."

„Ich schlage vor, dass Sie sich dies lieber von einem der Ärzte erklären lassen. Soweit ich verstanden habe, steht der Stellvertreter von Monika Betram auf ihrer Interviewliste."

„Und haben Sie noch weitere potentiellen Mörder für mich? Immerhin habe Sie sich selbst nicht in die Reihe der möglichen Mörder eingereiht. Oder kommt das noch?"

„Witzig. Nr. 6. Witzig! Personalgespräche ist Teil der Aufgaben einer Chefärztin. In der Universität umso mehr, da nahezu alle nur befristete Verträge haben. Wenn die

Erwartungen nicht erfüllt werden, wird über die Beendigung des Vertrages gesprochen. Alle kennen diese Bedingungen, aber viele blenden sie aus und denken, diese betreffen nur die anderen Personen."

„Gab es denn in der letzten Zeit jemand, der besonders wütend war?"

„Ich habe Ihnen eine Liste aller akademischer Mitarbeiter zusammengestellt – und um die geht es immer –, die in den letzten zwei Jahren gingen bzw. gehen mussten. Diejenigen mit einem Ausrufezeichen sind meines Wissens gegangen, weil sie eine andere attraktive Stelle gefunden haben oder die Gründung einer Familie Vorrang hatte. Bei den verbleibenden kenne ich den weiteren Lebensweg nicht, hatte keinen weiteren Kontakt mehr. Das freundliche Arbeitszeugnis ging noch über meinen Schreibtisch. Aber das war es dann auch."

„Wunderbar! Dann können wir die Mitarbeiter als Täter ausschließen." Diese Mitarbeiterin hätte er gerne in seiner Mordkommission. Vermutlich könnte er seine Mittagspause um 15 Minuten verlängern.

„Nicht ganz. Es gab mit einem Assistenzarzt einen heftigen und langen Streit. Er wurde während seiner Assistenzarztzeit gekündigt. Schimpfte hier im Sekretariat, zeigte auch mir seine Wut, als er einen zeitnahen Termin forderte. Monika Betram hatte nach einem Gespräch mit ihm einen hochroten Kopf. Er habe ihr gedroht. Das habe sie noch nie erlebt."

„Was wurde ihm denn vorgeworfen?"

„Er bekam seine Ausbildung nicht auf die Reihe. Nach sieben Jahren war das Ende seiner Ausbildung nicht zu erkennen. Alle vorherigen Gespräche hatten keine Beschleunigung bewirkt. Auf seinem Schreibtisch stapelten sich hunderte von Akten. Die Briefe waren nicht geschrieben."

„Und warum war er dann wütend?"

„Ich erinnere mich nur an eine Mail, in der er über vier Seiten aufgelistet hat, welche Patienten er erfolgreich behandelt habe, an welchen Konferenzen er teilgenommen und welche Aufgaben er zusätzlich übernommen habe usw. Er hatte die Einschätzung, seine vielfältigen Aufgaben hätten an der einen oder anderen Stelle zu einer kleinen Schieflage geführt, aber sein überdurchschnittliches Engagement müsste dies doch mehr als kompensieren."

„Weitere Verdächtige?"

„Ich habe meine Liste abgearbeitet."

„Ich gebe Ihnen bis morgen Mittag Zeit, die Mitarbeiter über ihre informelle Freizügigkeit zu informieren. Falls Sie gesteinigt werden und selbst nicht die Mörderin sein sollten, können Sie sich gerne bei mir bewerben."

Kapitel 6

Wenn er in seinem Lieblingscafé einen Cappuccino genoss, setzte er sich immer auf den gleichen Platz. Direkt am Tresen mit freien Blick auf die Espressomaschine. Er beobachtete genau, ob die Zubereitung seinen professionellen Standards entsprach. Aber in der Espresso Ambulanz konnte er sich darauf verlassen. Er hatte schon manche intensive Diskussion über den Mahlgrad der Espressobohne geführt, wie es besser gelingt, die geschäumte Milch unter die Crema zu heben. Phillip arbeitete zum Glück schon seit Jahren in diesem Café. In diesen internationalen Ketten wechseln die Mitarbeiter ständig. Junge, sympathische Studenten, die aber, kaum, dass sie einen anständigen Espresso zubereiten können, sich hinter ihre Bachelorarbeit zurückziehen. Und dann fängt das Elend von vorne an.

Die Sekretärin hatte ihn mit Verdächtigen überhäuft. War sie eine dieser Wichtigtuerinnen? Diese Einschätzung hatte er von der ersten Minute an nicht. Aber es war trotzdem irritierend: Sie war so unaufgeregt, cool, als ob ihre 20. Chefin ermordet worden wäre. Bisher hatten sie nicht viel in der Hand. Daher lag es nahe, sich an den Aussagen der Sekretärin zu orientieren. In der Morgenbesprechung würden sie die Aufgaben, den einzelnen Verdächtigen auf den Zahn zu fühlen, verteilen.

Die Mischung potentieller Motive gefiel ihm. Neid, Missgunst, Begierde, Wut, vielleicht Angst, Eifersucht, Rache. Er mochte wütende Menschen am liebsten, daher interessierte ihn besonders der Assistenzarzt, der jetzt Karriere in Sperrwitz machte. Den Ort seiner neuen Arbeitsstelle konnte die Sekretärin organisieren. Nach ihrer Quelle hatte er vergessen zu fragen.

Seinen Mitarbeitern hatte er für den Nachmittag verschiedene Aufgaben übertragen. Erst einmal Aktenordner, sinnvoll aufgebaut, anlegen. Eine sehr verantwortungsvolle Aufgabe, die viel Zeit fraß. Eindeutige Beschriftungen ausdenken. Eine kreative Meisterleistung. Leider bekam derjenige, der sich an dieses elementare Element erfolgreicher Polizeiarbeit wagte, selten den ihm gebührenden Dank. Es wurde nur gestänkert, wenn später eine Notiz, ein Interview, ein Protokoll nicht gefunden wurde. Für diese Arbeit kamen nur Personen in Frage, die eine ordentliche Handschrift haben. Trotz der Wichtigkeit dieser Aufgabe war sie nicht sehr beliebt. Auch er mochte sie nicht, schon als er Anwärter war. Es genügte damals, sich einmal voller Begeisterung zu melden, viele Aktendeckel zu beschriften und dies mit einer unleserlichen Handschrift. Man war den Job los und bekam ihn nie wieder – so sehr man auch darum bettelte. Es lag nahe, dass er Peter Fischer diese Aufgabe übertrug.

Nun zu den unwichtigeren Aufgaben. Er musste Bildmaterial aus dem Hotel sammeln lassen, um möglichen Zeugen das Wiedererkennen zu erleichtern. Vielleicht war der Portier nicht in der Lage, sich aktiv zu erinnern, wer sich gestritten hat, wenn er Bilder von konkreten Personen vor sich liegen sehen würde, könnte sich dies ändern. Erst einmal galt es, möglichst viel Material in die Hände zu bekommen. Bei einem großen Kongress muss doch eine Unmenge an Filmen und Fotos gemacht worden sein. Er wollte darauf verzichten, von allen Kongressteilnehmern ihre Selfies zu erbitten. Videos des Hotels, Fotos und Filme der Kongressorganisatoren, studieren, in welchen Medien Berichte mit Fotos über den Kongress oder dem Mord erschienen sind, die Namen der Journalisten erfragen und sie kontaktieren. Meist rückten sie ihr Material heraus, da sie im Gegenzug früher Informationen über den Ermittlungsstand erhofften.

Zweites Betätigungsfeld: Zugang zu Monika Betrams privater Welt schaffen. Die richterliche Erlaubnis musste besorgt werden, um ihre Wohnung betreten zu dürfen, nach Handys, Laptops zu suchen, sie mitzunehmen und sich möglichst einen Zugang zu den Mails zu beschaffen. Auszüge aus ihren Konten wären sicherlich auch aufschlussreich. Die Personalabteilung der Uni Dresden stellte sich unkompliziert an, so dass er jetzt wusste, dass das Gehalt auf ein Konto der Deutschen Bank überwiesen wurde. Ohne Schweizer Bankgeheimnis war es jetzt nur noch eine Frage von Tagen, um genauere Details der Kontobewegungen zu erfahren. Bei einer VISA oder Master-Card konnte etwas mehr Geduld vonnöten sein.

Drittes Betätigungsfeld: Ein Kongress-Bewegungsprofil von Monika Betram erstellen. Er wollte jede Minute der Tage vor ihrem Tod genau rekonstruieren können. In den schwarzen Zeitlöchern spielte dann meist die Musik.

Sehr zufrieden über seine geistigen Höchstleistungen nahm Friedrich sich den Tagesspiegel und bestellte einen zweiten Cappuccino.

Kapitel 7

„Du bist ein unverschämter Idiot!" Christie Schilte hätte ihm am liebsten die Einkaufstasche um die Ohren gehauen. „Du lässt die anderen denken, sitzt deinen dicken Hintern breit, aber weigerst Dich, bei mir vorbei zu schauen, um Dir meine Ergebnisse schildern zu lassen."

„Christie, ich tue dies doch nur, um zu sehen, wie Du Dich später ärgerst. Das ist so wohltuend lebendig."

„Du bist ein elender Macho! Am Ende des Abends werde ich noch lebendig sein, aber Du wirst mit der Ente im Backofen schmoren."

Die Teilzeitbeziehung bestand seit drei Jahren. Verlässliche Vereinbarungen. Mit ihr war Kochen möglich, fast angenehm. Keine Überraschungsbesuche. Essensablauf wird im Vorfeld besprochen. Immer bei ihm, da seine Küche besser ausgestattet ist. Einkauf erfolgte abwechselnd. Über Geld wurde nicht gesprochen. Kuscheln nach dem Essen erlaubt, kein Sex, zweimal gründlich danebengegangen. „Du bist ein unsensibler Arsch!" Danach war drei Wochen Kochpause. Die stille Vereinbarung: keusches Kuscheln ist genug! Über die Arbeit reden war erlaubt. Sogar erwünscht. Zwischen Entenbraten und Himbeersorbet schlugen Tote einem nicht so auf den Magen.

„Was steht heute auf unserem Speiseplan?"

„Ich habe einen langweiligen Schmorgurken-Lachs-Kartoffelauflauf von Zuhause mitgebracht. Die Reste von Sonntag. Ich hoffe, es wird Dir munden. Gemeinsam versuchen wir uns an einer Joghurt-Passionsfrucht-Mousse. Hier lies!"

„Optisch ein Genuss. Diese Mousse werden Sie nicht vergessen. Ein geschmackliches Abenteuer. Sie wird Ihnen auf der Zunge zergehen."

Das Bild der Mousse ließ Stephan Friedrich das Wasser im Munde zusammenlaufen.

„Hast Du neue Ergebnisse? Kannst Du mir Neues von Deinen Untersuchungen berichten?"

Christie sprach leise vor sich hin. „Den Puderzucker muss ich mit dem Joghurt verrühren. Es muss eine glatte Masse ergeben. Die Passionsfrüchte habe ich halbiert, alles ausgekratzt und etwas Orangensaft hinzugegeben. Jetzt bist Du dran. Ausdrücken durch ein Sieb, mit dem Joghurt mischen."

Sie teilten sich die Aufgaben und nahmen sich bei ihren Treffen immer etwas Neues vor. Überschaubar. Ohne Eile.

„Es gab kleine weitere äußere Auffälligkeiten. Im Halsbereich fanden sich überall Spuren Ihres Blutes, die offensichtlich weggewischt wurden. Sehr gründlich gesäubert. Warum sich jemand diese Mühe macht? Sanfter, sanfter! Das Sieb wird Strafanzeige gegen dich erstatten. Du musst es langsamer machen. Außerdem fanden sich kleinste Einstichstellen in der Oberschenkelmuskulatur."

Friedrich machte sich an die Gelatine. „Hatte sie in ihren Haaren nicht auch einen Haarfestiger verwendet? Die lagen zu perfekt. Wie mit Gelatine präpariert." Die Gelatine musste bei geringer Hitze in einem Topf schmelzen. „Hast Du die toxikologischen Untersuchungen abgeschlossen? Oder bist Du so genervt, dass Du sie mir vorenthalten möchtest?" Jetzt musste man vorsichtig einen Teil der Joghurtmasse in die warme Gelatine einrühren. Mit einer kontinuierlichen Drehbewegung. Nur so erzielt man eine optimale Konsistenz und die Gelantine verteilte sich gleichmäßig.

„Ich habe ihn Deinen Kollegen gegeben. Sprechen Sie nicht mit Dir? Aber wenn Du mich lieb bittest, könnte ich mich erweichen lassen, ihn für Dich persönlich zusammenzufassen." Friedrich hatte gerade seinen kleinen Löffel in der Mousse, überlegte, welche Portionsgröße noch als Abschmecken durchging. Dieser innere Kampf, „wie viel und wie oft probiere ich zwischendurch" war das Beste am Kochen.

„Es wäre sehr nett, wenn Du mit mir Deine Erkenntnisse teilen würdest."

„Kurz zusammengefasst. Die toxikologische Untersuchung ergab fast nichts. Wir haben nach sedierenden Substanzen gesucht. Fehlanzeige. Sie hatte Alkohol getrunken. Aber der nachzuweisende Spiegel war so gering, dass sie sicherlich nicht mehr als 1-2 Gläser Rotwein getrunken haben kann. Im Magen waren noch Spuren des Rotweins nachzuweisen."

Jetzt musste die zweite Hälfte des Joghurts untergehoben werden. „Soll ich den Auflauf schon in den Ofen stellen? Oder noch etwas warten?"

„Da nicht vorstellbar ist, dass der Trachealschnitt und das Setzen der Kanüle in wachem Zustand stattgefunden haben, kommen folglich nur Substanzen in Frage, die eine geringe Halbwertzeit aufweisen und die wir daher nicht nachweisen konnten."

„Ich habe die zweite Hälfte untergehoben. Der Joghurt ist köstlich. Halbwertzeit? Habe ich das schon einmal gehört?"

Das liebte sie, endlich konnte sie etwas dozieren. „Halbwertzeit ist die Zeitspanne, nach der eine mit der Zeit abnehmende Größe die Hälfte des anfänglichen Werts erreicht. Je geringer die Halbwertzeit, desto schneller ist eine Substanz nicht nachweisbar."

Er grinste und ihr wurde klar, dass sie es ihm gefühlt schon zum fünften Mal erklärt hatte.

„Wie langweilig!" empörte sich Friedrich. „Also wieder k.o.-Tropfen. Ich lasse Fischer recherchieren, wie und wo dieses Zeug käuflich zu erwerben ist. Zumindest beim weiteren Ablauf des Mordes hat der Mörder mehr Kreativität gezeigt."

Er hatte sich für die Nachtische extra spezielle Förmchen gekauft. Aus Metall, da sich aus diesen später die Mousse gut herauslösen lässt. Die Timbaleförmchen verengten sich leicht nach unten. Nach dem Auslösen der Form war der köstliche Nachtisch leicht nach oben zulaufend attraktiver anzusehen. Die Sahne wurde vorsichtig untergehoben und dann zügig in die Portionsförmchen gegeben. „Wie lange muss der Nachttisch im Kühlschrank stehen?"

„Maximal 12 Stunden sind die k.o-Tropfen nachweisbar. Länger leider nicht. Daher können wir nur spekulieren. Zwei Stunden muss die Mousse zum Kühlen in den Kühlschrank. Um 21:00 Uhr können wir uns dem Nachttisch widmen. Von daher kannst Du den Ofen vorheizen, damit wir den Auflauf aufwärmen. Den Parmesankäse bitte erst wenige Minuten vor dem Servieren über dem Auflauf verstreuen. Die Einstiche im Oberschenkel geben mir noch Rätsel auf."

Die nächsten Stunden konzentrierten sie sich auf die Diskussion, ob ein aufgewärmter Auflauf eine Sünde darstelle oder im Gegenteil, zu einer geschmacklichen Verbesserung führt. Natürlich nur, solange keine Nudeln Verwendung fanden. Die Ansichten waren kontrovers – schon aus Prinzip. Die Kochbücher wurden studiert, das Internet konsultiert. Aber es fand sich zu dieser lebenswichtigen Frage keine eindeutige Antwort. Friedrich bestand darauf, dass es eine Todsünde sei, vermutlich aber nur, weil sie den Auflauf mitgebracht hatte. Es hinderte ihn nicht daran, ihn mit Genuss zu verzehren.

Die Mousse wurde auf einen Teller umgestürzt, vorher das Förmchen in heißes Wasser getaucht. Nur so löst sich die Mousse problemlos von der Glaswand. Dann die Dekoration: ein wenig Minze, ein wenig von der Passionsfrucht und ein Hauch von Himbeersauce, wie eine blutige Spur um die Mousse gelegt.

Kapitel 8

Frühbesprechung. Alle saßen bereit, warteten, drehten Däumchen. Sie waren es gewohnt, dass Friedrich als letzter erschien. Heute kam er nur 10 Minuten zu spät. Der Tag begann vielversprechend.

„Sammeln wir unsere Erkenntnisse. Der Ablauf des Todes von Monika Betram ist weiterhin unklar. Einzig kann gesagt werden, dass medizinische Kenntnisse notwendig sind, um den Tod so zu inszenieren. Außerdem ist nicht denkbar, dass die Verletzung der Luftröhre und das Ablassen des Blutes in wachem Zustand erfolgten. Fangen wir hiermit an. Wer hat Vorschläge, wie der Ablauf gewesen sein könnte?" Friedrich lehnte sich zurück und ließ die anderen nachdenken.

Schuster meldete sich sofort. „Es könnte ein Racheakt gewesen sein. Aus der Tat spricht Hass mit einer Komponente Sadismus. Von daher kommen Menschen für die Tat in Frage, die voller Wut auf sie waren, den Mord lange vorbereitet haben, um sie zu strafen, sie ihrer Würde zu berauben.

Anderer Vorschlag: Die ganze Szenerie ist durch eine starke sexuelle Komponente gekennzeichnet. Sie ist nackt, gefesselt, fast als ob es zum Geschlechtsverkehr kommen soll. Ich stelle mir einen pervers veranlagten Mann vor, der sich an diesem Mord sexuell erregt." Schuster war sehr zufrieden mit seinen Ideen und blickte Zustimmung heischend in die Runde.

„Vielleicht sollte es ein Kunstwerk sein. „Tödliche Ohnmacht" wäre doch ein guter Titel. Mal sehen, ob in der nächsten Zeit Bilder von der Toten im Internet auftauchen." Schuster – ein Meister der kreativen Ideen!

„Es könnte aber auch sein, dass die ganze Szene keinen Sinn hat, außer dass wir über den Sinn nachdenken." Friedrich murmelte diese Idee einfach vor sich hin. Je sinnloser eine Idee, desto einfacher, die Arbeit auf die anderen zu verteilen.

„Das Telefonat mit Helene Kirchler, der Sekretärin von Monika Betram war sehr hilfreich. Sie hat im 5-Minuten-Rhythmus Verdächtige skizziert. In der Klinik werden sie sie lieben für ihre Offenherzigkeit. Streit um die Nutzung von wissenschaftlichen Erkenntnissen, ungerecht empfundene Kündigungen, laute Streits mit dem Geschäftsführer, ohne dass das Thema bekannt ist, ein geheimnisvoller Liebhaber, der immer auf dem privaten Handy anrief, deren Nummer noch nicht einmal die Sekretärin hatte, wütende Angehörige, deren Tochter, Sohn, Schwester, Bruder sich suizidiert hatte und die sich mit der paranoiden antipsychiatrischen Bewegung zusammengetan haben, und einzelne Patienten, die mehr oder weniger intensiven Kontakt zu Monika Betram gesucht haben, nicht immer so, wie dies von ihr gewollt war."

Friedrich erzählte den anderen die Details der Aussagen von Frau Springer. Sie teilten sich auf. Da die Auswahl der Aufgaben groß war, konnten die ersten nach dem Lustprinzip gehen. Es wurden zwei Paare gebildet: Schuster und Hanusch und Krüger und Fischer. Friedrich arbeitete lieber alleine.

Schuster und Hanusch wählten den Geschäftsführer aus. Dies schien unkompliziert zu sein. Außerdem wollten sie Kontakt zu den konkurrierenden Wissenschaftlern aufnehmen. Dazu musste Frau Springer aber erst einmal die Namen herausfinden. Der Kontakt zu dem Geschäftsführer war für heute per Videokonferenz geplant. Dann konnten auch die anderen Mitarbeiter der Klinik interviewt werden.

Krüger und Fischer mussten nach Dresden fahren, um die Mutter der Patientin, die sich suizidiert hatte, zu treffen. Diese Verabredung war für morgen früh geplant. Ein Besuch, den keiner machen wollte. Heftige Emotionen waren zu erwarten. Halb Kommissar, halb Therapeut. Das waren die Anforderungen an so eine Befragung. Simone Fischer, da waren sich alle einig, war die ideale Besetzung, um diese Aufgabe zu übernehmen. Sie besaß das nötige Fingerspitzengefühl. Sie selbst fühlte sich in diese Rolle hineingedrängt, lehnte aber nicht vehement ab.

Es musste niemandem gesagt werden, dass zwei Fragen immer gestellt werden mussten. Waren Sie zur Tatzeit in Berlin? Haben Sie eine medizinische Vorbildung?

Er selbst entschied sich, den zurückgewiesenen Assistenzarzt zu befragen. Der längste Weg, die längste Zeit mit sich und seinem Mercedes. Der Gedanke war angenehmer als mit den anderen zusammenarbeiten zu müssen.

Aber wie an den unbekannten Liebhaber herankommen? Ideen? Die Nachbarn in ihrer Wohnung in Dresden fragen. Ihren Computer durchsuchen. Kreditkartenabrechnungen prüfen. Irgendwo müssen sie sich getroffen haben. Die Ideen sprudelten nur so, nachdem der Morgenkaffee zu wirken begann.

Ein weiterer Fokus der Ermittlungen war die Frage, wie es gelingen konnte, viele Gegenstände aus dem Hotelzimmer zu entfernen, ohne dass es jemandem auffiel. Dies war nicht in einer Einkaufstüte oder dem von einer Pharmafirma gespendeten Rucksack möglich. Es war die Kleidung der Toten, vermutlich auch die Kleidungsstücke des unbekannten Liebhabers. Es musste geprüft, besser simuliert werden, wie groß ein Koffer oder eine Tasche sein musste, um diese Gegenstände aus dem Hotelzimmer zu entfernen.

„Wer hat Vorschläge?" Die Ideen versiegten. Bei der Frage, ob man zufrieden mit der Mannschaft, die einem zuarbeitet, ist, stellt sich immer die Frage der Alternative. Friedrich versuchte sich immer damit zu trösten, dass andere, phantasiebegabtere Mitarbeiter auf allen anderen polizeilichen Arbeitsgebieten völlig unfähig sein würden. Dann bekam er gleich das Gefühl, mit Mitarbeitern de Lux umgeben zu sein. Martin Chendran, Abteilung Spurensicherung und –analyse, stellte seine bisherigen Ergebnisse vor. Es fanden sich Blutspritzer um den Hals der Toten. Sie wiesen eine rechteckige Verteilung im Abstand von 30 cm vom Hals entfernt auf, da vermutlich unter dem Hals Handtücher positioniert worden waren, so dass dort das Blut aufgefangen wurde. Sie hatten eine Vielzahl von Fingerabdrücken gefunden, einzelne, wenige konnten Monika Betram zugeordnet werden, die anderen keiner bekannten Person. Ihr eigenes Register hatten sie durchforstet. Keine Übereinstimmungen. Auf dem Nachtischschränkchen waren zwei Abdrücke von Gläsern, die leicht verwischt waren, die von der Größe zu den Gläsern passten, die aus dem Zimmer verschwunden waren. Die Einmachgläser enthielten das Blut von Betram – welche Überraschung! Fingerabdrücke. Fehlanzeige. Weitere Spuren. Fehlanzeige. Friedrich stöhnte angesichts der begrenzten Informationen laut auf.

Kapitel 9

„Es ist ein Netzwerk. Fäden sind zu einem Netzwerk verwoben. Und Sie mittendrin. Ich habe Sie gesehen. Modern Art. Feindesland. Die Fäden sind an der Decke – aufgehängt. Zeitlos. Sie strickte sich ihr Leben, verstrickte sich. Geheimnisvoller Ort. Fürstlich Drehna. Rettung unmöglich. Sie macht Angst. Polizei – nein danke!"

Eine der vielen Anrufe, die bei der Polizei eingingen. Ein verwirrt wirkender Mann, der seine Beobachtungen mitteilen wollte. Aus diesem Kauderwelsch konnte keiner schlau werden.

„Wie ist denn ihr Name?"

„Namen sind vergänglich. Leben ist vergänglich. Kunst ist vergänglich. Spittler ist mein Name. Dresden. Heimatgefühle."

Der Polizist nahm die unvollständigen Daten auf und erwartete den nächsten Anruf.

„Ich weiß nicht, ob Ihnen die Beobachtung hilft. Ich stand vor dem Hotel, habe eine Zigarette geraucht, als ein Mann eilig das Haus verließ."

„Um welche Uhrzeit, wie sah er aus?"

„So genau kann ich mich nicht erinnern. Schwarzer Anzug, Brille, soweit ich mich erinnere. Und vor 19 Uhr."

„Geben Sie mir bitte Ihre persönlichen Daten" Seine Informationen war schon aus dem Rennen. 20 Uhr wurde Monika Betram das letzte Mal gesehen. Aber er protokollierte alles ganz genau, da die Interpretation der Bedeutsamkeit ihm nicht zustand. Klare Anweisung.

„Vor dem Hotel stand eine Gruppe von Demonstranten. Die hielten Plakate hoch. „Psychiatrie ist Folter. Und als Monika Betram vorbeikam, beschimpften sie sie, drohten ihr, schrien laut Mörderin. Besonders eine Frau schrie immer wieder Mörderin, Mörderin."

„Woher kennen Sie Monika Betram?"

„Ich habe am dem Kongress teilgenommen und interessiere mich für ihr Forschungsgebiet. Einen ihrer wissenschaftlichen Vorträge zum Thema Demenz habe ich mir angehört."

„Hat Frau Betram auf die verbalen Angriffe reagiert?"

„In keiner Weise. Sie ging einfach ohne Kommentar an der Gruppe vorbei."

„Ist Ihnen sonst noch etwas aufgefallen?"

„Eines fand ich auffällig. Am Rande der Gruppe stand ein Mann, etwas ungewöhnlich gekleidet, zu bunt, zu grell, die Kleidungsstücke nicht aufeinander abgestimmt. Er schwieg die ganze Zeit. Ich glaube, dass er mir auffiel, weil dies so stark zu den Beschimpfungen im Kontrast stand. Fast hatte man den Eindruck, dass er nicht dazu gehören würde. Als Monika Betram sich näherte, zog er sich sofort hinter die Gruppe zurück, so als ob er von ihr nicht gesehen werden wollte."

„Vielen Dank für Ihre genauen Beobachtungen. Wir kontaktieren Sie, falls wir eine genauere Beschreibung dieser Person brauchen."

„Ich habe einen Schuh in einer Mülltonne in Hotelnähe gefunden. Vielleicht ist dieser ja von der toten Person. Ich habe sie ihnen gleich mitgebracht."

Ein dreckiger, abgetragener Schuh wurde aus einer Plastiktüte gezogen. Mancher Müll hatte diesen schon bedeckt. Es war verwunderlich, wie dieser aufmerksame Bürger, der nur seine Pflicht tat, ihn überhaupt unter dem sonstigen Dreck entdeckt hatte. Schuhgröße 42. „Vielen Dank für Ihre Mühen!"

„Ist denn schon eine Belohnung ausgesetzt? Ich könnte ihnen zwei Männer beschreiben, die sich im Foyer gestritten haben. Nein, dann ist es vielleicht besser, wenn ich mich in einer Woche wieder melde. Vielleicht lohnt es dann." Während der Polizist ansetzte, um detaillierte Informationen zu erhalten, hatte der Anrufer aufgelegt.

Wieder rief dieser etwas Verwirrte an. Immerhin war er in der Lage, sich die Telefonnummer abzuschreiben.

„Besuchen Sie die Ausstellung. Alles duftet. Der Tod stinkt. Dort finden Sie ein Geheimnis. Sie war schon lange in Gefahr." Die Sätze waren etwas klarer, ihren Namen wiederholte er.

Ein weiterer Anruf, dieses Mal aus Köln. „Ich hatte auch mein Zimmer auf dem Flur, auf dem der Mord begangen wurde."

„Woher wissen Sie die Zimmernummer?"

„Das war unvermeidlich. Es waren so viele Polizisten, der Raum war abgesperrt. Beim Auschecken kam ich kaum an den ganzen Personen vorbei. Ich habe am Abend zuvor gesehen, wie eine Person vor der Zimmertür stand. Er war elegant gekleidet, mehr konnte ich von hinten nicht sehen. Ich bin an dem Zimmer vorbeigegangen, die Tür öffnete sich gerade und die Frau war offensichtlich überrascht von dem Besucher."

„Um welche Uhrzeit haben Sie Ihr Zimmer verlassen?"

„Es muss gegen 19 Uhr gewesen sein. Ich liebe es, am Abend noch einen Absacker in der Hotelbar zu trinken. Meine Arbeit war erledigt und am nächsten Morgen ist mein Flieger nach Köln gegangen. Falls Sie noch weitere Fragen haben, können Sie mich gerne anrufen."

Friedrich las die Protokolle der einzelnen Anrufe und Besucher. Viele Personen, die viele Menschen gesehen haben oder meinten, gesehen zu haben. Insgesamt waren es mehr als 100 Anrufe, die in den ersten zwei Tagen bei der Polizei eingingen. Es war nahezu unmöglich, allen Informationen nachzugehen. Immerhin konnte der mögliche Tatzeitraum besser eingegrenzt werden. Frühestens 20:30 Uhr, kleiner Sicherheitsabstand zu der

Erinnerung des Zeugen, spätestens vier Uhr morgens, sonst wären k.o.-Tropfen, so sie zum Einsatz kamen, nachweisbar gewesen.

Kapitel 10

„Ich weine ihr keine Träne nach. Sie hat viel in meinem Leben zerstört! Aber den Tod hat sie natürlich nicht verdient"

Stephan Friedrich war müde von der langen Reise in die Provinz. Brandenburgische Alleen sind eigentlich wunderschön, aber nur für 15 Minuten. Danach wiederholen sie sich und hindern einen, schneller wieder nach Berlin zurück zu kommen. Autobahnen sind ihm kaum möglich, dann plagt ihn ein Gefühl von Enge. Alles Quatsch, aber er vermeidet sie trotzdem. Und Brandenburg ist nur der Anfang der langen Strecke nach Sperrwitz. Wer arbeitet an so einem verlassenen Ort? Alle Angebote, sich begleiten zu lassen, hatte er dankend abgelehnt. Schuster wäre lieber mit ihm mitgekommen, hätte ihm den ganzen Weg ein Ohr abgekaut, tausend kluge Theorien aufgestellt. Und sobald ihm seine Ideen ausgegangen wären, hätte er von seinen Kindern erzählt, ihre lustigsten Erlebnisse, Planungen für die Vorweihnachtszeit (und das im September!), Weihnachtsgeschenke, Urlaubspläne, wie toll seine Frau sei, Stirnrunzeln, wie schwer es sei, Beruf und Familie unter einen Hut zu bringen. Die Alleen gewannen an Reiz, solange man alleine war.

„Hat ihnen der Weg gefallen? Viele Kulturdenkmäler entdeckt? Zumindest der Straßenstrich müsste ihnen aufgefallen sein. Auch eine Art der Landschaftserkundung." Peter Kleinkamp, ehemaliger Assistenzarzt der Universitätsklinik Dresden, war zynisch. Lebensfreude sah anders aus. „Sie hat zu verantworten, dass ich hier gelandet bin."

Sperrwitz war ehemals eine Landesnervenklinik, ausgegliedert aus den Städten, abgesondert von den anderen medizinischen Fächern. Menschen mit psychischen Erkrankungen mussten isoliert werden. Körperliche Erkrankungen wurden in der Stadt behandelt, sie waren nicht mit dem Makel des Andersseins behaftet. Seelische Erkrankte wurden ausgegrenzt. Die Psychiatrie in Sperrwitz hatte eine ähnlich furchtbare Geschichte wie so viele psychiatrische Einrichtungen. Die Ideologie der Nationalsozialisten steigerte die Ausgrenzung ins Unermessliche und erklärte viele zu unwertem Leben, unwert, Nachwuchs zu zeugen, unwert, überhaupt zu leben. Und mit den Kriegsjahren wurden die Behandlungsplätze für Kriegsopfer in Krankenhäuser „benötigt". Da bot es sich an, seelisch Erkrankte verhungern zu lassen, sie sich selbst zu überlassen oder in Todestransporten in dezentrale Vernichtungslager zu bringen. Pirna war so ein Ort. „Während der menschenverachtenden Vernichtung sonderten die Nazis die psychisch Erkrankten von anderen ab, die sie als lebensunwert ansahen", erklärte die Chefärztin Hannelore Springer. „Wir Psychiater haben uns spät unserer Vergangenheit gestellt. Wir haben uns an der

Vernichtung beteiligt. Viele Psychiater waren empfänglich für die Ideologie der Nazis. Statt zu heilen, mordeten sie. Wir versuchen, uns zu erinnern, um uns und vor allem unsere Patienten in Zukunft vor diesem schrecklichen Irrweg zu schützen." Sie zeigte Friedrich die Gedenktafel, die an prominenter Stelle im Krankenhaus angebracht war. Ein interessanter Ausflug in die Geschichte, die ihn aber nicht zu lange von seinen Aufgaben ablenken durfte.

„Sie haben in Dresden heftigen Streit mit Monika Betram gehabt. Dabei soll es sehr laut geworden sein?"

„Ja, tatsächlich. Sie hat meinen Vertrag nicht verlängert, obwohl ich mich die ganzen Jahre für die Patienten in Dresden eingesetzt und Überstunden geschoben habe, auch bereit war, unbeliebte Aufgaben zu übernehmen."

„Was war der Grund, nicht verlängert zu werden?"

„Meine Arztbriefschwäche war der Vorwand, der ihr gerade recht kam. Ich hatte einen Stapel ungeschriebener Briefe liegen."

„Monika Betrams Sekretärin sagte, dass es mehr als 100 gewesen seien."

„Ja, aber das war sicherlich nicht der Grund, mir zu kündigen. Ich habe nicht genug Drittmittel an Land gezogen. Kein Geld bedeutete Liebesentzug."

„Sie haben ihr dann gedroht?"

„Womit sollte ich denn drohen? Ich bin ein kleiner Fisch."

„Dass Sie sie bei der Ärztekammer anschwärzen, damit sie ihre Weiterbildungsbefugnis verliert? Wie war das möglich, Sie als kleiner Fisch."

„Ich habe dort angerufen. In der Universität Dresden werden nicht alle psychiatrischen Krankheitsbilder behandelt. Wenn jemand an der Flasche hängt, wird er nicht in der schicken Universitätsklinik behandelt. Damit darf sie einem Assistenzarzt nicht unterschreiben, dass dieser alle psychischen Erkrankungen behandelt hat. Ein Chirurg kann auch nicht bescheinigen, dass jemand eine Hüfte ausgewechselt hat, wenn er ausschließlich Herzgefäße überbrückt. Aber sie hat es getan. Ich habe in der Ärztekammer angerufen, aber man hat mich abgewimmelt. Ich habe geschrieben. Die Antwort war. ‚Vielen Dank für den Hinweis. Wir werden prüfen. Blablabla'. Aber es geschah nichts. Ihre Beziehungen zur Ärztekammer waren zu gut."

„Und haben Sie noch weiteres versucht?"

„Nein, aber sie hat gegen mich gewettert. In den Chefarztrunden hat sie mich schlechtgemacht. Wie unfähig ich sei. Wie illoyal. Wie aufrührerisch. Wie ungeliebt unter den Kollegen. Und alle meine Bewerbungen an Kliniken in der Nähe von Dresden waren vergeblich. Sie wurden noch nicht einmal beantwortet."

„Aber Sie haben doch jetzt einen Job?"

„Ja, jetzt sitze ich hier in Sperrwitz. Ein toller Arbeitsort. Ich bin nur genommen worden, weil sonst niemand hier arbeiten will. Die meisten Kollegen kommen aus Rumänien, Ungarn oder Tschechien. Da ist es schon einmal gut, wenn wenigstens ein Arzt Deutsch spricht. Ich befinde mich zwischen Patienten, deren ländlichen sächsischen Dialekt ich kaum verstehe und Ärzten, die die Patienten nicht verstehen."

„Sie sind ja unglaublich wütend."

„Ich habe allen Grund dazu. Ein Teil der Facharztausbildung ist die psychotherapeutische Behandlung von ambulanten Patienten. Sie müssen eine Mindestzahl von Stunden erreichen. Leider wollten die Patienten aus Dresden nicht mit nach Sperrwitz kommen. Alle Therapien musste ich neu beginnen. Monika Betram! Ich bedanke mich, dass Sie mir diesen Neuanfang ermöglicht haben!"

„Wann haben Sie Frau Betram das letzte Mal gesehen?"

„Das wissen Sie doch schon. Warum fragen sie mich? Auf dem WPA in Berlin. Ich musste mir diese grinsende Schönheit bei der Eröffnung anhören. Man könnte meinen, sie stehe jeden Tag an der Seite ihrer Patienten. Die interessierte sich überhaupt nicht dafür, wie es den Patienten ging. Hauptsache keiner brachte sich um. Hauptsache keine negativen Schlagzeilen nach außen."

„Haben Sie sie auch sonst während des Kongresses gesehen?"

„Es war fast unmöglich, ihr nicht über den Weg zu laufen. Lächeln hier, ein freundliches, kaltherziges Wort da. Ich habe aber nicht persönlich mit ihr gesprochen. Hätte ich nicht ertragen, wenn sie mich mit all ihrer Falschheit gefragt hätte, was ich denn so tue."

„Was haben Sie am 15. September abends, am letzten Tag des Kongresses gemacht?"

„Wollen Sie auch noch wissen, wie ich sie umgebracht habe? In meiner Fantasie habe ich sie mit dem Auto von der Straße gedrängt, vor die U-Bahn gestoßen und in ihr Zimmer den Ebola-Virus eingeschleust. Ich saß abends mit Freunden in einem Restaurant in Kreuzberg. Wie lange kann ich ihnen nicht sagen, habe zu viel getrunken."

„Sie wurden zuletzt um 17 Uhr in der Lobby des Hotels gesehen. Der Kongress endete um 14 Uhr. Wie kam es, dass sie so lange im Hotel geblieben sind?"

„Wenn Sie aus der Provinz kommen, verbleibt man manchmal etwas länger an Orten, die den Duft der weiten Welt verbreiten."

„Sie haben meine Frage nicht beantwortet." Friedrich war mittlerweile genervt von diesem verbitterten, vom Leben enttäuschten, selbstgerechten und arroganten Typen. Was für ein schweres Schicksal er doch hatte. Trotz seiner Wut waren die Kränkungen gleichzeitig kein überzeugendes Mordmotiv.

„Ich hatte mich in Kreuzberg um 18 Uhr verabredet. Das Novena liegt nicht weit vom SO36 entfernt. Also habe ich in der Hotellobby gewartet."

„Mit wem haben Sie sich lautstark gestritten? Machen Sie das immer, wenn Sie auf eine Verabredung warten?"

Auch auf diese Frage war er offensichtlich vorbereitet. Er lächelte breit. Grinste überlegen. Es machte ihm sichtlich Freude, die Antwort, die er sich zurechtgelegt hatte, aufzusagen.

„So ein arroganter Typ hat sich darüber aufgeregt, dass ich aus Versehen fast seinen Laptop vom Tisch gestoßen habe. Ist aber nichts passiert. Und der hat sich aufgeplustert. Nachdem er mein ‚Sorry' nicht angenommen hat und er mich als ‚Tölpel' beschimpfte, musste ich dann doch etwas resoluter werden. Ist es nicht erstaunlich, wie manche Menschen ihre Emotionen nicht unter Kontrolle haben? Er ist dann abgezogen und ich konnte wieder meinen Latte macchiato genießen."

„Waren Sie eigentlich immer Psychiater?"

„Meinen Sie, ob ich noch andere Untiefen der Medizin genossen habe? Ja und nein. Ich bin der Psychiatrie immer treu gewesen. Zur Facharztbildung gehört auch ein neurologisches Jahr. Dieses Jahr habe ich in der Universität Dresden absolviert. Stroke unit. Ein Schlaganfall nach dem anderen. Ständiges Herzklopfen. Eine körperliche Katastrophe folgt der nächsten."

Friedrich verabschiedete sich mit den üblichen Sprüchen, sammelte vorher die Namen und Telefonnummern der Freunde ein, mit denen er in der Bar sich betrunken hat, rief Krüger an und bat sie, das Alibi von Kleinkamp zu überprüfen.

„Könnten Sie mir noch etwas mehr zu Kleinkamp erzählen?" Die Chefärztin Frau Springer nahm ihre Brille ab, machte eine kurze, künstliche Pause, um jedem ihrer Worte Gewicht zu verleihen. „In ihm ist viel Bitternis. Manchmal kann er diese nicht gut verbergen."

„Aber warum? Er ist doch nicht in einen Steinbruch nach Sibirien versetzt worden."

„Ich kann nur Vermutungen anstellen. Mehr Gerüchte. Er erzählt nichts. Am Anfang ist er jedes Wochenende nach Berlin gefahren, hat alles getan, um seine Nachtdienste entsprechend zu legen. Es waren die Zeiten, als ich ihn in den Visiten manchmal mit einem lockeren Spruch auf den Lippen erlebt habe. Und dann war dies plötzlich vorbei. Er blieb die Wochenenden hier. Man muss kein Psychiater sein, um dies zu deuten. Eine

Mitarbeiterin hat mir erzählt, dass das Bild einer Frau mit zwei Kindern von seinem Schreibtisch verschwunden ist."

„Kann ich mich einmal auf der Station umsehen?"

„Warum denn das? Was trägt es zu ihren Ermittlungen bei? Nein, das kann ich Ihnen nicht gestatten."

„Wie genau werden die Medikamente kontrolliert?"

„Sie meinen, ob wir immer sagen können, ob die Anzahl der Tabletten im Medikamentenschrank von denen abweicht, die wir aus der Apotheke bekommen? Das können wir nicht. Wäre auch praktisch nicht denkbar. Patienten bei uns erfragen immer wieder bei Bedarf Medikamente. Sie fühlen sich so angespannt, dass sie es kaum aushalten, und dann sind Medikamente eine Möglichkeit, um den Zustand etwas erträglicher zu machen. Andere sind skeptisch, nehmen einen Tag die Medikamente, lehnen sie am anderen wieder ab. Das haben wir zu respektieren. Wir werben für eine sinnvolle Behandlung, der Patient entscheidet aber, welche Behandlung er möchte. Und möchten Sie wissen, ob Herr Kleinkamp freien Zugang zu den Medikamenten hatte? Ja, jederzeit."

„Könnten Sie mir die Kanülen zeigen, die sie benutzen?" Friedrich liebte es, Themen zu wechseln und den anderen zu irritieren.

„Kanülen?" Jetzt war Springer tatsächlich irritiert. „Klar können Sie diese sehen, aber Sie machen mich neugierig, was unsere Kanülen mit einem Mordfall zu tun haben."

Tatsächlich! Es fanden sich die gleichen Kanülen, wie sie im Hals des Opfers steckten. Was er sich vom Blick in den Medikamentenschrank erhoffte, wusste er selbst nicht so genau. Er wollte sich auf dem Rückweg nach Berlin sortieren, nicht gleich die Befragung von Kleinkamp fortsetzen.

„Ich würde Sie bitten, sich nicht mit Herrn Kleinkamp auszutauschen. Dies würde mir die Arbeit sehr erleichtern." Mit diesen Worten verabschiedete er sich von Springer. 250 km, 3h, 20 Uhr Ankunftszeit in Berlin, 21 Uhr Spaghetti al Olio.

Kapitel 11

Simone Krüger legte sich die Worte zurecht. Ihr war nicht wohl bei der Begegnung mit einer Mutter, die ihre Tochter durch Suizid verloren hatte. Der Suizid war einige Jahre her, aber sie hatte es nicht geschafft, Abschied zu nehmen. Die Trauer schien in Wut umgeschlagen zu sein. Wie stark diese Wut war, konnte sie noch nicht sagen. Deshalb saß sie im Auto und bereitete sich innerlich vor. Intensive Gefühle waren ihr selbst gut bekannt, aber sie sprach ungerne darüber. Nicht zu forsch, um die Wut nicht auf sich zu verlagern. Immerhin war sie

Teil einer Institution und diese wurden von der Mutter vermutlich als feindlich wahrgenommen. Nicht zu vorsichtig, um am Ende nur eine Bühne für die Wut geboten zu haben, aber ohne neue Erkenntnisse nach Berlin zurück zu kehren.

Fischer und sie fuhren in eine der sozialistischen Hochhaussiedlungen von Dresden. Nach der Wende lange vernachlässigt, mehrfach an windige Aktienunternehmen verkauft und kurz vor dem Abriss. Dann wurde die Platte saniert, kunterbunt von außen bemalt, so dass man schon aus der Ferne erkennen kann: Hier hat die Abrissbirne keine Chance. Die Kipsdorfer Straße liegt nicht weit von der Elbe entfernt, attraktive Altbauviertel umgeben die Hochhäuser. Frau Brinkmann wohnte in der Platte, 10. Stock, 58m², drei Zimmer.

„Ich habe aus der Zeitung von dem Tod von Monika Betram erfahren." Henrike Brinkmann wartete kaum das Öffnen der Tür ab. „Meine Tochter war anfänglich begeistert von ihr. Wir hatten große Hoffnung in sie gesetzt."

„Vielen Dank, dass Sie bereit sind, unsere Fragen zu beantworten. Vielleicht geben Sie uns kurz Zeit, uns vorzustellen. Krüger, Kriminalkommissarin, und Hanusch, Kommissariatsanwärter. Sie waren während des Kongresses der World Psychiatric Association in Berlin?"

„Von morgens bis abends stand ich vor dem Kongress. Die Psychiatrie hat mich zerstört, indem sie mir meine Tochter genommen hat. Das muss die Welt erfahren!"

„Hatten Sie Kontakt zu Monika Betram?"

„Ob ich mit ihr geredet habe? Nein, sie spricht nicht mehr mit mir."

„Sie sollen ,Mörderin!' gerufen haben. Und dass es ihr noch leidtun werde."

„Sie hat meine Tochter auf dem Gewissen. Erst überzeugt sie meine Tochter, in die Klinik zu gehen, und dann schmeißt sie sie wieder raus. Das musste doch ins Unglück führen!"

„Hatten Sie denn nach dem „Rausschmiss" noch Kontakt zu Ihrer Tochter?"

„Sie hat mir nur noch eine SMS geschrieben. ,Ich muss gehen!'. Das war das letzte, was ich von ihr gehört habe. Sie hätte sie retten können."

Hanusch ließ seinen Blick durch das Wohnzimmer schweifen. Sie hatten sich an den niedrigen Couchtisch gesetzt, Henrike Brinkmann hatte ihnen einen Tee angeboten. An den Wänden hingen die Fotos einer jungen Frau, offensichtlich der Tochter, meist alleine, vereinzelt gemeinsam mit der Mutter. Die Inneneinrichtung war in die Jahre gekommen. Die Sessel und die Couch durchgesessen, der Couchtisch voller Kratzer, der Teppich von Flecken übersät. Es war lange her, dass die Fensterscheiben gesäubert worden waren. Draußen schien die Sonne, aber die Wärme erreichte nicht das Innere der Wohnung.

„Leben Sie alleine?" Hanusch suchte auf den Bildern andere Personen.

„Alleine? Ja, ich lebe allein."

„Kein Partner? Der Vater ihrer Tochter?"

„Karla hat ihren Vater nicht kennen gelernt. Er hat keine Rolle in unserem Leben gespielt. Wir beide haben uns gemeinsam durchs Leben geschlagen."

„Es gab aber auch einmal ein Ermittlungsverfahren gegen Sie. Wegen des Verdachts auf Vernachlässigung ihres Kindes?"

Henrike Brinkmann sprang wütend auf und stieß fast die Teekanne um. „Kommen Sie mir auch wieder mit dieser alten Geschichte. Eine bescheuerte Tussy aus dem Kindergarten verleumdet einen und man wird diese Geschichte ein Leben lang nicht mehr los."

„Sie sollen aber auch ihre Tochter geschlagen haben? Sie war für ein Jahr in einer Pflegefamilie untergebracht."

„Alles Lüge. Ich bin das Opfer. Immer wollen die anderen mir etwas unterschieben. So war es auch in der Gerichtsverhandlung. Monika Betram erklärte in der Anhörung mit ihrer sanften Stimme, warum meine Tochter so emotional instabil war, was ich alles verbrochen habe, damit sie so geworden ist wie sie war. Wie überfordert ich war und welche negativen Auswirkungen dies hatte. Ich habe sie geliebt und dann bekomme ich nur Vorwürfe zu hören."

„Wie hatte der Richter entschieden?"

„Der Suizid sei die tragische Folge einer psychischen Erkrankung. Weder eine medizinische Institution im Speziellen, noch Monika Betram im Besonderen könne man dafür verantwortlich machen. Aber wer soll denn dann verantwortlich sein! " Henrike Brinkmann bekam vor Aufregung rote Flecken im ganzen Gesicht, atmete schnell und unruhig und konnte kaum stillsitzen. Simone Krüger versuchte das Gespräch wieder in ruhigeres Fahrwasser zu führen.

„Bis wann waren Sie in Berlin? Wo haben Sie übernachtet? Bis wann standen Sie vor dem Kongress?"

„Ich bin am Sonntag aus Berlin abgereist. Zum Glück gibt es die bezahlbaren Fernbusse, mit denen ich günstig von Berlin nach Dresden kam. Wir standen von der ersten bis zur letzten Minute vor dem Kongress. Keiner kam an uns vorbei! Jeder musste unsere Transparente lesen."

Krüger fragte noch einmal: „Und bei wem haben Sie gewohnt?"

„Bei einer Freundin. Deren Namen möchte ich nicht sagen. Muss ich doch auch nicht?"

„Stand denn die Freundin mit Ihnen vor dem Kongress?"

„Ich sage Ihnen nichts dazu!"

„Das bedeutet, dass Sie den Kongress am Samstag um ca. 15 Uhr verlassen haben? Wenn ja, was haben Sie danach gemacht? Mit wem waren sie unterwegs?"

„Monika Betram hat ihr Leben zu früh verloren, wie meine Tochter. Sie hätte das Leben meiner Tochter schützen müssen. Stattdessen hat sie mir die Schuld zuschieben wollen. Und niemand hat aufgeschrien. Nur meine Freunde von der „Irrenverteidigung" haben mich aufgefangen. Sie haben mir geholfen zu verstehen, dass die Psychiatrie meine Tochter krankgemacht hat. Wir haben am Nachmittag abgebaut, die Tische und Transparente untergestellt und uns dann getrennt."

„Wo waren Sie in der Zeit ab 19 Uhr?"

„Ich bin durch die Stadt gelaufen, viele Stunden. Keine Ruhe gefunden. Eigentlich finde ich überhaupt keine Ruhe mehr."

„Wir haben aus unserem Polizeicomputer noch einige Informationen herausgezogen."

„Jetzt fangen Sie nicht wieder damit an! Ja, ich habe für sechs Monate im Knast gesessen, weil ich Drogen vertickt habe, ja, ich habe selbst Drogen eingenommen. Aber das ist lange her. Ich bin jetzt 44. Damals war ich 24."

„Sind Sie von jemandem begleitet worden, als Sie durch die Stadt liefen. Hat sie jemand gesehen?"

„Gesehen haben mich bestimmt Hunderte. Ob sie sich an mich erinnern, glaube ich eher nicht. Nein, ich kann Ihnen niemand nennen, der mich durchgängig überwacht hat."

„Haben Sie eine Idee, wer für den Tod von Monika Betram verantwortlich sein könnte."

„Wahrscheinlich wollen Sie wissen, ob ich es getan habe. Warum habe ich es eigentlich nicht getan? Im Gerichtssaal hätte ich zur Urteilsverkündigung eine Pistole mitbringen müssen. Aber es wäre sowieso umsonst gewesen. Monika Betram hatte sich durch ihren Anwalt vertreten lassen. Meine Tochter war nicht wichtig genug. Nein – ich kann Ihnen leider nicht weiterhelfen."

„Wann haben Sie Monika Betram das letzte Mal gesehen?"

„Ich will mich nicht mehr erinnern. Gehen Sie!"

„Es kann sein, dass wir noch weitere Fragen..."

Henrike Brinkmann hatte sich in die Küche zurückgezogen. Es machte folglich keinen Sinn, ihr noch Standardtexte hinterherzurufen. Sie zogen sich die Jacken an und die Tür hinter sich zu.

Krüger und Hanusch liefen schweigend die Treppenstufen hinunter. Die Omnipräsenz der toten Tochter war bedrückend. Es schien nichts Anderes im Leben dieser Frau zu geben. So komisch es klang – vielleicht konnte sie jetzt Ruhe finden, da die „schuldige" Ärztin nicht mehr lebte. Aber war dies ein hinreichendes Motiv, um einen Mord zu begehen?

Henrike Brinkmann hatte einige Jahre als Tierarzthelferin gearbeitet. Die anderen Personen der „Antipsychiatriegruppe" sollten zweifelsohne kontaktiert werden. Sobald mehr Bildmaterial vorhanden ist, sollte es im Abgleich mit dem Internet möglich sein, einzelne Gruppenmitglieder zu identifizieren.

Außerdem sollte bei der Polizei eine namentliche Versammlungsanmeldung vorliegen. Ohne diese wäre es nicht möglich gewesen, mehrere Tage vor dem Hotel zu stehen und zu protestieren.

Kapitel 12

Die Standleitung nach Dresden war stabil. Der leitende Oberarzt, der leitende Psychologe und die beiden Assistenzärzte konnten einen Eindruck vermitteln, wie Monika Betram und ihre Arbeit wahrgenommen wurden.

Sie hatte zwei Gesichter. Die knallharte Verhandlerin, die keine Sekunde zögerte, andere unter Druck zu setzen, wenn es um die Sicherung des Personals ging, die hartnäckig um Forschungsgelder kämpfte, egal wie aussichtslos es erschien, die wütend werden konnte, wenn die wissenschaftlichen Mitarbeiter nicht das Engagement brachten, um international in der Forschung mitzuhalten. Wer nicht mitzog, hatte es nicht leicht. Aber sie stellte nie jemanden öffentlich bloß.

Wenn Sie Kontakt mit Patienten hatte, war sie warmherzig, hörte intensiv zu, zeigte ein tiefes Interesse an der Lebensgeschichte. Sie hatte eine Privatsprechstunde, in der sie Patienten über viele Jahre begleitete. Sie war bei diesen beliebt. Der leitende Oberarzt vertrat sie immer, wenn sie unterwegs war. Er habe häufig Lob der Patienten gehört.

Konflikte? Streit? Drohungen? Die Mitarbeiter wussten von nichts. Sie wurde idealisiert. Oder einfach so beschrieben wie sie war? Abhängigkeiten verändern Sichtweisen auf Menschen, schärfen sie nicht unbedingt. Könnten Sie sich vorstellen, wer ein Interesse haben könnte, dass sie nicht mehr lebt? Eine absurde Idee! Warum sollte man sich den Tod dieser Frau wünschen?

„Wer wird in einer psychiatrischen Klinik behandelt? Kommt denn jemand freiwillig zu Ihnen? Ich müsste schon verrückt sein, um mich in einer Anstalt behandeln zu lassen." Ganz so heftig waren Schusters Vorurteile in Wirklichkeit nicht, aber Zuspitzungen schadeten nicht.

Ziegler, leitender Oberarzt, setzte zu einem längeren Vortrag an. „Sie sind - trösten Sie sich - in guter Gesellschaft. Sie haben ein falsches Bild von psychiatrischen Kliniken und den Behandlungen dort. Wir bemühen uns, das Bild des Faches zu ändern, dichter an die Realität zu führen, aber die Chirurgen haben es leichter darzustellen, dass sie Beinbrüche nicht ohne Narkose behandeln.

Die Menschen wenden sich in ihrer Not an uns, weil sie unendlich traurig sind, keine Kraft mehr haben, aus dem Bett zu kommen, ihr Hoffnung auf ein Morgen ohne Ängste verloren haben, das Gefühl haben, die Kontrolle über sich oder über ihren Körper verloren zu haben, der organisch gesund ist, aber sie immer wieder in Zustände von Todesangst hineinführt, sie kommen, weil der Alkoholgenuss keiner mehr ist, sondern das ganze Leben dominiert, die Familie bedroht, sie suchen Hilfe bei schweren Lebenskrisen, Verlust des Partners durch Trennung oder Tod."

„Und alle sind froh, bei Ihnen zu sein! Da wird mir ganz warm ums Herz." Schuster merkte selbst, dass seine Ironie nicht ganz passend war.

„Die meisten sind nicht froh, zu uns zu kommen. Aber nicht wegen uns, sondern wegen dem Leid, das sie erleben. Ein Krankenhaus kann ein heilender, nie ein schöner Ort sein. Wir sind keine Wellness-Oase."

„Was würde mich erwarten, wenn ich zu Ihnen flüchte?"

„Oh, jetzt werden wir zum Ort für die Feigen dieser Welt. Die Patienten stellen sich nicht den Problemen und entziehen sich Ihnen, indem sie sich im Krankenhaus verstecken. Ich hoffe, mich nicht lange mit diesem Vorurteil aufhalten zu müssen. Nur eine Zahl: Im Durchschnitt sind die Patienten 20 Tage bei uns. Die Zeit reicht nicht aus, um sich vor der Welt zu verstecken. Es sind immer intensive Tage, in denen das Leben außen auch hier präsent ist. Wir helfen, die Auseinandersetzung mit der Welt mit besseren Erfolgsaussichten zu gestalten, individuell zu dosieren, nicht bei den Niederlagen zu beginnen, sondern an den kleinen Erfolgen anzuknüpfen."

„Welche Aufgabe kommt einer Chefärztin zu?"

„Sie meinen, wie Monika Betram sich in die Patientenbehandlung eingebracht hat? Psychische Behandlungen sind eng mit dem intensiven Kontakt zu den Patienten verknüpft. Mit anderen Worten braucht es Zeit, um ein psychotherapeutisches Gespräch zu führen. Daher ist die Chefärztin nie die Operateurin, sondern sie kann maximal die Operation begleiten – wir nennen dies supervidieren. Sie ist hin und wieder bei den Visiten gewesen, um sich mit dem Patienten und uns über den Stand der Behandlung auszutauschen. Dies ist im Stationsablauf eine zentrale Veranstaltung, da dort viele Richtungsentscheidungen getroffen werden."

„Dies klingt alles so friedlich. Gab es denn keine Patienten, die wütend auf sie waren, sie beschimpften, ihr drohten?"

Ziegler lächelte. „Eine Psychiatrie ohne heftige Emotionen gibt es nicht. Nehmen sie den einfachen Vorgang der Entlassung aus dem Krankenhaus. Stellen Sie sich vor, alles ist gut vorbereitet, eine ambulante Weiterbehandlung ist gesichert. Stellen Sie sich vor, dass diese Person immer wieder in ihrem Leben die Erfahrung gemacht hat, abgeschoben worden zu sein, das ungeliebte Kind gewesen zu sein. Der Patienten äußert nun den Wunsch, länger bleiben zu wollen. Er fühle sich sicherer bei uns. Wir sind ein Ort, an dem er viel Zuwendung erfährt. Wenn dann die Chefärztin ablehnt, dass der Aufenthalt verlängert wird, wird möglicherweise das Programm ‚Ich werde fallen gelassen!' aktiviert und kann zu heftiger Wut führen. Mit den meisten Patienten lässt sich dieses Gefühl der Ablehnung im nächsten Gespräch aufgreifen, sie können es reflektieren und ausdrücken, da sie wütend auf dieses Gefühl sind und nicht darauf, entlassen zu werden."

Hanusch rutschte etwas unruhig auf seinem Stuhl hin und her. Ihm lag die ganze Zeit die Frage auf der Zunge. „Und was ist mit den Pateinten, die gezwungen werden, behandelt zu werden. Von diesen haben Sie noch nicht gesprochen. Wenn ich gezwungen werden würde, wäre ich auch voller Wut."

„Ich habe erst einmal nicht von dieser Gruppe gesprochen, weil sie sehr klein ist. Manchmal dominiert die Wahrnehmung der Psychiatrie in der Öffentlichkeit diese Gruppe. Solange wir sie behandeln, werden wir ein Imageproblem behalten. Es ist seltsam, wie die Öffentlichkeit mit Thema ‚Selbst- oder Fremdgefährdungen bei psychischen Erkrankungen' umgeht. Öffentlich wird geschrien ‚Wegschließen!', sobald es den Hauch von Gefährlichkeit haben könnte, oder ‚Niemand darf zu etwas gezwungen werden!', wenn diese Gefährlichkeit einzelner weniger ausgeblendet wird. Wir sehen uns als Garanten dafür an, dass Menschen mit psychischen Erkrankungen selbstbestimmt leben können. Dabei sind wir fast immer Berater auf dem Weg zu einer größeren inneren Freiheit."

„Und was ist jetzt mit dem Zwang?"

„Es gibt Patienten, die gegen ihren Willen in unserer Klinik behandelt werden. Dies haben Gerichte entschieden. Formal setzen wir Gerichtsentscheidungen, die durch unabhängige Gutachter unterstützt werden, um. Aber wir tun es auch mit der inneren Überzeugung, in einem schwierigen Abwägungsprozess das Richtige für die Patienten zu tun."

„Und kommt es in diesem Rahmen nicht auch zu Bedrohungen? Könnten Sie sich Gefahren vorstellen?"

„Diese Bedrohungen gibt es! Zweifelsohne. Mitarbeiter werden auch als Verfolger, als Spione einer Nachrichtenorganisation, als Menschen, die dem Patienten nach dem Leben trachten, verkannt. Dann kann es sein, dass Mitarbeiter angegriffen werden. Selten, aber es kommt vor. Häufiger kommen Menschen im Alkoholrausch zu uns, haben so viel getrunken, dass sie medizinisch überwacht werden müssen und werden dann bedrohlich oder gewalttätig. Sie erinnern sich am nächsten Tag nicht mehr an das, was sie getan haben.

Ich weiß, dass Monika Betram immer wieder von ehemaligen Patienten Briefe erhielt, die im Grundton nicht immer freundlich waren. Besonders aggressiv trat die Antipsychiatriebewegung gegen sie auf. Sie war prominent und daher stand sie im Fokus."

„Könnten Sie konkrete Namen nennen?"

„Bei aktuellen oder ehemaligen Patienten geht dies nicht. Zumindest nicht ohne deren schriftliche Erlaubnis. In der Antipsychiatriebewegung finden sich auch ehemalige Patienten von uns. Soweit sie sich öffentlich äußern, kann ich – in Grenzen – dazu etwas sagen. Wenn Sie konkret zu einzelnen Patienten Fragen haben, um die Ermittlungen voran zu bringen, gibt es noch den ‚Trick', mich in Anwesenheit dieser Personen zu befragen. Dann kann ich diese um Erlaubnis bitten, etwas zu berichten. Viele werden sie in den Ermittlungen unterstützen wollen, so dass sie die Zustimmung geben werden. Dann habe ich die Gewissheit, dass ich auf ihre Fragen antworten darf und kann mich immer wieder rückversichern. Vielleicht würde eine Befragung dann auch weniger belastend sein. Wir alle haben den starken Wunsch zu wissen, wer Frau Betram dies angetan hat. Der Mord hat sich unter den Patienten herumgesprochen und schafft eine große Unruhe."

Schuster und Hanusch machten sich kurze Notizen zu den Gesprächen mit dem leitenden Psychologen und den Assistenzärzten. Der Psychologe ergänzte einige Informationen zu den Therapiekonzepten der Klinik, die Assistenzärzte waren vor allem loyal, mit sich selbst und ihrer Ausbildung beschäftigt. Und hatten große Sorge, welchen Einfluss der Tod auf ihre wissenschaftliche Karriere haben würde.

Kapitel 13

„Sie hatten Streit mit Monika Betram?" fragte Schuster. Hanusch hatte die Rolle des stillen Zuhörers

„Wer sagt denn so etwas? Wir bereiten gerade die Trauerfeier vor. Die ganze Klinik ist geschockt. Eine so wichtige, anerkannte, weit über das Krankenhaus bekannte Person zu verlieren! Sie war gewissermaßen ein Leuchtturm unserer Klinik. Und dann auf so grausame Art und Weise ermordet. Furchtbar!"

„Sie hatten keinen Streit mit Monika Betram?"

„Wir gehören zur Leitung dieser Klinik. Als Geschäftsführer bin ich im wirtschaftlichen Bereich auch ihr Chef gewesen. Aber im operativen Bereich hatte sie die alleinige Hoheit. Leiten heißt nach optimalen Lösungen suchen. Da weichen die Einschätzungen manchmal voneinander ab. Streit nein, intensive Diskussionen ja."

„Sie soll häufig darüber geklagt haben, dass Sie ihr das Personal vorenthalten."

„Klagen gehört zum Geschäft. Klagen und fordern. Ich fordere maximal viel und bekomme dann die Hälfte. Mehr hatte ich von vornerein nicht erwartet. Wenn ich mit den Krankenkassen verhandele, läuft dies auch so ab. Leiten heißt feilschen."

„Das klingt alles sehr harmonisch." Schuster kommentierte etwas süffisant die Antworten von Klemp, dem Geschäftsführer. Ohne Krawatte verließ er nicht das Haus. Immer weißes Hemd, dunkler Anzug, leicht gewelltes Haar, blitzblanke Schuhe. Erfolgreicher Absolvent der Business School Administration. 1er Examen. Sehr zielstrebig. Erste Erfahrungen bei einem privaten Krankenhausträger, kurzer Ausflug zu einer Krankenkasse, dann unmittelbarer Aufstieg zum Geschäftsführer der Universität Dresden.

„Darüber hinaus gab es keine Konflikte? Ich habe Gerüchte gehört, dass Sie weniger psychiatrisches Personal genehmigt haben, weil Sie damit andere Fächer subventioniert haben."

Er stöhnte auf. „Jetzt kommt sogar die Polizei mit diesen falschen Gerüchten. Selbstverständlich wird das Geld nicht zweckentfremdet. Die Krankenkassen schauen uns ganz genau auf die Finger. Aber auf den Stationen besteht immer das Gefühl, überlastet zu sein. Und dann bin ich persönlich schuld!"

„Waren Sie in den letzten Tagen in Berlin?"

„Tatsächlich - ein unglaublicher Zufall. Genau an dem Abend, an dem Monika Betram ermordet wurde, hatte ich gleichfalls eine Veranstaltung im Novena. Quatsch, Zufall war es natürlich nicht. Auch im Bereich der Krankenhausfinanzierung befinden wir uns im internationalen Austausch. Eine kleine Gruppe deutscher Geschäftsführer hat eine Arbeitsgruppe gegründet, um sich mit der Finanzierung psychiatrischer Erkrankungen im Krankenhaus zu beschäftigen. Und wir haben an diesem Treffen teilgenommen. Wussten Sie, dass es in England viel weniger Krankenhausbetten für Menschen mit psychischen Erkrankungen als in Deutschland gibt? Die Behandlungen finden oft zu Hause statt."

„Das ist tatsächlich ein großer Zufall. Wann fing die Veranstaltung an?"

„Das kann ich Ihnen genau sagen. Um 20 Uhr. In der Stunde zuvor fand ein Stehimbiss statt. Die besten Gespräche ergaben sich bei dieser Gelegenheit, ganz informell, ganz leger."

„Wann sind Sie dazu gestoßen?"

„Die genaue Zeit kann ich Ihnen nicht sagen. Aber ich hatte Zeit, um einige Cocktailtomaten zu genießen."

„Haben Sie medizinische Vorerfahrungen?"

„Ich verstehe viel von Operationen, aber mit dem Schnippeln und Schneiden im Operationssaal kenne ich mich weniger aus."

Kapitel 14

„Die Bank hat den Zugriff auf die Bankdaten von Monika Betram möglich gemacht. Ich bin ihre Kontoauszüge durchgegangen. Sie muss gut verdient haben. In meinem nächsten Leben werde ich Chefärztin." Simone Krüger betrat mit dieser erfreulichen Nachricht den Raum. Sie hatten vier Tage gewartet. Die Bank schien alle Zeit der Welt zu haben. Sie wirkte von außen wie eine große Behörde. Keiner wollte sich zuständig fühlen, dann niemand entscheiden, wann, wie und in welcher Form die Kontoauszüge zur Verfügung gestellt werden. Für die Verwaltung der Daten der Visakarte war eine andere Bank zuständig, in der alle sehr freundlich waren, aber nur den vorgeschriebenen Weg einhielten. Es fanden sich keine Besonderheiten, außer dass einige Abbuchungen in Cottbus stattgefunden haben."

„Ja und?"

„Kannst Du Dich an die Bemerkungen dieses etwas verwirrten Anrufers erinnern? Alle Sätze waren unverständlich, aber er sagte zwischendurch eindeutig ‚Fürstlich Drehna'. Es ist ein Hotel, das genau auf halbem Weg zwischen Berlin und Dresden und nicht weit von Cottbus entfernt liegt. Es ist ein Schloss. Fürstlich Drehna. Besondere Arrangements können dort gebucht werden. Drei Tage Liebeszauber. Vier Tage Frühlingserwachen. Die Fotos der Zimmer sind toll. Wenn es tatsächlich von innen so aussieht, wäre ich bereit, eine Recherche vor Ort durchzuführen. Inkognito. Mir müsste nur jemand das Zimmer bezahlen. Die Abbuchungen deuten darauf hin, dass sie nicht alleine war."

„Wer fährt hin, um zu klären, mit wem sie dort übernachtet hat. Vielleicht finden wir dann endlich den geheimnisvollen Liebhaber." Alle Finger gingen in die Höhe. Einerseits die Chance zu haben, an diesem vermutlich entscheidenden Punkt der Ermittlung dabei zu sein, andererseits sich einen wunderschönen, romantischen Ort anschauen zu können, machte die Fahrt heiß begehrt.

„Peter Fischer, begleiten Sie bitte Simone Krüger. Und nehmen Sie unser gesamtes Bildmaterial vom Kongress mit. Hoffentlich können die Mitarbeiter den unbekannten Liebhaber auf den Bildern identifizieren."

Er wollte die Wartezeit in seinem Lieblingscafé verbringen. Seit Wochen hatte er sich mit einem guten Freund verabredet, der zu einem Kurzbesuch in Berlin war und den er seit der Schulzeit kannte. Diese nervigen Ermittlungen hätten das Treffen fast verhindert.

„Teilen Sie mir telefonisch den Zwischenstand ihrer Ermittlungen mit. Vor allem, wenn klar ist, wer der Liebhaber ist. Schuster und Hanusch, Sie halten sich in Bereitschaft, falls kurzfristig ein Hausbesuch beim Liebhaber nötig sein sollte."

Während Fischer das zivile Polizeiauto über den Berliner Stadtring manövrierte, las Simone Krüger mehr über das Schloss Fürstlich Drehna. „Seit 2007 könne dieses imposante Bauwerk als Hotel genutzt werden. Um das Schloss herum befinde sich ein großer, durch Linne geschaffener Landschaftspark, das Schloss sei mit einer Vielzahl exquisiter Suiten ausgestattet, direkt angeschlossen sei eine Schlossbrauerei.

Fahr im Autobahntunnel langsam! Gleich blitzt es. Dein letzter Strafzettel ist noch zu frisch."

Nach dieser kurzen Warnung schloss Simone Krüger das Handy und die Augen.

Kapitel 15

„Stephan, seit Du Kommissar bist, stöhnst Du nur über Deine Arbeit, mäkelst an Deinen Kollegen herum. Ich bin es von Dir seit der Schulzeit gewöhnt, dass Du überheblich bist und dass lästern Deine liebste Beschäftigung ist. Kannst Du mir erklären, wie das kommt. Gleichzeitig wirkst Du ganz zufrieden mit Deinem Leben." Nachdem Louis Längrich die Chance hatte, die Neuerungen in seinem Leben zu erzählen - Umzug nach Ulm, neuer Job, Karrieresprung, Ehefrau nach Ende seiner Probezeit nachgezogen, Unternehmen finanziell wackelig – wechselten sie zu Friedrichs Neuigkeiten. Louis war ein guter Zuhörer, hatte einen Hang zum Hobbypsychologen und daher nur wenig Bedürfnis, viel von sich zu erzählen. „Weiterhin begeistert davon, Mörder zu stellen?"

„Ich werde versuchen, es Dir mit dieser Tasse Espresso zu erklären. Das Ergebnis ist köstlich, aber diese Köstlichkeit kommt nicht aus dem Nichts. Du hast die Aufgabe, einen Mord aufzuklären. Dieser tödliche Cappuccino wird, das weißt Du, eine große Herausforderung werden. Zuerst musst Du Dich auf Betriebstemperatur bringen. Ca. 90 Grad, aber nicht höher, nur so kochst Du nicht über, auch wenn Deine Mannschaft ausschließlich aus Auswechselspielern zu bestehen scheint. Dann ist eine innere Anspannung notwendig, 1,5 Bar ist gerade richtig. Danach fängt die eigentliche Arbeit an.

Du verteilst die Aufgaben. Das ist als Barista natürlich meine Aufgabe. Einen schickst Du Kaffee holen, den anderen lässt Du das gefilterte Wasser auffüllen. Deine Mitarbeiter sammeln nach Deinen Vorgaben Informationen ein. Und man selbst sitzt auf seinem Sessel und starrt Löcher in die Decke. Dies muss man genießen können.

Die Informationen kippst Du dann in die Mahlmaschine, philosophierst über den Mahlgrad und hast eine Ansammlung von Verdächtigen in deinem Sieb. Und natürlich gehört es dazu, sich über die Qualität der Espressobohne zu empören. Jetzt erhebst du dich selbst von Deinem Sessel, pustest die Maschine durch, setzt das Sieb ein und ein wunderbarer Extrakt fließt durch das Sieb in deine Tasse. Nur die heißesten Verdächtigen landen in deiner Tasse. Du musstest vorher natürlich die zermahlte Espressobohne gut in dem Sieb justieren, der Druck auf die Verdächtigen muss gut gewählt sein. Und jetzt spielst du sie gegeneinander aus. Jeder möchte die unschuldige Crema sein. Niemand der schuldige Bodensatz. Die Verdächtigen werden sich gegenseitig in ein schlechtes Licht rücken, sie machen Deine Arbeit.

Und ich muss den Espresso nur noch trinken und genießen. Ich kann ihn genießen, da ich weiß, dass ich am Ende den Bodensatz vor mir sehen und ihn nur noch den Hilfspolizisten übergeben muss."

„Du warst schon immer ein Meister der schwachsinnigen Vergleiche." Längrich schüttelte nur grinsend den Kopf.

Das Telefon klingelte.

„Wir wissen, wer sie ist!" Simone Krüger stolperte fast über ihre eigene Sprache.

„Sie?"

„Ja, sie! Der gesuchte Liebhaber ist eine Frau."

„Entschuldige, ich muss mich auf den Weg machen. Wir telefonieren später miteinander. Dieser tödliche Cappuccino entwickelt ein überraschendes Aroma."

Kapitel 16

Prof. Dr. Petra Harrison, Ordinarius für Psychiatrie an der Charité in Berlin, war sehr überrascht, schreckte auf, als die Polizei sie in der Klinik anrief und darum bat, dass sie sich unmittelbar im Kommissariat Mitte vorstellen sollte. Ein unendlicher Schmerz engte ihre Brust ein. Sie hatte ihre große Liebe verloren. Farbe hatte sie nicht bekannt. Alles lief im Verborgenen ab. Sie wollte ihre Familie nicht verlieren, ihre zwei Kinder, ihren Ehemann. Wenn sie von der Arbeit nach Hause kam, war dort ein Ort der Ruhe, des Friedens, der überschaubaren Probleme, des alltäglichen Austauschs, der Sicherheit. Dies wollte sie nicht aufgeben. Daher hatte die Forderung von Monika sie aus dem Ruder laufen lassen. Was sollte sie tun. Monika hatte verlangt, dass sie sich für sie entscheide. Die bis dahin empfundene Freiheit verwandelte sich in eine Situation der Enge und sie hatte keine Phantasie, wie sie sich aus der Situation lösen könnte. Ihre Beziehung in all ihren Facetten war wie ein Leben auf einem anderen Planeten gewesen.

Dann konnte sie nur noch in Panik handeln. Schnell raffte sie ihre Kleidung zusammen, füllte ihren Kulturbeutel, sammelte ihre Bücher ein und verschwand so schnell sie konnte aus dem Hotelzimmer. Auf dem Flur stieß sie glücklicherweise auf niemanden, konnte über die hintere Treppe unbemerkt das Hotel verlassen.

Aber es konnte niemand wissen, dass sie das Hotelzimmer gemietet hatte. Außer einem Kollegen aus Stockholm, der für sie die Schlüsselkarte abgeholt und bar bezahlt hatte. Das war am ersten Tag des Kongresses gewesen, er selbst war schon am Freitag abgereist. Ihre offenherzige Begründung mit der Affäre hatte er mit einem Lächeln aufgenommen und dann – ganz diskreter Gentleman – nicht weiter gefragt.

„Sie sind die Partnerin von Monika Betram gewesen?" Schuster begann die Befragung ohne langen Vorlauf.

Friedrich fläzte sich derweil hinter der Sichtscheibe auf einem Stuhl, seine Beine legte er auf dem Tisch ab. „Im nächsten Jahr werde ich einen Sessel in die Investitionsplanung aufnehmen lassen. Denken und ermitteln hat viel mit einem Strömen lassen der Gedanken zu tun. Von daher steigert ein Sessel die Effektivität der Ermittlungen."

„Das Wort Liebhaberin würde vermutlich besser passen. Da sie mich befragen, kann ich wohl davon ausgehen, dass Sie den Mörder noch nicht ermittelt haben?" Sie hatte sich entschlossen, die Beziehung sofort einzuräumen.

Sie wirkte gefasst. Unter den Augen waren aber deutliche Augenringe zu erkennen. Ob aus Trauer oder aus Angst, entdeckt zu werden, oder beides ließ sich nicht unterscheiden. Aber der Tod ging ihr nahe.

Schuster ging auf die Frage nicht ein. „Wann haben Sie sie zuletzt gesehen?"

„Unsere letzte Begegnung?" Sie machte eine längere Pause. „Wir haben gemeinsam zu Mittag gegessen. Persönliches haben wir uns nicht erzählen können, da andere mit am Tisch saßen."

„Sie haben sich regelmäßig in Fürstlich Drehna getroffen. Wer wusste von diesen Treffen?"

Sie war kurz überrascht. „Wir sind beide davon ausgegangen, dass niemand davon erfahren hat. Die Abbuchungen gingen über ihr Konto, da sie alleinstehend war und daher meinem Mann keine überraschenden Kontobewegungen auffallen konnten."

„Was weiß Ihr Ehemann - es ist doch ihr Ehemann- von ihrer Affäre?"

„Er ahnt nichts. Ich bin viel unterwegs. Vorträge, Veranstaltungen, Kongresse. Daher hatte ich immer eine gute Begründung, nicht Zuhause zu sein. Wäre es möglich, meine Familie außen vor zu lassen? Es würde die Familie erschüttern und ich möchte nicht, dass meine beiden Söhne leiden."

„Ich kann Ihnen keine Zusage geben. Wir werden Ihre Familie nur kontaktieren, wenn dies für die Ermittlungen notwendig ist."

„Die Mitarbeiter in Drehna waren beeindruckt von der Innigkeit ihrer Beziehung. Wie sahen die gemeinsamen Pläne aus?"

„Diesen Punkt ließen wir offen." Die Antwort kam sehr kurz und schnell.

„Monika Betram könnte den Wunsch gehabt haben, gemeinsam mit Ihnen zu leben, vielleicht zu wohnen. Hat Sie von Ihnen eine Offenlegung der Beziehung gegenüber Ihrem Mann verlangt?"

„Nein!"

„Nein? Ich bin überrascht. Die Bedienung in Drehna war während des letzten Aufenthalts irritiert vom Verhalten von Ihnen beiden. Es wurde einmal beim Abendessen etwas lauter. Sätze wie ‚Ich will mit Dir zusammen sein! Jeden Tag!' und ‚Ich halte es nicht mehr aus!' Bleiben Sie tatsächlich bei Ihrer Aussage?"

„Einerseits kann ich mich an diese Sätze nicht erinnern, andererseits, falls sie gefallen sein sollten, könnten sie irgendetwas anderes bedeuten, könnten sie aus dem Zusammenhang gerissen sein."

„Auf der Internetseite Ihrer Klinik habe ich gesehen, dass Sie zwei Jahre als Chirurgin gearbeitet haben, bevor Sie zur Psychiatrie gewechselt haben."

„Mein Vertrag lief damals aus, die Stellen für Ärzte waren knapp und ich habe damals nur etwas in der Psychiatrie gefunden. Aber wie so oft im Leben lernt man Dinge lieben, von denen man es vorher nicht erwartet hätte."

Friedrich fand Petra Harrison sympathisch. Sie wirkte warmherzig, liebte anscheinend mehr, als ihre Beziehungen verkrafteten. Hatte sie sich in einer unlösbaren Entscheidungssituation befunden?

Er trat in den Befragungsraum hinein, Verhörraum fand er ein hässliches Wort, stellte sich kurz vor und begann vor sich hinzusprechen.

„Sie haben sich nicht bei uns gemeldet, weil Sie nicht wollten, dass Ihre Beziehung zu ihrem Ehemann in Gefahr gerät. Dies ist jetzt leider der Fall. Man spürt Ihre tiefe Betroffenheit

54

über den Verlust Ihrer Freundin, Sie haben manche Träne vergossen. Die Liebe kann sehr zerstörerisch sein, wenn man sich entscheiden muss. Kann da nicht eine Lösung sein, unter Schmerzen die Partnerin zu ermorden. Wie hätten Sie sie umgebracht, wenn Sie sich dazu entschlossen hätten? Vielleicht in einem Hotelzimmer, welches ich vorher angemietet habe. Ich kann mir nicht vorstellen, dass Sie mehrere Tage hintereinander in Berlin waren, ohne intime Zeit mit ihrer Freundin zu verbringen. Aber warum haben Sie sich ein eigenes Zimmer gemietet. Sie hätten doch einfach zu ihr ins Zimmer gehen können. Sie sollten ruhig zugeben, dass Sie das Zimmer angemietet haben. Es würde unsere Ermittlungen erleichtern. Könnten Sie bitte Ihre Fingerabdrücke abgeben. Sie werden doch sicherlich nichts dagegen haben? Es wurde zwar gründlich saubergemacht, aber meist werden wir doch fündig am Tatort. Wir werden uns bei Ihnen melden, wenn wir weitere Fragen haben. Die Handynummer von Ihnen haben wir? Damit wir nicht bei Ihnen Zuhause anrufen müssen. Haben Sie eigentlich auch ein secret-Telefon? Ihre Freundin hatte so eines. Leider konnten wir es bisher nicht finden. Wenn Sie eines haben, wäre es nett, wenn wir uns anschauen könnten, mit wem Sie wann telefoniert haben."

Damit ließ er sie stehen und ließ seine Worte wirken. Es würde nicht das letzte Gespräch sein.

Kapitel 17

Fünfter Tag nach dem Mord. Frühbesprechung. Informationen austauschen. Viele potentielle Mörder. Alle ohne überzeugendes Motiv. Einzelne noch nicht kontaktiert. Glücklicherweise ließ das Interesse der Presse nach. Auch ohne wesentliche Fortschritte bei den Ermittlungen. Das Verfallsdatum der Toten wird immer schneller erreicht. Er würde heute Abend nach dem Verfallsdatum der Lebensmittel in seinem Kühlschrank kochen. Die Milch hielt nur noch einen Tag, das Rindfleisch war schon einen Tag abgelaufen, die Kräuter nicht mehr ganz frisch. Er werde viel aussortieren müssen, um dann alle Kräuter in Olivenöl anbraten und das Rindfleisch dazu zu geben. Eine leckere Mischung: Minze, Lorbeer, Koriander, Knoblauch. Das Rindfleisch saugt den Geschmack der Kräuter auf.

Viele Bilder, die ihnen von Teilnehmern des Kongresses übergeben wurden, waren mittlerweile gesammelt, einige gesichtet worden. Sie nahmen sich gemeinsam Zeit, sich eingehender mit Ihnen zu beschäftigen. Möglicherweise sagten sie ihnen etwas, da sie schon einiges an Informationen eingesammelt hatten. ‚Psychiater machen psychische Erkrankungen – glaubt ihnen nicht!' und ‚Schluss mit der erniedrigenden Behandlung!' stand auf Transparenten der Demonstranten. Henrike Brinkmann war in der ersten Reihe zu sehen. Man konnte sie aus dem Bild heraus laut rufen hören. Drei weitere Personen fanden sich hinter dem Tisch, eine etwas abseits, so als ob sie nicht dazu gehören würde.

Linger war auf unzähligen Bildern zu sehen. Die Menschen gruppierten sich um sie. Sie stand im Mittelpunkt. An ihrer Seite war häufiger ein etwas kleingewachsener Mann zu sehen. Aus den Grußworten des Kongressheftes ging hervor, dass es sich um den Vizepräsidenten handelte.

Und dann gab es ein sehr überraschendes Bild. Klemp und Kleinkamp waren auf einem Foto zu sehen und befanden sich in einer intensiven Diskussion. Ungewöhnlich, dass ein Geschäftsführer mit einem ehemaligen Assistenzarzt im Gespräch war.

Es gab kein gemeinsames Bild von Petra Harrison und Monika Betram.

Zu den Außenseitern, den Entrechteten und Missverstandenen fahre ich, entschied Friedrich. Er war neugierig auf die Antipsychiatriebewegung. Irrenverteidigung nannten sie sich. Ob ihn ein Haufen durchgeknallter Typen erwartete? Wenn ja, würde er sich dort bestimmt wohlfühlen. Artgenossen zogen sich gegenseitig an.

Friedrich studierte erst einmal neugierig die Internetseite der Irrenverteidigung. Die Irrenverteidigung schien eine Gruppierung zu sein, die von ehemaligen Patienten der Psychiatrie gegründet worden war. Sie hatte ihren Sitz in Berlin, so dass es für Friedrich unkompliziert sein würde, vorbei zu schauen.

Es fanden sich einige interessante Zitate auf der Internetseite, wie diese Gruppe die Psychiatrie sieht.

Priem, Vorsitzender des Vereins, erwartete Friedrich in den Räumen der Irrenverteidigung.

„Sie sehen die Psychiatrie im Krankenhaus als Gefängnis, in dem Folter begangen wird?"

„Ja. Es finden dort Zwangsbehandlungen statt. Alle, die auf einer geschlossenen Station arbeiten, sind Verbrecher."

„Ich dachte, dass es einige wenige Menschen gibt, die aufgrund ihrer psychischen Erkrankung ihr Verhalten nicht steuern und dabei auch aggressiv sein können, nicht erkennen, dass dies behandelbar ist."

„Das ist alles Propaganda! Die Gesellschaft macht krank, die Psychiatrie stempelt die Menschen ab."

„Und die Gesetze, die vor Willkür schützen sollen?"

„Auch der Staat ist nicht vor totalitärem Verhalten geschützt. Wir kämpfen für ein absolutes Folterverbot in Deutschland."

„Herr Priem, können Sie eigentlich ausschließen, dass von Mitgliedern ihrer Gruppe Gewalt ausgeht?"

„Rückfrage: Warum sind Sie Teil eines gewalttätigen Regimes, dass Menschen Zwangsbehandlungen zufügt. Wir üben keine Gewalt aus, sondern Sie machen uns zu Opfern der Gewalt."

„Kennen Sie diese beiden Personen auf dem Bild?"

„Ich gebe ungern die Namen von Mitstreitern preis."

„Im Rahmen von Mordermittlungen sind Sie verpflichtet, die Namen zu nennen."

„Wozu dieses Land uns alles verpflichtet? Und dann hält das Land selbst seine Verpflichtungen nicht ein. In den Psychiatrien wird gefoltert, Menschenrechte missachtet. Es werden Krankheiten geschaffen, die gar nicht existieren. Und all dies in der Tradition der Nazis. Ich habe im Vorfeld mit allen, die auf dem Foto zu sehen sind, gesprochen. Sie sind einverstanden, dass ich ihre Namen nenne."

Friedrich verzichtete darauf, Priem nach Henrike Brinkmann zu fragen. Simone Krüger hatte ihm ausführlich von ihrem Besuch bei Brinkmann berichtet. Ein Demonstrant befand sich eher im Hintergrund, schien etwas abgeschnitten von der Gruppe.

„Wie heißt diese Person."

„Das ist Fritz Spittler, ein netter Kerl, der erst seit kurzem zu uns kommt. Er befand sich in Dresden in der Klinik."

„Könnte er Monika Betram gestalkt haben?"

„Nur, weil wir offensiv unsere Meinung sagen, stalken wir noch lange nicht!" Herr Priem war empört für die Art der Fragen von Friedrich.

„Er ist oft aufgetaucht, wenn Monika Betram öffentlich auftrat. Wie würden Sie dies nennen?"

„Er hat sie beobachtet. Und wir müssen diejenigen beobachten, die Menschenrechte verletzen."

„Mich würde noch eines interessieren. Warum begehen die Psychiater nach ihrer Einschätzung ständig diese Verbrechen und warum werden sie nicht strafrechtlich verfolgt."

„Deutschland befindet sich in der Tradition der Nazis und hat sich von dieser nicht gelöst. Psychiatrie hat faschistische Züge und die Mitarbeiter der Psychiatrie unterliegen einer ständigen Gehirnwäsche. Für die Gerichte gilt das Gleiche."

Friedrich verabschiedete sich, nicht ohne mit einem großen Stapel Informationsmaterial ausgestattet worden zu sein. Besonders interessant fand er, dass es aus Sicht der

Irrenverteidigung, da es keine psychischen Erkrankungen gibt, eine Schuldunfähigkeit aufgrund von seelischen Auffälligkeiten nicht gibt. Straftaten folglich immer nach dem Strafgesetzbuch verurteilt werden müssen.

Er würde Spittler zeitnah zur Vernehmung einladen.

Kapitel 18

Es war nicht leicht, ihn in seiner Wohnung anzutreffen. Mehrfach hatte ein Polizeibeamter bei ihm geklingelt. Nie öffnete jemand. Sie hatten die Dresdner Kollegen um Amtshilfe gegeben. Die dortige Mordkommission über den aktuellen Ermittlungsstand informiert, darum gebeten, dass die Befragung nicht ohne einen Psychologen stattfindet. Der Mann sei verwirrt. Bei der Kontaktaufnahme sei Vorsicht angebracht. Er sei in seiner Reaktion nicht einzuschätzen. Vielleicht erlebte er die Polizei als heftige Bedrohung. Und er stehe unter Verdacht, Monika Betram gestalkt zu haben. Angriffe auf Dritte sind nicht bekannt, Anzeigen liegen nicht vor. Zwei Mal sei er als hilflose Person von der Polizei aufgegriffen worden. Immer reagierte er in dieser Situation kaum, war kraftlos.

Die Wohnung lag in einem sanierten Altbau. Die Messingklingel wies den Charme einer anderen Zeit auf. An der Tür war noch ein Klopfer angebracht, der schon lange seine Funktion verloren hatte. Es gab kein Namensschild, kein Hinweis, dass Fritz Spittler hier lebte.

Er öffnete und sagte nur einen Satz. „So musste es kommen!" Die Polizisten wiesen ihn darauf hin, wegen der Temperaturen besser eine Jacke auf dem Weg zum Kommissariat mitzunehmen. Er folgte ihnen, schaute sich öfter um und ergab sich in sein Schicksal. Welches Schicksal er auch immer erwartete.

„Fritz Spittler. Mein Name ist Bischof. Ich bin Kommissar der Dresdner Mordkommission und möchte Sie zu dem Mord an Monika Betram in Berlin befragen. Sie müssen nichts sagen, was Sie belasten könnte. Möchten Sie einen Anwalt hinzuziehen."

Schweigen.

„Ich interpretiere dies so, dass Sie mit der Befragung ohne Anwalt einverstanden sind. An meiner Seite sitzt unser Psychologe Herr Perol. Er versucht, darauf zu achten, dass Sie die Befragung nicht überfordert und wird mir helfen, Ihre Äußerungen einzuordnen. Die Frage, ob Sie Monika Betram kennen, ist vermutlich überflüssig. Wie schätzen Sie ihr Verhältnis zu Monika Betram ein?"

„Drohungen lagen in der Luft. Drohungen haben gesiegt. Ich musste bei ihr sein. Immer. Sie beobachten. Sie war in Gefahr. Wir waren eine Gefahr. Wer wird mich umbringen?"

„Ich kann Ihre Aussage nicht verstehen. Könnten Sie versuchen, meine Frage zu beantworten?"

„Borus ist ein Geheimnis. Lösungen liegen in der Kunst. Ich habe nicht alles erkannt. Besser tot? Nein, ganz sicher nicht."

Er schien abgelenkt zu sein. Als ob er mit seinen Gedanken nicht alleine wäre. Bischof schaute etwas ratlos zum Psychologen, der leicht mit der Schulter zuckte.

„Haben Sie Monika Betram verfolgt? Gestalkt?"

„Folgen – ja. Schützen – nein? Sie ist eine, sie war in Gefahr!"

„Warum waren Sie in Berlin beim Kongress im Novena. Sie haben vor dem Gebäude gegen die Psychiatrie demonstriert."

„Im Borus treffen die unterschiedlichen Welten aufeinander. Demonstriert? Geschützt. Beobachtet. Zimmer 412. Alleinige Seligkeit."

In seiner Hilflosigkeit wechselte Bischof zu direkten Fragen „Waren Sie im Hotelzimmer von Monika Betram?"

„Ja und nein. Ich war bei ihr, nahe. Andere waren näher."

„Haben Sie Monika Betram ermordet?"

Die Augen aufgerissen, voller Angst. Schweiß lief ihm die Stirn herunter. Ein leichtes Zittern war an seinen Händen zu sehen.

„Wenn Sie uns nicht Auskunft geben, müssen wir Sie in Gewahrsam nehmen." Perol schüttelte leicht den Kopf, um deutlich zu machen, dass er dies für keine gute Idee hielt.

„Was haben Sie für einen Beruf? Haben Sie medizinische Kenntnisse."

„Ich bin Krankenpfleger." Es war die erste Antwort, die für alle verständlich war. „Es ist lange her. Leben retten ist meine Mission."

Bischof bat Spittler, vor der Tür Platz zu nehmen. Er hatte sein Urteil innerlich schon getroffen. Nicht einschätzbar, daher wahrscheinlich gefährlich. Klares Motiv: fühlt sich verfolgt. Ein Fall für die forensische Psychiatrie. Der Ort, an dem psychisch kranke Straftäter untergebracht werden. Spittler:
Vermutlich schuldunfähig. Nur eine Frage der Zeit bis die genaueren Tatumstände geklärt waren. Die Ausbildung zum Krankenpfleger bildet eine gute Grundlage für die technische Ausführung des Mordes. Details wie die medizinische Fachrichtung, in der er Erfahrungen gesammelt hatte, sind noch zu klären. Er hielt es für möglich, dass die Antworten bewusst diffus, ungenau, nicht verständlich vorgetragen wurden. Konnte eine neue Masche sein.

Ohne Umschweife teilte er Perol seine Einschätzung mit. Seine wird anders ausfallen, aber er hatte immer schon Zweifel, ob Psychologen in der Mordkommission richtig am Platz waren.

„Sie fragen sich vielleicht, warum die Aussage von Spittler kaum verständlich ist. Seine Wahrnehmung weicht von unserer ab. Er scheint Stimmen zu hören, Personen, die nicht anwesend sind, von denen wir nicht wissen, was sie ihm sagen. Haben Sie gemerkt, wie abgelenkt er war."

„Kann das nicht ein gewaltiges Theaterstück sein?"

„Dann müsste er ein sehr talentierter Schauspieler sein. Dieses von außen chaotische Denkmuster, die einzelnen Satzfragmente, die Sprunghaftigkeit in den Sätzen, die wir nicht nachvollziehen können, nenn man Denkzerfahrenheit, manche auch Denkinkohärenz. Kaum zu spielen."

„Also eine psychische Erkrankung?"

„Definitiv ja! Es leidet an einer psychotischen Erkrankung. Dies stimmt auch mit der Einschätzung der Universität Dresden überein."

„Ich schätze ihn für gefährlich ein. Aber ist er in der Lage, einen so komplexen Mord zu inszenieren?" Bischof machte seine Vorurteile zur Grundlage seiner Beurteilung. Er war sonst nicht auf den Kopf gefallen, galt als guter Kriminalist. Aber Fritz Spittler war ihm fremd und von Fremden musste einfach Gefahr ausgehen.

„Die Todesumstände sind noch zu unklar, aber dem Mord ging eine genaue Planung voraus. Die Schilderung klingt nach einem Ritualmord. Eine Psychose und planvolles Handel schließen sich nicht aus. Daher gehört Fritz Spittler sicherlich zu den Tatverdächtigen. Aber es besteht kein dringender Tatverdacht. Wir müssen ihn auf jeden Fall gehen lassen. Es besteht keine Fluchtgefahr, keine Verdunkelungsgefahr. Oder können Sie einen dieser Punkte entdecken."

„Aber müsste er nicht in die Psychiatrie eingewiesen werden. Er könnte doch eine Gefährdung anderer darstellen?"

„Welche Gefährdung? Menschen mit psychotischen Erkrankungen sind nicht gefährlicher als Sie und ich. Würden Sie auf die Idee kommen, ihn gegen seinen Willen in die Psychiatrie zu bringen, wenn Sie sich mit ihm genauso wie mit mir unterhalten könnten?"

Perol versuchte Bischof die Rechtslage beizubiegen. „Es gibt ein Recht auf Krankheit. Und behandeln lassen muss sich niemand, soweit er nicht sich oder andere gefährdet und aufgrund seiner psychischen Erkrankung nicht erkennen kann, dass er dies tut. Und ein Richter muss entscheiden, dass diese Bedingungen vorliegen."

„Aber er gefährdet den Erfolg unserer Ermittlungen. Das muss doch genügen!"

„Da begeben Sie sich auf Glatteis. Wir sollten ihn jetzt ziehen lassen. Das Interview haben wir aufgenommen und schicken es nach Berlin. Die Kollegen dort sollen dann entscheiden, wie es weitergeht, in welcher Form die Ermittlungen gegen Fritz Spittler fortgesetzt werden."

Fritz Spittler war irritiert, als sie ihn verabschiedeten. Er sagte nur immer wieder das Wort ‚Schuld', als ob er schwere Schuld auf sich geladen habe und erwartete, nun bestraft zu werden.

Kapitel 19

Er hatte sich tief in psychiatrische Lehrbücher vertieft und erhoffte sich Antworten. Wie waren die Aussagen von Spittler zu interpretieren? Was bedeutete es, wenn er von Schuld sprach. Das Wort Verfolgung tauchte immer wieder auf. Sprach er davon, dass er Monika Betram verfolgt hatte? Und meinte er umgekehrt, dass er durch Monika Betram verfolgt worden war? Er wirkte während der Befragung fragil, verletzlich. Fast schmerzte es Kommissar Friedrich, wenn einzelne Fragen belastende Emotionen bei Spittler auslösten. Konnte es sein, dass sich hinter jemandem ein Mörder verbirgt, mit dem es nicht möglich war, eine gemeinsame Sprache zu finden? Er konnte und wollte nichts ausschließen. Umso mehr, weil er bei einer erneuten Befragung der Mitarbeiter des Hotels, dieses Mal mit dem Bildmaterial in der Hand, erkannt wurde. Er wurde mehrfach in der Lobby gesehen, mehrfach in den Vorräumen der Vortragssäle und vor allem mehrfach in den Gängen des Hotels. An verschiedenen Orten, nicht nur in der Nähe des Todeszimmers, sondern überall und auch dort. Dem Zeugen, der die kurze Szene an der Zimmertür des Hotelzimmers beobachtet hatte, wurden eine Auswahl an Bildern zugesendet. Er konnte niemanden sicher identifizieren, dementsprechend auch niemanden ausschließen.

Er liebte Brownies. Eine Tradition, die ihm sehr entgegenkam, hatte er im Kommissariat etabliert. Wenn jemand Geburtstag hatte, brachte er einen Kuchen mit. Daher war er ausnahmsweise früher als die anderen im Präsidium. Es war immer eine große Herausforderung, ausreichend Kuchenteller zu finden. Die Mischung war bunt – von Ikea-Weiß bis abgestoßener Teller der Großeltern von irgendwem mit Blümchenmuster. Singen war dagegen verboten. Morgendliche Geburtstagslieder verschlafener Stimmbänder von unmusikalischen Mitarbeitern empfand er als eine Tortur. Es wird zur Folter, wenn diese mit selbstgedichteten Versen versehen werden. Hanusch hatte Geburtstag. Daher würden sie die Frühbesprechung kauend und Kuchenkrümel verteilend verbringen. Er tippte immer im Vorfeld, wer wie viele Kuchenstücke verdrücken würde. Verschiedene Einflussfaktoren waren zu beachten. Die Dauer des Schminkens, die Anzahl der Kinder, je mehr, desto früher aufstehen, desto längerer Abstand zum Frühstück, überhaupt Kinder, da damit zumeist vor Arbeitsbeginn ein Frühstück eingenommen wurde, die Anzahl der Sternchen für den besten Ermittler, die heute als persönliche Zielmarke gesetzt wurde und die der Kaffeetassen, die konkurrierend zum Kuchen essen geleert wurden. Da bei den Geburtstagsbesprechungen der Kreis der teilnehmenden Mitarbeiter erweitert wurde, war die Anzahl der vertilgten Kuchenstücke pro Personen schwer zu schätzen. Er setzte sich auf den ersten Platz der Liste, wie immer, und hatte damit noch nie verloren.

Es gab keine Alternative. Fritz Spittler war in der Nähe des Tatorts, nicht nur im Hotel, sondern auch auf dem Flur des Todeszimmers gesehen worden, seine denkzerfahrenen Aussagen waren unverständlich, aber er nutzte Wörter wie Tod, Schuld, die sich auf ihn beziehen konnten. Ohne dass von psychotischen Patienten eine größere Gefahr ausgeht, er – soweit die bisherigen Ermittlungen ergaben – keinen Beweis hatte, dass Fritz Spittler den Mord begangen hat, konnte die irrationale Inszenierung des Mordes für einen verwirrten Geist sprechen. Der Polizeipsychologe hatte dies empört zurückgewiesen, die Antipsychiatriebewegung würde ihn als geistigen Brandstifter bezeichnen, aber dies genügte nicht, um auf die Verfolgung der Spur zu verzichten. Er würde Krüger in der Frühbesprechung beauftragen, bei Gericht eine Hausdurchsuchung und eine Beschlagnahmung der Krankenakte aus der Universität Dresden zu beantragen. Man wird sehen.

So langsam trudelten die anderen ein. Mit Entsetzen musste er erleben, dass die neue Sekretärin die Grundregel eines gedeihlichen Zusammenarbeitens verletzte. Sie sang ein Geburtstagsständchen, versucht die anderen zum Mitsingen zu animieren. Dies misslang. Vieleicht genügte diese einmalige Erfahrung, um sie davon zu heilen. Sie sollten in den strukturierten Begrüßungskatalog den freundlichen Hinweis aufnehmen, bei Geburtstagen nicht zu singen. Dies wäre wichtiger als der Hinweis, dass es verboten ist, Informationen an Dritte weiterzugeben, die sich auf laufende oder vergangene Ermittlungen beziehen.

Es würde ein bis zwei Tage dauern, bis die Genehmigungen eines Richters vorlagen. Soweit sie überhaupt erteilt werden. Eine Beschlagnahmung der Krankenakte war ein sehr weitergehender Eingriff in die Persönlichkeitsrechte.

„Wer hat Frau Kirchler angerufen?" Betretendes Schweigen. Sie wollte uns die Namen der Wissenschaftler nennen, mit denen sich Monika Betram im Streit befand. Möglicherweise war einer dieser Forscher bei dem Kongress anwesend. Insgesamt hoffte Friedrich, dass dies nicht der Fall sein möge. Internationale Ermittlungen gestalteten sich nervenaufreibend unangenehm. Er wusste nicht, ob er den Auftrag zu dem Anruf gegeben hatte. Erst einmal behaupten ist immer gut, löst allgemein das Gefühl aus, evtl. versagt zu haben. Wie soll man wissen, ob man etwas vergessen hat, wenn man sich nicht mehr daran erinnert, was man vergessen hat. „Niemand?" Es hatte ihn viel Übung gekostet, dass folgende genervte Stöhnen glaubwürdig zu intonieren. Damit würde niemand auf die Idee kommen, dass er es vergessen hat. „Wer übernimmt? Krüger? Jeweils ein wenig zur Biographie herausfinden. Auch die wissenschaftlichen Schwerpunkte".

„Mir ist eine Kleinigkeit aufgefallen. Vielleicht könnte sie von Bedeutung sein." Sollte Peter Fischer ihm eine dieser seltenen Momente schenken, an dem seine Mitarbeiter eine kreative Idee haben? „Fritz Spittler erwähnte einmal kurz den Namen Boros. Es handelt sich dabei um eine Ausstellung für zeitgenössische Kunst. Eine Privatsammlung. In 80 Räumen werden Werke von internationalen Künstlern gezeigt. Alles Kunst, die nach 1989 entstanden ist. Im Hotelzimmer von Betram fanden sich nur wenige Gegenstände. Abgerissene Eintrittskarten waren dabei. Eintrittskarten von der Sammlung Boros. Vielleicht hat sie an diesem Tag jemanden dort getroffen, dessen Aussage wichtig wäre."

„Das ist tatsächlich eine spannende Beobachtung!" Fischer war offensichtlich sehr erfreut über das Lob. „Eine gute Gelegenheit, meine Museumsphobie zu behandeln. Ich werde dort hingehen und mich umhören." Auch eine Chance, dem Kommissariat zu entfliehen. Friedrich versprach sich nicht viel davon. Was sollte in einer Ausstellung spannendes passieren? Er war häufig mit dem Fahrrad an dem Museum vorbeigefahren und empfand es als reizvoll, diesen von innen zu sehen. Einige Installationen und kunstversessene Kunststudenten, die als Touristenführer einem den Widerhall ihrer inneren Empfindungen bei der Begegnung mit den Kunstwerken erläutern, war er bereit, dafür in Kauf zu nehmen.

Ein weiterer Zwischenbericht der Spurensicherung lag auf seinem Tisch. Die Bänder, die zur Fesselung genutzt wurden, nutzten typischerweise Physiotherapeuten. Es gab sie in den verschiedensten Farben. In der Therapie eingesetzt sollen sie beim Üben zu einer Steigerung der Kraft und einer verbesserten Flexibilität der Gelenke führen. Sie helfen beim Kraftaufbau durch regelmäßiges Dehnen. Auch in der Häuslichkeit kommen sie zum Einsatz und erfreuen sich bei sexuellen Fesselungen einer großen Beliebtheit.

Die Kanüle im Hals war 1,7 mm im Durchmesser. Normalerweise wurden diese Kanülen für die Blutentnahme in der Ellenbeuge verwendet. Die Recherche hatte ergeben, dass eine Vielzahl von Firmen diese anbieten und es unkompliziert möglich ist, ohne im medizinischen Sektor tätig zu sein, diese zu bestellen.

Fischer ergänzte seine Recherche zu den k.o.-Tropfen. Er zitierte eine Internetseite: „GHB bestellen. Nicht nur in den dunkelsten Ecken des Darknet, sondern ab sofort können Sie online das Psychopharmakon GHB bestellen. Wer es ohne Risiko ausprobieren will, sollte vorsichtig dosieren und dabei auf Alkohol und / oder Schmerzmittel verzichten."

„Es ist rezeptfrei zu erhalten, kostet wenig Geld und unterliegt keiner Kontrolle. Jeder der möchte und skrupellos genug ist, kann andere Menschen in eine hilflose Situation bringen."

„Ich fasse zusammen: Die Recherche war weitgehend für den Mülleimer. Wir wissen nur, was wir nicht wissen. Und alle Physiotherapeuten sind ab jetzt auch auf die Liste der

Verdächtigen zu setzen." Mit einem Abschiedsbrownie in der Hand erhob sich Friedrich und widmete sich der Kunst. Selbst zum Verteilen von Aufgaben hatte er heute keine Lust.

Kapitel 20

„Er ist unser verlässlichster Gast. Niemand hat die Ausstellung so häufig wie er gesehen."

Boros Collection. Ein Hitler Bunker mitten in der Innenstadt von Berlin.

„Viel Geld kann er nicht haben. Zumeist kam er mit der gleichen, etwas ungewöhnlichen, viel zu großen, abgewetzten Kleidung. Er hörte sich die Führungen immer wieder an. Die Texte müsste er in- und auswendig kennen. Natürlich haben wir ihn häufiger angesprochen, was ihn fasziniert, warum er die Ausstellung fast zu seinem Zuhause gemacht hat. Aber seine Antworten waren unverständlich. Mal sprach er von Netzwerken, mal von begrenzter Lebenszeit, einer Uhr, die gnadenlos in uns tickt, mal von der eigenen Schutzlosigkeit. Und dies sind schon Deutungen von mir. So habe ich seine Worte verstanden. Er ist für uns selbst zu einer Art modernen Kunst geworden. Er sucht Sprache für seine Sprachlosigkeit. So habe ich ihn erlebt. Er kämpft um jedes Wort, schafft es aber nicht, sich uns mitzuteilen. Aber vielleicht habe ich auch nicht lange genug hingehört. So, als ob ich meinen würde, ein Kunstwerk, bei dem ich fünf Minuten verweile, zu verstehen."

Der Mitarbeiterin der Ausstellung Frau Fraquesa machte es sichtlich Freude, über ihren treuesten Besucher zu sprechen. Im Gegensatz zu den gähnenden, gelangweilten Schulklassen war er ein Highlight, der auch am Abend mit Freunden zum Thema wurde, zu Spekulationen Anlass gab.

Der Bau ging auf eine unmittelbare Anordnung von Hitler zurück. Die ersten Bomben fielen auf Berlin und es 'brauchte' einen Schutzraum, der die Menschen in seinem 1000jährige deutschen Reich aufnehmen konnte. Daher waren unzerstörbare Mauern notwendig. Die Zivilbevölkerung sollte dort Schutz suchen. Von außen wurden Elemente der Renaissance in den Bau integriert. Als Teil der zukünftigen Weltstadt Germania musste auch ein Bunker ästhetischen Ansprüchen genügen.

Friedrich wollte wissen, ob Spittler bestimmte Installationen besonders wichtig waren.

„Normalerweise darf niemand die Besuchergruppe verlassen. Wir sagen immer, dass sich sonst jemand verirren könnte. Völliger Quatsch. Aber überzeugender als darauf hinzuweisen, dass wir nur so die vielen Gruppen durchschleusen können, ohne dass man von einer zweiten, nachfolgenden Gruppe abgelenkt wird. Für ihn galt diese Regel nicht. Er verhielt sich still, stand manchmal überraschend hinter einer Ecke, schien den Klängen zu lauschen, den Geruch nach Popcorn aufzusaugen. Wissen Sie schon, warum dieser Geruch durch die Räume zieht? Ich will es Ihnen vorher verraten. Es ist eine Popcornmaschine, die frische Popcorn produziert. Aber entdecken Sie das Kunstwerk selbst. Sie wollten wissen, ob er vor einzelnen Kunstwerken mehr Zeit verbrachte. Definitiv ja. Gleich im ersten Raum finden Sie Bänder und Schnüre, die in unterschiedlichen geometrischen Formen von der Decke hängen, an den Wänden befestigt sind. Für mich ist dies immer ein Sinnbild für die Komplexität der Welt, die sich manchmal in erkennbaren Formen abbildet und dann die Konturen wieder verschwinden, nicht mehr klar ist, wie die Verbindungen zustande kommen. Er stand viel Zeit davor und murmelte Sätze vor sich hin."

„Erinnern Sie sich an einzelne?"

„Die Welt ist ein Netzwerk und sie ist darin gefangen. Mal schwebt sie, dann kann sie sich nicht bewegen. Manchmal fiel der Name Betram. Wir sind bedroht."

„Ganz schön verrückt. Wenn ich das als Außenstehender sagen darf. Halten Sie ihn für gefährlich?"

„Gefährlich? Das kann ich mir nicht vorstellen, dass er gefährlich ist. Er fühlte sich bedroht, hatte Angst um sich und andere. Aber eine Gefahr?"

Friedrich konnte sich die Welt von Spittler nicht vorstellen. Was erlebte er innerlich? Fühlte er sich tatsächlich bedroht? Durch Monika Betram? War dies möglich? Vielleicht wollte er sich selbst schützen und wusste sich nicht anders zu helfen, als sie zu töten. Er musste seine Leute intensiver recherchieren lassen. Eine Hausdurchsuchung beantragen, die Beschlagnahmung seiner Krankenakten aus dem Krankenhaus veranlassen, ihn zum Verhör einbestellen. Druck habe schon manchen zum Reden gebracht. Er würde den Polizeipsychologen am Verhör beteiligen. Der konnte vielleicht die unzusammenhängenden Sätze dechiffrieren.

„Welche anderen Kunstwerke interessierten ihn besonders?"

„Hören Sie das regelmäßige Ticken. Es ist in fast allen Räumen zu hören. Das Werk stammt von der Polin Alicja Kwade. Wenn Sie vor dem tickenden Etwas stehen, sehen Sie nicht die Uhr, sondern sich selbst im Spiegel. Ihre Zeit verrinnt, nicht die einer anonymen Uhr, die auch auf einem Bahnhof hängen könnte. Wenn ich davorstehe, fühle ich manchmal nach meinem Pulsschlag und bin froh, dass dieser einen anderen Rhythmus hat. Ich interpretiere es für mich so, dass ich mehr bin als meine ablaufende Zeit. Vor diesem Arrangement stand Fritz Spittler häufig, schaute nicht direkt in den Spiegel, mehr von der Seite, als ob er sich fragen würde, wessen Zeit abläuft. Die Angst hinterließ Spuren an seinem Kopf, er schwitzte manchmal, als ob er Treppenstufen hoch- und runterrennen würde."

„Fallen Ihnen noch irgendwelche Besonderheiten ein, die Sie mit seinen Besuchen verbinden?"

Sie machte eine lange Pause. Es war offensichtlich, dass ihr etwas einfiel, sie aber mit sich kämpfte, ob sie es erzählen konnte. Aber sie wusste gleichzeitig, dass sie es musste. Sie wollte ihm nicht schaden, hatte Sorge um ihn, da sie immer seine Fragilität gespürt hatte.

„Monika Betram war gleichfalls oft bei uns zu Besuch. Daher musste es zwangsläufig zu Begegnungen mit Herrn Spittler kommen. Es war von Anfang an klar, dass sie sich kannten. Sie begrüßten sich mit Kopfnicken. Monika Betram schien, wenn sie in Berlin war, alle ihre Freunde zu unserem Museum zu führen. Häufig kam sie mit einer Frau. Es war zu merken, dass sie eine enge Beziehung hatten. Sie machten den Eindruck, ein Paar zu sein. Als Monika Betram wieder einmal gleichzeitig mit Herrn Spittler in der Ausstellung war und der ihr etwas zuflüsterte, fuhr sie aus der Haut. Ob er sie nicht in Ruhe lassen könne? Mit seinen Vermutungen und Unterstellungen? Er sehe überall Gefahren, ja, das wisse sie, aber es ist seine Sicht der Dinge. Nicht ihre. Er könne gerne in Dresden zu ihr kommen, aber sie hier in Berlin bitte in Ruhe lassen. Durch den Streit erfuhr ich überhaupt, dass beide in Dresden lebten, was die Begegnung natürlich noch seltsamer machte. Bei einem anderen Zusammentreffen stand er wieder einmal schräg vor der Uhr und beobachtete die Besuchergruppe, die gerade den Raum betrat. Als er Monika Betram entdeckte, war plötzlich Panik in seinen Augen, der Angstschweiß lief von der Stirn. Ich kann Sie nur herzlich bitten, sensibel mit ihm umzugehen. Er ist so zerbrechlich!"

Friedrich sagte dazu nichts, da er wusste, dass er diese Zusage nicht geben konnte. Er verabschiedete sich, hinterließ die Kontaktdaten und bat, sich zu melden, wenn ihr noch etwas einfiele. Da er schon einmal da war, lief er durch die Ausstellung. Er lächelte, als er zwei gebogene Besen an der Wand sah. Er hatte sofort Assoziationen zu dieser Skulptur. Ihm fiel unmittelbar sein Liebesleben ein. Immer dann wenn er Klarheit in seine Beziehungen bekommen wollte, hatte er den Eindruck, dass er nicht mit dem richtigen Handwerkszeug ausgestattet war. Klärungen wurden zu Katastrophen. Er verfügte zwar sonst über die Fähigkeit, sich auszudrücken, aber bei den Themen Beziehung und Liebe verbogen sich die Worte in seinem Mund. So wie die gebogenen Besen nicht mehr ihren eigentlichen Zweck erfüllten.

Aber besser zu erfreulicheren Themen wechseln. Frau Fraquesa sprach von einer speziellen Popcornmaschine. Der Geruch lag in der Luft. Man musste ihm nur nachgehen und stand vor einer unglaublichen Konstruktion. Eine Popcornmaschine, die nie aufhörte zu arbeiten. Tag und Nacht. Der Raum füllte sich mit Bergen von Popcorn. Plopp. Plopp. Wieder sprangen zwei Popcorn durch die Luft. Und damit füllten sie sinnlos den ganzen Raum. Nein, er wollte nicht nach dem tieferen Sinn suchen. Auf jeden Fall roch es gut und sein Magen fing an zu knurren. Schnell bückte er sich, nahm einige Popcorn in die Hände und aß sie auf, nicht ohne sich vorher kurz umgesehen zu haben. Sie schmeckten wie Pappe. Die Frischen waren außer Reichweite.

Der Geruch genügte, um über einen baldigen Kinobesuch nachzudenken. Der Film war nicht so wichtig, aber eine Tüte süßlich riechender Popcorn und eine Flasche alkoholfreies Weizenbier waren Pflicht.

Kapitel 21

Frau Schlick war wissenschaftliche Mitarbeiterin im Team von Betram - Forschungsschwerpunkt „Dementia and Gender". Fischer hatte um einen Termin bei ihr gebeten. Die Forschungslandschaft war ihm als Außenstehenden schwer zugänglich. Frau Schick war eine Expertin und sollte Licht ins Dunkel bringen.

"The International Trust Foundation ist ein europäisches Programm zur Förderung von medizinischer Spitzenforschung. Es werden mehr als 250 Millionen Euro im Jahr verteilt. In einem aufwendigen Prozess wird zwischen den europäischen Ländern abgestimmt, welche Themen vorrangig gefördert werden. Für den Zeitraum 2016 bis 2019 wurde auch eine bedeutsame Volkskrankheit ausgewählt: die Demenz. Alle Demenzforscher bekamen unverzüglich Schweißperlen auf der Stirn, sind unruhig auf ihren Stühlen hin- und her gerutscht und dachten darüber nach, welche Projektanträge sie mit Erfolg einreichen könnten."

"Wie ist der Weg, um an die Geldtöpfe heranzukommen. Bei solchen Geldsummen würde ich meine Schwiegermutter verkaufen." Fischer war beeindruckt von den Geldbeträgen, die es zu verteilen gab. Es war kaum vorstellbar, dass dies in warmherziger Verbundenheit konkurrierender Forschergruppen erfolgte.

"Es gibt ein mehrstufiges Verfahren, um sich zu bewerben. Ein sehr strukturierter Ablauf. Am Ende steht ein mehrere hundert Seiten starker Antrag. Die Formulierung ist quälend. Mehr als 90% aller Anträge werden abgelehnt. Die Lebenszeit junger Wissenschaftler wird dabei verbrannt. Denn sie schreiben fast immer die Anträge."

"Die Chance, an viel Geld für die eigene Forschung heran zu kommen, muss doch Energieschübe verleihen."

"Erst einmal führt sie zu schlaflosen Nächten. Die gesamte wissenschaftliche Community weiß, dass es Unsummen zu verteilen gibt. Und wenn Du selbst nichts abbekommst? Die nächsten Kongresse werden ein Spießrutenlauf. Mit der Gefahr, belächelt zu werden. ‚Wie bedauerlich! Vielleicht beim nächsten Mal! Dabei habe ich Deine Artikel mit so einem großen Interesse gelesen. Mastermind aus London war Dir nur ein ganz kleines Stück voraus. Ihr habt Euch echt Mühe gegeben'. Dieser letzte Satz stellt die maximale Folter eines Wissenschaftlers dar. Wenn es nicht das große Geld zu verteilen gibt, fallen Niederlagen nicht zu stark auf."

"Ich versuche es mir gerade vorzustellen. Es gibt viel Geld in Europa zu verteilen. Wie bekomme ich es punktgenau hin, einen innovativen Forschungsantrag zu stellen? Das braucht doch Zeit?"

"Innovative Ideen? Nein, das ist selten Grundlage neuer Anträge. Die erste Frage ist immer: Wie kann ich meinen alten Anzug so zurechtschneidern und neu einfärben, dass er als schickes Ballkleid durchgeht? Die eigenen kreativen Ideen liegen meist schon lange Zeit zurück. Und manchmal sind es noch nicht mal die eigenen. Einsammeln von Forschungsgeldern bedeutet erfolgreiches Recyceln alter Ideen."

"Das klingt mehr als ernüchternd."

"Ja und nein. Manchmal sind geniale Ideen der Ausgangspunkt. Aber sie liegen meist schon lange zurück. Der Ausbau einer vielversprechenden Idee, die kontinuierliche Weiterentwicklung kann Fortschritt bedeuten. Manchmal ist der Fortschritt auch das Ergebnis langer hartnäckiger Arbeit. Aber dann muss man eine sichere Finanzierung für lange Zeit haben. Dies sichert die Förderung über Forschungsanträge selten ab. Wer kann sich eine langfristige Forschung leisten? Große Pharmafirmen, die immer auch ihre Aktionäre im Hintergrund haben. Womit kann man Geld verdienen? Mit neuen Medikamenten."

„Wie sieht es mit den Erfolgsaussichten aus?"

„Gerade die Forschung zum Thema Demenz zeigt, dass Geld alleine nicht ausreicht. Alle bisherigen Ansätze waren erfolglos. 100er Millionen investiert - wie bei einem Glücksspiel - und verloren. Wenn ein Medikament gefunden würde, um die Entwicklung einer Demenz zu verhindern oder deutlich zu verlangsamen, würde ich schnell Aktien von dieser Firma kaufen. Auch Sie persönlich haben eine Chance von mehr als 30 %, in der Zukunft dement zu werden. Ohne die Entwicklung neuer, wirksamer Medikamente würden Sie leider vergessen, dass Sie Aktien haben."

„O.k. Das habe ich verstanden. Was hat das mit Monika Betram zu tun?"

„Viel! Eines darf nicht passieren. Zwei Anträge zum gleichen oder ähnlichen Thema einreichen. Seit fast 20 Jahren tobt ein wilder Streit mit einem Herrn Gale, der wie Sie zum Thema „Geschlechtsunterschiede und Demenz" forscht. Er lebt mittlerweile in England, gemeinsam geforscht haben sie in den USA. Der Kampf wird unerbittlich geführt. Rechtsanwälte sind eingeschaltet. Dieser Streit ist durch den Tod von Frau Betram jetzt entschieden. Unsere Arbeitsgruppe ist aus dem Rennen."

Peter Fischer dachte für sich im Stillen, dass die Ermittlungen immer komplizierter wurden. Jetzt musste vermutlich die englische Polizei in die Ermittlungen einbezogen werden. Das schlug ihm auf den Magen, obwohl es eigentlich sein robustestes Organ ist.

„Waren denn die Chancen gut, Gelder zu erhalten?"

„Monika Betram war gut vernetzt. Das Thema Demenz ordnete sich in den Förderschwerpunkt „Gesellschaftliche Herausforderung demografischer Wandel" ein. Von unseren Inhalten her wären alle optimistisch gewesen, mit unserem Antrag Erfolg zu haben. Wenn nur der Rechtsstreit mit Gale geklärt worden wäre, wem die bisher publizierten Ergebnisse gehören. Eines war sicher: bis der Rechtsstreit entschieden war, wären die Antragsfristen verstrichen gewesen. Alle hätten verloren. Das wusste jeder. Aber die Stimmung zwischen den Forschergruppen war so aggressiv, dass eine Einigung unmöglich war. Monika Betram hat angedeutet, dass die Auseinandersetzungen schon weit vor ihrer Zeit in Dresden begonnen haben."

„Aber warum hat sie sich nicht ein anderes Thema gesucht? Warum quält man sich ein Leben lang?"

„Mit ihrem Forschungsschwerpunkt sind sie verheiratet - ohne die Möglichkeit der Scheidung. Ob beim Einwerben von Geldern oder bei Einladungen zu Vorträgen, der Möglichkeit, hochrangig zu publizieren, als Universität in Deutschland wahrgenommen zu werden: sie brauchen ein Thema, mit dem sie assoziiert werden. Ach, das ist doch der Herr Demenz-Müller! Es bleibt einem nichts Anderes übrig, als den Neid anderer zu ertragen."

„Wer von uns hat eigentlich das höhere Risiko, Alzheimer zu bekommen?"

„Unsere Forschungsergebnisse sagen: Leider habe ich die schlechteren Karten. Frauen haben ein höheres Risiko. Aber: Vielleicht ist mein Intelligenzquotient höher als Ihrer. Das könnte mein Risiko kompensieren. Außerdem jogge ich drei Mal pro Woche. Schützt auch ein wenig."

Fischer schaute auf seinen mittelschwer ausgeprägten Bauchansatz. Und er nahm sich vor, möglichst regelmäßig zu joggen und bald zu beginnen. Er hatte jetzt noch einen Grund mehr, sein Phlegma zu überwinden. Vier Tage Pause in der Woche waren zum Glück erlaubt. Als erstes würde er sich Sportschuhe kaufen und mit der Pause beginnen.

Kapitel 22

Sie hatten mehrfach geklingelt, ohne eine Antwort zu erhalten. An der Tür geklopft, lauter werdend. Dann gerufen „Polizei, bitte aufmachen!" Nach einer Weile öffnete er die Tür.

Durch einen schmalen Spalt war Fritz Spittler zu erkennen. Verwirrt, aus dem Schlaf oder einer anderen Welt kommend.

„Nein! Nein! Nicht hier! Meines ist nicht Euer. Bleibt fern von mir!"

Mit Bedacht wurde versucht, ihn davon zu überzeugen, die Tür freizugeben. Der Richter hatte eine Hausdurchsuchung abgelehnt.

„Nein! Verbrechen werden nicht hier begangen. Unheil. Schutz. Bleibt fern!"

Spittlers starke Angst war durch den Spalt hindurch zu spüren. Mit sanftem Druck schoben sie die Tür auf. „Sanfter Druck?" fragte sich Karl Schuster. ‚Gibt es so etwas? Derjenige, der Druck ausübt, redet sich diesen oft schön.' ging es Schuster durch den Kopf. „Sie sind doch sicher damit einverstanden, dass wir uns etwas in ihrer Wohnung umschauen?" Wie resigniert hockte Spittler sich an die Wand und murmelte immer wieder „Nein" vor sich hin. Ein Gespräch war während der gesamten Wohnungsdurchsuchung nicht möglich. Friedrich erlaubte sich, das „Nein" nicht auf die Frage zu beziehen, ob sie sich umschauen durften.

Die Spurensicherung verteilte sich in der Wohnung, 65m², zwei Zimmer. Eine Vielzahl Plastikboxen, die die Polizei mitgebracht hatten, stapelten sich im Hausflur, um alle wichtigen Gegenstände mitnehmen zu können. Sie hätten Spittler natürlich um Erlaubnis gebeten. Aber es gab nichts, mit dem die Kisten gefüllt werden konnten. Kein Computer, kein Fernseher, kaum Geschirr, wenig Kleidung, Zahnbürste, Rasierapparat und Haarshampoo, einzelne Bücher. Keine privaten Aufzeichnungen, keine Aktenordner.

Schuster schrieb in seinem Bericht: „Beim Betreten der Wohnung von Spittler tritt man in eine andere Welt ein. Ein Bett, ein Stuhl, ein Kleiderschrank. Alles in die Jahre gekommen. Kein Teppich, keine Blumen. Alles minimalistisch, funktional, auf die Mindestanforderungen des Lebens begrenzt. Die Wände weiß gestrichen, die Türen gleichfalls, der Boden ohne Teppich. Keine privaten Bilder. Keine von Freunden. Keine von der Familie. Keine Spur einer anderen Person erkennbar. Die Sterilität der Einrichtung ist eindrucksvoll und zugleich ernüchternd. Ein Versuch, die Anzahl der äußeren Reize zu begrenzen? Viele benutzte Kaffeetassen, ein Geruch von Kaffee lag in der Luft, Filterkaffee, der Geruch kam aus jeder Ritze. Der Kühlschrank war fast leer, surrte laut, hatte bessere Zeiten erlebt. Die letzte Renovierung lag lange zurück. An den Wänden hingen gewaltige, auf Leinwand gespannte Bilder. Weißer Hintergrund, kaum optisch abzugrenzen gegen die weißen Wände. Schwarze Linien durchzogen die Bilder. Verlieren sich an den Rändern, werden vom nächsten Bild aufgenommen. Die Striche wirken wie Fäden, die miteinander verknüpft sind."

„Dein Bericht hätte den Klappentext eines Kunstbuches über die unerkannten Werke von Herrn S. füllen können. An Dir ist ein großer Kunstkritiker verloren gegangen!" Hanusch freute sich, Schuster aufziehen zu können. Er ging nicht auf seine Bemerkungen ein.

„Ich könnte noch einiges ergänzen, was ich nicht aufgeschrieben habe. Beim Betrachten der Bilder hatte ich immer den Eindruck, selbst durch ein Netz zu fallen. Nichts hält mich. Die Abstände innerhalb des Netzes sind zu groß. Ihr hättet die Wohnung auf Euch wirken lassen müssen. Es entsteht ein intensives Gefühl, auf sich alleine gestellt zu sein."

Die Spurensicherung trug die Plastikbehälter ungenutzt wieder zurück zu den Autos. Es fanden sich in der Wohnung keine Kanülen, keine scharfen Messer, keine bunten Bänder, keine Anleitung zur Anlage eines zentralvenösen Katheters, keine Spuren von fremdem Blut, keine Erläuterungen, wie jemand im bewusstlosen Zustand ermordet werden kann. Zurück blieb nur ein Mensch voller Angst.

Kapitel 23

„I agree!" Steve Gale stimmte zu, seine Fingerabdrücke den deutschen Behörden zu übergeben. Nachdem Kirchler, die Sekretärin von Monika Betram, seinen Namen genannt hatte, wurde über Interpol die Verbindung zur britischen Polizei hergestellt. Ein Detective der Londoner Polizei übernahm kooperativ die Ermittlungen und die Befragung von Gale. Er wurde umfangreich instruiert. Die Rückfrage bei der International Trust Foundation ergab, dass bisher nur ein Antrag aus London zum Thema „Demenz und Gender" eingegangen war, noch vier Wochen Zeit blieb, um Anträge einzureichen.

Friedrich las die Transkription seiner Befragung in ‚East London', einer Neueröffnung in Kreuzberg, die versuchte, den Deutschen die englische Küche nahe zu bringen. Eine echte Herausforderung! Ein passendes Ambiente erhöht die Freude am Lesen – so hoffte Friedrich zumindest. Er aß ein Berries Rhubarb-Crumble mit einem englischen Tee. Crumble hatte viel mit Mordermittlungen zu tun. Es handelt sich um einen umgedrehten Kuchen. Die Früchte unten, der Streusel oben. Erst das Andersdenken, das Denken auf den Kopf stellen, brachte Fortschritte in Mordermittlungen. Eine der Grundsätze polizeilicher Arbeit. Eigentlich war Friedrich die Analogie zwischen Crumble und Mordermittlungen in ihrer Banalität innerlich etwas peinlich, aber sie war trotzdem eine gute Begründung, einen leckeren Crumble zu essen.

„Mr. Gale, Sie haben verstanden, warum wir Sie zur Befragung eingeladen haben? Wir würden sehr um Ihre Kooperation bitten, damit dieser missliche Verdacht, der auf Ihnen liegt, aus der Welt geschaffen und somit das Verhältnis zu Deutschland nicht unnötig belastet wird."

„Selbstverständlich unterstütze ich die Ermittlungen in jeder gewünschten Form. Wie tragisch, dass Monika Betram ums Leben gekommen ist. Eine ambitionierte Wissenschaftlerin!"

„Waren Sie im Konflikt mit ihr?"

„Es war ein offenes Geheimnis, dass unser Verhältnis nicht das Beste war. Wir lagen im Rechtsstreit miteinander. Sie hat Ergebnisse im American Journal of Psychiatry veröffentlicht, obwohl ich und meine Arbeitsgruppe die Daten erhoben haben. Und jetzt wollte sie auf dieser Grundlage einen Antrag bei der International Trust Foundation stellen. Ein wissenschaftlicher Skandal!"

„Sie hat dies anders gesehen?"

„Die Irrungen und Wirrungen des Geistes sind manchmal nicht nachvollziehbar. Ich hätte vor Gericht gewonnen!"

„Der Streit gefährdete die erfolgreiche Antragstellung?"

„Nein, ich hatte gegenüber den Gutachtern der Trust Foundation überzeugend dargelegt, dass ein konkurrierender Antrag ein Plagiat wäre."

„Ich dachte, die Gutachter sind anonym?"

„Namen sickern durch. Klar, ganz sicher bin ich mir natürlich nicht, dass ich mit den richten Personen Kontakt hatte."

„Und die Signale waren eindeutig?"

„Nichts ist 100% sicher im Leben. Aber die Signale schienen eindeutig?" antworte Gale sibyllinisch.

„Können Sie mir die Namen nennen?"

„Ich hoffe, Sie haben Verständnis, dass mir dies bei einem anonymen Verfahren nicht möglich ist. Ich habe nur Vermutungen."

„Dies klang aber vorhin überzeugter?"

Friedrich ließ das erste Stück Kuchen genüsslich auf der Zunge zergehen. Er hatte es aufwärmen lassen. Diese Wärme liebte er am Crumble. Es gab drei Arten, Crumble zu essen. Nur den Streusel, nur die Fruchtschicht oder beides gleichzeitig. Die beste Variante war, die Varianten abzuwechseln. Dann genoss man drei Kuchen in einem.

„Haben Sie während des WPA in Berlin Kontakt zu Monika Betram gehabt?"

„Es war unumgänglich, sich aus der Ferne zu sehen. Grundsätzlich versuchen wir, uns aus dem Weg zu gehen."

„Wie hoch ist die Förderung, die Sie sich erhoffen?"

„20 Millionen Euro über drei Jahre verteilt."

„Die Geldsumme würde ausreichen, um daraus ein Mordmotiv zu konstruieren. Oder wie schätzen Sie es ein?"

Steve Gale wendete ein, dass Monika Betram dann eher ein Mordmotiv gehabt hätte. Sie würde bzw. wäre leer ausgegangen. Sein Antrag sei stark, inhaltlich überzeugend, ein großes Netz an Kooperationspartner über ganz England verteilt wollen sich beteiligen. Spanische und französische psychiatrische und neurologische Kliniken haben gleichfalls Interesse an einer Kooperation angemeldet.

„Welche medizinischen Vorerfahrungen haben Sie?"

Gale schaute kurz irritiert ob des plötzlichen Themenwechsels. „Ich habe eine umfassende Ausbildung erhalten. General Practioner. Innere, etwas Chirurgie. Aber mein Ziel war schon immer die Psychiatrie. Ich würde Ihnen nicht empfehlen, sich von mir operieren zu lassen. Meine bescheidenen Erfahrungen liegen etwas länger zurück."

„Sie waren während des Kongresses nie mit Monika Betram im Gespräch?"

„Definitiv kein einziges Mal!"

Kapitel 24

„Mein Verdacht ist, dass unsere Espressomaschine ihren Geist aufgegeben hat." Friedrich saß vor einem ihn ekelnden Filterkaffee, mit dem die Frühbesprechung angeregt werden sollte. Andere verstanden die Tragweite seiner Missbilligung nicht. Sie schluckten die Brühe genüsslich – mit viel Zucker angereichert – herunter. „Wenn eine Mordermittlung tatsächlich etwas mit der Zubereitung eines Cappuccinos zu tun hat, dann sollten wir diese Ermittlungen sofort stoppen und an die Kollegen in Dresden übergeben." Das Berliner Kommissariat schüttelte kollektiv innerlich den Kopf. Seine seltsamen Bemerkungen waren ihnen vertraut, ohne deshalb verständlicher zu werden.

„Wir haben fünf Personen mit einem Mordmotiv, von denen vier im oder in der Nähe vom Hotel gesichtet wurden. Hendrik Klemp befand sich an diesem Tag auf einer internationalen Konferenz von Ökonomen, daher auch im Novena, hat aber keinen erkennbaren Grund, seine Chefärztin umzubringen. Auffällig ist nur, dass er sich mit seinem ehemaligen Assistenzarzt intensiv unterhalten hat und Aussagen darauf hinweisen, dass er sich mit diesem gestritten hat."

„Spittler hat bisher kein erkennbares Motiv. Nur dass wir seine Äußerungen nicht deuten können, bedeutet nicht, dass er ein Mordmotiv hat", warf Fischer ein.

„Aber er kommt, so seltsam wie er ist, als Täter in Frage." Schuster liebte seine eigene Sicht der Dinge. „Bei ihrer Ex-Liebhaberin wäre es die Angst um den Verlust der Familie, bei ihrem sächsischen, talentierten Assistenzarzt Wut und Kränkung, bei unserem verwirrten Fritz Spittler dubiose Verschwörungsideen, bei Gale, dem genialen Wissenschaftler, die Verführung der Macht, gefüttert durch prall gefüllte Drittmittelkonten und bei Henrike Brinkmann die nicht enden wollende Wut auf ein Gesundheitssystem personifiziert durch Monika Betram, die ihre Erziehungsdefizite nicht kompensieren konnte. Und dann hätten wir noch Herrn oder Frau Unbekannt mit unbekanntem Mordmotiv."

In diesem Moment trat Chandran in den Raum ein. „Die Ergebnisse der Abgleiche der Fingerabdrücke liegen vor. Im Zimmer 412, dem Tatort, konnten wir nur die Fingerabdrücke von Petra Harrison finden. Und natürlich auch die von Monika Betram. Und jetzt die Überraschung: Im Zimmer 317 fanden sich die Fingerabdrücke von allen Verdächtigen – außer vom Assistenzarzt Kleinkamp. Darüber hinaus konnten Hunderte weitere Fingerabdrücke nicht zugeordnet werden. Außerdem ist interessant: Die Fingerabdrücke von Spittler und Klemp fanden sich nur im Vorraum des Hotelzimmers an den Wänden. Aber im Tatzimmer selbst hatte sich der Täter intensiv bemüht, alle Fingerabdrücke zu verwischen."

Friedrich ließ seine Mannschaft ausschwärmen, um alle Verdächtigen zu befragen, wie ihre Fingerabdrücke in das Hotelzimmer gelangen konnten und warum sie verschwiegen hatten, intensiveren Kontakt zu Monika Betram gehabt zu haben.

In seinem Zimmer genoss er die Ruhe und zog eine Packung Schokolade aus der Schublade. Es war eine spezielle Sorte, die er immer dann aß, wenn Ermittlungen vorangingen. Alle Menschen können zum Mörder werden, sie benötigten nur ein ausreichendes Motiv und eine Gelegenheit. Die meisten Morde waren staatlich legitimierte Kriegshandlungen, danach folgte die Selbstverteidigung im Rahmen von kriegerischen Handlungen. Oft ließ sich das eine vom anderen nicht trennen. In diesem Rahmen waren Motiv und Gelegenheit, zu töten, geklärt. Juristisch wurden diese Tötungsdelikte nicht als Mord interpretiert, aber das Ergebnis war das gleiche: ein Mensch starb. Aber reichten die Motive seiner Verdächtigen aus und hatten sie die Gelegenheit, Monika Betram zu ermorden? Wenn es zu viele Verdächtige gab, spielte er Schokoladenmikado. Jedem Mikado wurde ein Verdächtiger zugeordnet. Anschließend war das Verbrechen schnell aufgeklärt. Das Mikado, welches verlor, war der Mörder und wanderte ins Gefängnis. Kleinkamp wurde beim Spiel als Mörder identifiziert. Ihm schmeckte die Zartbittervariante besser als die aus Milchschokolade. Dies plante er bei seinem nächsten Kauf zu berücksichtigen.

Kapitel 25

„Sie haben uns etwas Wesentliches verschwiegen!" Hanusch hatte den Job erhalten, Klemp auf den Zahn zu fühlen.

„Ich wüsste nicht, worauf Sie hinauswollen."

„Könnte es sein, dass Sie doch etwas engeren Kontakt mit Monika Betram während des Kongresses hatten."

„Ist es bei der Polizei üblich, mehrfach mit den gleichen Fragen belästigt zu werden? Ich habe sie aus der Ferne gesehen, sonst keinen weiteren Kontakt gehabt." Hendrik Klemp wurde dezent lauter, gewohnt, dass dies ausreichend ist, um andere zum Schweigen zu bringen.

„Warum lügen Sie?" Andere wären verunsichert gewesen, wenn die Polizei hartnäckig nachfragt und den anderen dreist der Lügner bezichtigt. Klemp blieb selbstsicher, cool, blätterte während des Gesprächs in seinen Unterlagen, machte deutlich, dass er wichtigeres zu tun hatte. Sein Handy klingelte und wie selbstverständlich nahm er ab.

Aber auch Hanusch blieb gelassen. Er hatte viel Geduld mitgebracht, nach der Befragung plante er, noch Zeit in der Innenstadt von Dresden zu verbringen. In der Nähe der Frauenkirchen sollten großflächig Skulpturen ausgestellt sein, die auf die Gefahren ausländerfeindlicher Ressentiments hinweisen – ein Zeichen gegen die Pegida-Bewegung. Und für einen Blick in die Frauenkirche würde er sich auch noch Zeit nehmen.

„Warum lügen Sie?" Hanusch legte eine Schallplatte mit Sprung auf.

„Jetzt erklären Sie mir diese Frage oder lassen mich in Ruhe arbeiten."

„Sie waren im Zimmer von Monika Betram. Wie kann dies sein, da Sie sie nur aus der Ferne gesehen haben."

Klemp vermutete, dass diese verwirrte Person, die ihn beim Zimmer angegangen war, Grundlage der Behauptung war. Daher blieb er bei seiner Aussage.

„Ich bleibe dabei, sie außer aus der Ferne nicht gesehen zu haben. Wer etwas Anderes sagt lügt. Und ich würde sie bitten, jetzt zu gehen."

„Wir können die Befragung gerne beenden, aber dann müsste ich Sie bitten, morgen zum Präsidium zu kommen. Die Dresdner Kollegen werden mir sicherlich ein Zimmer zur Verfügung stellen. Aber vielleicht wollen Sie mir erklären, wie ihre Fingerabdrücke ins Hotelzimmer von Monika Betram gekommen sind."

Jetzt zeigte sich Hendrik Klemp zum ersten Mal verunsichert. Ihm entglitt sein Lächeln. Er schwieg einen Moment.

„Das habe ich tatsächlich vergessen. Stimmt, ich war kurz bei ihr. Ich wollte die Gelegenheit nutzen, etwas mit ihr zu besprechen. Sie hatte dann aber keine Zeit." Er hatte sich wieder gefasst. „Verzeihen Sie, dass mir dies entfallen ist."

„Und wie wussten Sie, dass sie sich in diesem Zimmer befand? Sie hatte ein anderes Zimmer gemietet."

„Den Hotelier habe ich nicht nach dem Zimmer gefragt. Ich bin ihr einfach gefolgt."

„Haben Sie im Zimmer noch jemand anders gesehen?"

„Nein, ich war mutterseelenallein mit ihr."

„Finden Sie dies besonders glaubwürdig? Was wollten Sie mit Ihr besprechen? Es muss sehr wichtig gewesen sein, wenn es keine Zeit hatte zu warten, bis sie beide zwei Tage später wieder in der Klinik sind."

„Jetzt erwischen Sie mich auf dem falschen Fuß. Ich werde in meinen Unterlagen nachschauen müssen und es Ihnen später mitteilen." Eine geschickte Strategie, um Zeit zu gewinnen. Hendrik Klemp hatte viel Erfahrung in Verhandlungen mit den Krankenkassen, konnte daher auf der Klaviatur der Verzögerungstaktik virtuos spielen.

„Sie erinnern sich bitte jetzt! Ihre Aussage, sich nicht zu erinnern, ist nicht glaubwürdig. Über welches Thema haben Sie mit Monika Betram gesprochen?"

„Eine andere Information werden Sie heute nicht erhalten."

„Dann kommen Sie morgen um 9 Uhr bitte auf das Kommissariat. Die genaue Adresse übermittle ich Ihrer Sekretärin." Hanusch drehte sich zum Gehen. An der Haustür hielt er kurz inne. „Worum ging es im Streit im Foyer?"

„Wie kommen Sie darauf, dass ich mich mit Herrn Kleinkamp …?" In dem Moment, als er es aussprach, zuckte er, bekam den Mund aber nicht rechtzeitig geschlossen.

„Immerhin muss ich nicht mit Ihnen diskutieren, ob Sie Herrn Kleinkamp kennen. Finden Sie es nicht ungewöhnlich, dass ein Geschäftsführer einer großen Universität einen Assistenzarzt kennt, der seit mehr als einem Jahr nicht mehr in der Universität arbeitet. Sind Sie verwandt? Ach ja – vermutlich erinnern Sie sich nicht mehr und wollen später intensiv darüber nachdenken. Ich bin Ihnen sehr verbunden, wenn Sie dies tun würden. Was haben Sie genau an dem Tag, an dem Abend getan, an dem Monika Betram ermordet wurde?"

„Jetzt halten Sie aber die Luft an! Wollen Sie mich als Massenmörder abstempeln? Absurd!" Hendrik Klemp schnappte nach Luft. Seine ganze Souveränität hatte sich über einen Seitenausgang aus dem Staub gemacht. „Haben Sie denn auch schon eine Idee, wie ich es bewerkstelligt haben könnte?"

„Da weisen Sie tatsächlich auf eine Schwachstelle unserer Überlegungen hin. Können Sie mir helfen, die Lücke zu schließen? Als Geschäftsführer muss man voller kreativer Ideen sein." Hanusch war sich klar, dass er sich bei ansteigendem Pegel an Gereiztheit langsam auf den Weg machen sollte. „Wir sehen uns Morgen. Und ich bin gespannt auf die Ergebnisse ihres intensiven Nachdenkens."

Hanusch war zufrieden mit sich, holte seine Merkliste professioneller Zeugenbefragung aus der letzten Fortbildung hervor und konnte überall ein Häkchen setzen. Nur mit dem Geständnis – Fortbildungsmappe, Seite 17 unten – hatte er keinen Erfolg gehabt. Aber etwas musste noch für Morgen übrigbleiben.

Kapitel 26

„Sie haben gelogen!" Energisch sprach Karl Schuster Henrike Brinkmann an. Er hatte sie unangekündigt in ihrer Wohnung aufgesucht. Es musste ihr wie ein Überfall vorgekommen sein. Sie war sprachlos, stand mit offenem Mund vor ihm, die Lippen bewegten sich hoch und runter, ohne dass ein Ton aus ihrem Mund drang.

„Ich nehme an, dass Sie nichts dagegen haben, wenn wir uns in Ihrer Wohnung unterhalten." Er ging resolut auf sie zu, sie wich zur Seite, was Schuster als Zustimmung interpretierte. „Bitte nehmen Sie doch Platz. Ich habe einige Fragen an Sie." Fast hatte man den Eindruck, dass Schuster Gastgeber und nicht Gast war. Er packte seine detaillierten, wortgenau formulierten Fragen aus seiner Tasche und breitete sie auf dem Tisch aus.

„Diese Analyse stammt aus unserem großartigen Labor, die beweist, dass Sie sich im Hotelzimmer von Monika Betram befunden haben. Könnten Sie mir bitte hier quittieren, dass Sie diese Analyse zur Kenntnis genommen haben. Die Wahrscheinlichkeit, dass es sich um eine fehlerhafte Bestimmung handelt, liegt nahezu bei null. Was denken Sie?"

Henrike Brinkmann sagte nichts dazu. Sie folgte ihm langsam ins Wohnzimmer, schnaufte tief und ließ sich auf einen Stuhl fallen. Kraftlos, mutlos. Er hatte sie aus einem Moment der Abwesenheit geholt und in einen Zustand der Verwirrung gestürzt.

„Wovon sprechen Sie?" waren ihre ersten zittrigen Worte. „Habe ich irgendetwas falsch gemacht?"

„Sie haben nicht die Wahrheit gesagt. Ich lese Ihnen Ihre Aussage vor: ‚Ich war den ganzen Tag vor dem Hotel gestanden und habe gegen den Kongress demonstriert. Als Monika

Betram vorbeikam, habe ich laut Mörderin gerufen und sie beschimpft. Sie ist tonlos an mir vorbeigegangen'. Bleiben Sie bei ihrer Aussage?"

„Ja, natürlich bleibe ich bei meiner Aussage." So langsam fasste sie sich und erfasste die Situation. Ein Polizist, einmal gesehen, überfällt sie, setzt sich auf ihren Stuhl und bedrängt sie mit Fragen.

Checkliste Frage 1: „Wie erklären Sie sich, dass Ihre Fingerabdrücke im Zimmer von Betram zu finden waren?"

Es sprudelte aus ihr heraus. „Ich war in Ihrem Zimmer, um sie zur Rede zu stellen. Ich bin ihr bis zu ihrem Zimmer gefolgt. Sie hat meine Tochter auf dem Gewissen. Bei der Urteilsverkündigung hat sie einen Lakaien geschickt, selbst noch nicht einmal Zeit gehabt, mir in die Augen zu schauen. Der Weltkongress war eine einmalige Gelegenheit. Ich musste ihr nur folgen und wusste, in welchem Zimmer sie übernachtete." So schnell war sie bereit, dann doch ihre Aussage zu korrigieren.

Schuster schaute irritiert auf seine Checkliste. Er hatte mit einem Leugnen gerechnet. Das freizügige Eingeständnis brachte seine ganze ausgeklügelte Strategie durcheinander. Erst bei Frage 6 b wurde er fündig.

Checkliste Frage 6 b: ‚Eingeständnis im Zimmer gewesen zu sein'

„Hat Monika Betram Sie ins Zimmer hereingelassen?" Wie er fand, eine besonders findige Frage, da er ihr nicht mitgeteilt hatte, wo die Fingerabdrücke gefunden wurden. Und sie waren auf der Nachtischlampe gefunden worden.

„Sie hat mich hereingebeten, als ich vor der Tür stand. Völlig entspannt wirkte sie. Fast überlegen. Sie hatte kein schlechtes Gewissen. Als lästige Angehörige mit einer Klatsche sah sie mich an. Ich war so wütend. Wie verletzend! Jetzt hatte ich noch falsches Mitleid zu erwarten. Und so kam es auch! ‚Ich bedaure sehr, was mit Ihrer Tochter passiert ist. Alles hätte ich getan, um ihr und Ihnen dieses Schicksal zu ersparen. Aber es ist Zeit, Abstand zu finden. Sie zerfleischen sich.' Und dann empfahl sie mir – wie zynisch – eine Selbsthilfegruppe. Sie hätte eine für rücksichtslose Psychiater gebraucht."

Checkliste Frage 7b: „Kam es zu einer körperlichen Auseinandersetzung?"

„Sie können sich sicher sein. Ich hätte sie in diesem Moment am liebsten umgebracht. Auch wenn es ungünstig ist, dies in der aktuellen Situation zu sagen. Diese Kälte – unerträglich! Als sie merkte, wie wütend ich war, forderte sie mich auf zu gehen. Ich habe dann die Bettlampe in die Hand genommen und habe ihr damit gedroht. Mehr nicht! Dann bin ich gegangen."

Checkliste Frage 8: „Warum haben Sie gelogen?"

„Es war doch klar, dass Sie mich dann mit ihren überflüssigen Fragen belästigen werden."

Checkliste Frage 9: „Haben Sie sie umgebracht?"

„Sie spinnen komplett!"

Checkliste Frage 10: „Wissen Sie, in welchem Zimmer der Mord stattgefunden hat?"

„In Zimmer 412. Lesen Sie nicht die Zeitung?"

Das hatte er tatsächlich vergessen. Wie ärgerlich!

Checkliste Frage 11: „Verfügen Sie über medizinische Kenntnisse?"

„Ich bin Tierarzthelferin. Sind das in Ihrer Welt medizinische Kenntnisse? Seit 15 Jahren habe ich nicht mehr in diesem Beruf gearbeitet."

Die Checkliste war abgearbeitet und spontan fiel ihm keine weitere Frage ein. Sie solle am folgenden Tag aufs Präsidium kommen, um das Protokoll der Befragung zu unterschreiben.

Kapitel 27

„Eigentlich ist es nicht erlaubt, in den Krankenakten zu stöbern. Auch nachdem Monika Betram gestorben ist. Es hat zwei Tage gebraucht, bevor ich die Leere im Büro gespürt habe. Jeden Tag habe ich erwartet, dass Monika Betram das Büro betritt. Ich meinte oft, ihre Schritte zu hören. Sieben Jahre kann eine lange Zeit sein. Mit niemandem habe ich so viel Zeit verbracht wie mit ihr. Klar, ich habe nicht neben ihr gesessen, aber mit jedem Diktat habe ich ihre Stimme gehört."

Kirchler hatte sich aus eigenem Antrieb im Berliner Kommissariat gemeldet.

„Überall stoße ich auf ihre Texte, auf ihre Präsentationen, auf ihre Artikel, auf ihre Verzeichnisse. Außerdem die Unsicherheit, wie es weitergeht. Ich funktioniere im Chaos, aber nach dem Chaos kommt die schwer erträgliche Ruhe. Ich frage mich, wer die Person war, mit der ich die ganze Zeit zusammengearbeitet habe. Ob ich selbst etwas an ihr übersehen habe, was den Mord begründen könnte. Völliger Quatsch! Könnte aber doch sein. So wechselte es sich bei mir innerlich ab. Ihre langjährigen Patienten musste sie in- und auswendig kennen. Ich dachte, wenn ich die Einträge in den Krankenakten lese, erfahre ich indirekt etwas über sie und es löst sich etwas von der Unwissenheit und Ungewissheit auf. Und ich bin auf die Akte von Herrn Schillert gestoßen und deswegen rufe ich an."

„Und Sie meinen, dass das, was Sie gefunden haben, relevant für die Mordermittlungen ist? Das Lesen von Krankenakten ohne Zustimmung des Patienten ist mehr als problematisch", wandte Friedrich ein.

„Wie gesagt, ich bin mir dessen bewusst. Aber dürfte ich, nachdem ich es getan habe, schweigen?"

Wenn dieser illegale Weg die Ermittlungen weiterbringen sollte, war es Friedrich recht. Ein Weg zur Legalisierung ließ sich später finden.

„Dann legen Sie mal los!"

„Ich zitiere am besten einige Stellen aus der Patientenakte, die ich mir angestrichen habe. Entschuldigen Sie, wenn ich zwischenzeitlich blättern muss.

- Peter Schillert stellt sich am 1.6.2014 durch Vermittlung des Internisten Messner vor. Er berichtet, dass er die Belastung im Bauamt von Dresden kaum noch bewältige. Das Personal sei deutlich reduziert worden und er müsse immer mehr Projekte mit weniger Mitarbeitern organisieren.
- Die einseitige Ausrichtung seines Lebens auf die Arbeit habe negative Auswirkungen auf seine Beziehung zu seiner Partnerin. Sie hätten kaum noch Zeit, gemeinsam etwas zu unternehmen. Wenn Sie es einfordere, was er für sehr berechtigt hält, führe dies zum Streit.
- Seit mehr als zwei Jahren gehe er immer wieder zu verschiedenen Ärzten, da er heftige Magenbeschwerden habe, diffuse Schmerzen im Unterleib, geblähter Bauch, Wechsel zwischen Verstopfung und Durchfall. Alle Ärzte sagten nach umfangreichsten Untersuchungen, dass alles in Ordnung sei.
- Bisher sei eine Trennung nicht im Gespräch, aber er habe große Angst, dass es dazu komme.
- Vor 6 Monaten habe seine Mutter einen Schlaganfall gehabt. Das Kümmern um die Mutter, die Besuche im Krankenhaus führten schließlich zum Zusammenbruch. Er habe in der U-Bahn auf dem Weg nach Hause einen Angstanfall erlebt, sei per Krankenwagen in eine Notaufnahme eingeliefert worden. Erneut keine körperliche Erklärung. Seitdem krankgeschrieben.
- Im psychischen Befund zeigt er sich bedrückt, niedergeschlagen, glaube nicht, dass sich die Situation ändern könne, schäme sich, nicht auf der Arbeit zu sein, schaffe es einfach nicht, die Freundin könne ihn kaum motivieren, das Haus zu verlassen, sieht keinen Ausweg, hat manchmal Gedanken, dass es besser wäre, nicht mehr zu leben, er würde sich aber niemals etwas antun."

‚Die Bedeutung von Beziehungen wird überschätzt', ging es Friedrich durch den Kopf. Aus der Sicht eines Arbeitgebers fand Friedrich die Einstellung dieses Mitarbeiters optimal. Die ständige Ausrichtung der Dienstpläne seiner Mitarbeiter an den Kindergeburtstagen nervte ihn. Schillert war psychisch zusammengebrochen. Offensichtlich. An dieser Stelle gibt es bei ihm noch Optimierungsbedarf.

„Die Eintragungen vermitteln einen Eindruck von Peter Schillert. Was haben diese Informationen mit dem Mord zu tun?"

„Ich komme gleich dazu. Geduld. Geduld. Es gelang Monika Betram ein Vertrauensverhältnis zu Schillert aufzubauen. Er teilte immer mehr Aspekte seiner Biographie mit, beschrieb, wie er allmählich auf der Arbeit in ein Gefühl massiver Überlastung hineingerutscht war, wie ihn anfänglich der Erfolg, die Macht, der Einfluss hat innerlich jubeln lassen. So hatte er sich anfänglich seinen beruflichen Weg vorgestellt.

Es war eine schleichende Entwicklung. So beschreibt es Monika Betram. Allmählich kippte es. Und dann kommen die Textpassagen, die ich Ihnen wieder wörtlich vorlese. Die handschriftlichen Verläufe formulierte sie nur stichwortartig.

- Herr S. berichtet, dass er einen weiteren Vorgang übernommen habe. Die Modernisierung der Universität Dresden.
- Komplexes Genehmigungsverfahren.
- Auf Ungereimtheiten gestoßen.
- Überraschende Genehmigungen ohne Erfüllung der formalen Mindestvoraussetzungen.
- S. äußert Verdacht auf Korruption.

An dieser Stelle findet sich dann an einer Stelle in Klammern (Herr K.?)."

„Es war sehr gut, dass Sie mich angerufen haben. Ich bin in drei Stunden bei Ihnen, um gemeinsam mit Ihnen die Akten durchzulesen."

Eine heiße Spur. Und eine, die ihm gefiel. Er mochte Herrn K. nicht.

Kapitel 28

Drei Stunden später saß er am Schreibtisch von Monika Betram vor ihren chaotisch geführten Akten. Die Einträge waren nicht immer chronologisch, manchmal nur zwei bis drei Wörter, die eine Gesamttendenz der Behandlung beschrieb. ‚Zustand stabil'. ‚Verschlechterung der Ängste'. ‚Sieht keine Zukunftsperspektive'.

Friedrich vertiefte sich in den Behandlungsverlauf und verlor darüber die Zeit aus den Augen. ‚Das Leben ist doch etwas komplexer, als ich es mir von meinem Berliner Schreibtisch aus vorstelle'. Einen Menschen über viele Monate in Rahmen einer Therapie zu begleiten, erschien ihm so aufregend wie ein spannender Roman. Monika Betram beschrieb detailliert die innerpsychischen Konflikte von Herrn S., zog eine Lebenslinie, die überzeugend darlegte, warum sich Herr S. anfänglich wohl fühlte, wenn er seine Macht auf der Arbeit spürte. Die Eltern waren leistungsorientiert, Lob und Anerkennung wurde bei

Erfolg in der Schule und Studium ausgesprochen - aber nur dann. Gleichzeitig fand sich ein religiös geprägter Altruismus. Macht durfte kein Selbstzweck sein. Man musste auf der Seite der Guten stehen.

Die innere Qual von Herrn S. war nachzuempfinden, als dieser bemerkte, welchen Sumpf an Korruption er auf seiner Arbeitsstelle entdeckte und er dabei die Orientierung zu verlieren drohte. Monika Betram schien intensiv zuzuhören, seiner seelischen Situation Raum zu geben und ihn entscheiden zu lassen, in welcher Geschwindigkeit er sich öffnete.

Aber es gab auch sehr praktische Elemente. ‚Grübelstuhl erläutert. Übungen verabredet'. ‚Tipps zur Schlafhygiene mitgegeben'. ‚Nach Lösungsansätzen gesucht', ‚Ziel: Trotz der Schuldgefühle aus der Inaktivität herauszukommen. Vorsichtige Schritte gelingen'.

Der Buchstabe „K" tauchte oft auf. Peter Schillert erläuterte seine Recherchen, die er angestellt hatte, um die Zusammenhänge zu verstehen. Es schien ein komplexes Netz zu sein. Er vermutete, dass der Geschäftsführer der Universität Dresden eine zentrale Figur in der Korruptionsaffäre war. Ihm war ständig bewusst, dass er sich jemandem anvertraute, die an der Universität arbeitete. Vielleicht teilte er sich so ausführlich mit, gerade weil sie dort tätig war. Wahrscheinlich war es aber nur ein Zufall. Und er war mit ihr im Gespräch und vertraute ihr.

Friedrich überraschte eines sehr. Er fand nirgends einen Hinweis, dass Monika Betram darauf hinwirkte, Unterlagen zu erhalten, um detaillierter Informationen über die internen Verstrickungen des Geschäftsführers zu erhalten. Ihm hätte es in den Fingern gejuckt. Friedrich erlebte beim Lesen etwas Ungewöhnliches. Er vergaß, Hunger zu haben.

Es wurde intensiv diskutiert, ob der Einsatz von Medikamenten gegen die Depression sinnvoll sei. Peter Schillert brachte dieses Thema immer wieder ins Gespräch. Es fanden sich Einträge wie ‚Wünscht Medikation'. ‚Erhofft schnellere Besserung'. ‚Aufklärung über Chancen, Risiken und Nebenwirkungen'. Man einigte sich auf einen Behandlungsversuch, der nach einer Woche abgebrochen wurde. Schillert verspürte eine starke innere Unruhe, eine typische Nebenwirkung. Trotz des Hinweises, dass diese Nebenwirkung zumeist nach zwei Wochen verschwindet, wünschte sich Schillert das Absetzen. Er wollte das Thema Medikamente wieder ansprechen, falls er einen erneuten Behandlungsversuch wünschte.

An zwei Therapiesitzungen nahm die Partnerin teil. Schillert konnte ihr einiges über sein Innenleben erzählen, sie hatte Raum, um ihre Belastungen und Zweifel zu formulieren. Sie quälte am meisten, dass sie nicht wusste, was er innerlich erlebte und er alle ihre Bemühungen ins Leere laufen ließ. Sie zeigte sich deutlich entlastet, beim zweiten Gespräch berichtete sie, gelassener mit seinen Stimmungsschwankungen umgehen zu können. ‚Ein Stein fällt ihm von Herzen. Freundin versichert, nicht an Trennung zu denken'.

Dann kam es zu einer interessanten Wendung. Schillert wünschte ausdrücklich, Monika Betram die Unterlagen zu seinem Korruptionsverdacht zu übergeben. ‚Verbindet es mit keinen Erwartungen. Wünscht implizit, dass ich die Unterlagen nutze'. An einem anderen Tag schrieb sie: ‚Innerer Konflikt. Diffusion der Rollen. Spüre persönliche Verpflichtung, die Unterlagen zu sichten. Kann ich mich heraushalten? Bin ich von meiner Wut auf Herrn K. geleitet'?

Sie akzeptierte seinen Wunsch. ‚Unterlagen entgegengenommen'. Wo befanden sich die Unterlagen. In der Akte nicht. Sie bat Kirchler, danach zu suchen.

Kapitel 29

„Fritz Spittler kann derzeit nicht befragt werden. Er steckt in einer schweren Krise. Die Ermittlungen und der damit verbundene Druck haben ihren Beitrag geleistet, ihn dekompensieren zu lassen." In der Stimme von Dr. Lennart Ziegler schwang ein deutlicher Vorwurf mit, als Bischof Spittler befragen wollte, wie es dazu kam, dass seine Fingerabdrücke in das Hotelzimmer von Monika Betram kamen. Sie hatten ihn einen Tag in seiner Wohnung nicht angetroffen, schließlich wurde er vermisst gemeldet. Ein Krankenwagen brachte ihn schließlich in die Universität Dresden, da er als hilflose Person in schlechter körperlicher Verfassung durch die Innenstadt von Dresden irrte.

„Er wirkte erst einmal erleichtert, bei uns zu sein. Zum Glück isst und trinkt er, zieht sich aber fast nur ins Zimmer zurück, einzelne Pflegekräfte bekommen etwas Kontakt zu ihm."

„Wann wird er vernehmungsfähig sein?"

„Ich kann es Ihnen nicht sagen. Sicher ist nur, dass Vernehmungen ihn aktuell schwer ängstigen würden, er die Inhalte nicht einordnen könnte. Es geht ihm so schlecht, dass er alle Angebote, sich künstlerisch auszudrücken, ablehnt. Er lässt die Materialien, die wir ihm zur Verfügung stellen, unberührt liegen.

Es wird nicht ohne eine medikamentöse Behandlung möglich sein, seinen Zustand wesentlich zu bessern. Alle Angebote, Medikamente einzunehmen, hat er bisher nicht annehmen können."

„Wie soll sich dann etwas ändern?"

„Psychiatrische Behandlung heißt, Geduld zu haben, Vertrauen zu gewinnen, nicht zu drängen. Meist hat dies nach einer gewissen Zeit Erfolg. Fritz Spittler erlebt seinen derzeitigen Zustand als quälend, glaubt aber nicht, dass Medikamente diesen verbessern können. Vielleicht wird er an den Punkt kommen, uns so zu vertrauen, dass er seine eigene Einschätzung zurückstellt. Wir wissen aus vorherigen Behandlungen, dass ihm

Medikamente helfen, seine Ängste zu reduzieren und wieder klarer sprechen zu können. Aber er hat dies nie als eindeutigen Erfolg für sich verbuchen können."

„Wenn er sich entschließen sollte, die Medikamente zu nehmen: wie lange wird es dauern, bis er vernehmungsfähig ist?"

„Auch diese Frage kann ich Ihnen nicht beantworten. Mindestens zwei, eher vier Wochen – wenn alles gut verläuft. Und zu einem guten Verlauf gehört dazu, ihm wieder Luft zum Atmen zu verschaffen."

Bischof verließ nachdenklich die psychiatrische Klinik. War ihr Vorgehen richtig gewesen? Sie hatten nichts bei der Hausdurchsuchung an Erkenntnis gewonnen, aber Fritz Spittler offensichtlich geschadet. Nur, wie hätte ein anderer Weg ausgesehen? Manchmal war der Job ein Griff ins Klo.

Kapitel 30

Irgendein Geruch lag in der Wohnung. Ein angenehmer Geruch. Er verstärkte seinen Hunger. Seit einer Stunde war er überfällig. Exakt sechs Stunden nach dem Frühstück meldete sich sein Magen und dann wurde es ernst. 15 Minuten war der Hunger noch lustvoll, wenn er ihn mit Bildern und Gerüchen von köstlichen Speisen verband. Dabei gab es beliebte Klassiker. Er war oft erstaunt, dass dies vorrangig Speisen waren, die seine Mutter zubereitet hatte. Rinderroulade mit Rotkohl und Kartoffeln. Bratkartoffeln mit Spiegelei, Pfannkuchen mit Apfelmus. Es mussten keine aufwändigen Essen sein. In diesen 15 Minuten plante er immer, all dies selbst zu kochen. Zuhause verloren die Rezepte ihren Reiz. Sie waren nur für die Phantasie gut. Länger durfte es nicht dauern. Dann kippten der Magen und die Stimmung. Ein Zustand von Unwohlsein trat ein, alle Sinnesorgane suchten nach Essbarem. Der Zustand des Unwohlseins steigerte sich in Wut, seine tieferen Hirnregionen produzierten Kurzschlüsse. Er konnte dann sehr ungerecht gegenüber anderen werden. Meist waren es Mitarbeiter, die in dieser Zeit unten ihm leiden mussten. Was für ein Geruch lag in der Luft? Ein Hauch Rotwein? Kein Fleischgeruch. Verschiedene Kräuter, die er noch genauer identifizieren musste.

„Darf ich eintreten?" Friedrich wies sich gegenüber Harrison aus. „Ich würde Ihnen gerne einige Fragen stellen."

„Kommen Sie rein. Ich hoffe, dass es Ihnen es nichts ausmacht, mich beim Kochen zu begleiten. Wir erwarten heute Freunde zum Essen und der Zeitplan muss genau eingehalten werden."

Jetzt hatte er den Geruch erkannt. Es war frische Minze. Was gab es besseres, als eine Befragung durchzuführen und dabei jemandem beim Kochen zuzusehen. Er hoffte nur, dass die Fragen Harrison nicht so aus der Bahn werfen würden, dass er das Kochen nicht fortsetzen konnte.

„Haben Sie eine Idee, warum ich zu Ihnen komme? Ich arbeite bei der Berliner Mordkommission. Hat Ihre Ehefrau mit Ihnen gesprochen"

„Nicht die leiseste Ahnung. Ist in der Klinik etwas Furchtbares passiert?"

„Furchtbar ja, in der Klinik nein. Und ich fürchte, möglicherweise aber furchtbar für Sie. Wissen Sie, ob Ihre Ehefrau eine Affäre hat?"

Harrison schreckte hoch und unterbrach kurz das Umrühren der Quinoa. Sie durfte nicht am Topfboden ansetzen. Portionsweise war die vorbereitete Brühe hinzuzugeben. Nicht zu viel, damit die Konsistenz breiig, nicht zu flüssig wurde.

„Eine Affäre? Nein, davon ist mir nichts bekannt. Wir waren noch gestern im Theater – wie immer haben wir es genossen. Diese Abende müssen wir langfristig planen. Meine Frau hat einen dichten Terminkalender. Unsere 3- und 6-jährigen Kinder müssen am Abend betreut werden. Eine Affäre?"

„Ihre Ehefrau hatte eine Affäre, mindestens seit einem halben Jahr. Und jetzt ist die Frau ermordet worden."

„Sie? Eine Affäre mit einer Frau. Es wird immer absurder. Haben Sie sich vielleicht in der Tür versehen?

„Sie hatten keinen Verdacht?" Friedrich schielte auf den Topf und wies zwischenzeitlich darauf hin, dass etwas Brühe notwendig wäre. Es wäre doch bedauerlich, wenn das Essen anbrennen würde.

„Nein, keinen Verdacht. Sind sie sich sicher? Was wissen Sie davon? Wo ist meine Frau? Kann ich Sie anrufen?"

„Bitte warten Sie noch einen Moment, bevor Sie sie anrufen. Könnte ich dabei sein, wenn Sie den Anruf tätigen?" In einem Zustand halber Abwesenheit nahm Harrison den Topf von der Gasflamme und kippte ihn in eine vorgewärmte Schüssel.

„Darf ich Ihnen etwas von dem Essen anbieten? Ich koche dieses Rezept zum ersten Mal und bevor ich es heute Abend serviere, probiere ich es aus. Ein kritischer Prüfer wird dem Essen guttun."

Eine ungewöhnliche Frage in dieser Situation, die Friedrich sehr entgegen kam. Klar, eigentlich machte man es nicht während einer Befragung, aber er rechtfertigte es innerlich. In einer gemütlichen Atmosphäre würde er mehr Informationen bekommen.

„Ich werde meine Ehefrau anrufen. Aber alleine. Ich hoffe, Sie haben Verständnis." Er hatte sich gut im Griff, aber das Beben in seiner Stimme war deutlich zu hören.

Der Anruf dauerte nur wenige Minuten. Er habe sie nur gefragt, ob es stimme, dass sie seit einigen Monaten eine Affäre habe. Als sie es bejahte, habe er ihr nur mitgeteilt, dass sie noch heute ihren Koffer packen und sich eine andere Übernachtungsmöglichkeit suchen solle. Sie werde in einer halben Stunde kommen, hat gebeten, dass sie mit ihm spreche. Er habe noch die Quelle seiner Information verraten, ihr gesagt, dass der Kommissar vermutlich auch noch einige Fragen haben werde.

Harrison erklärte sich sofort damit einverstanden, seine Fingerabdrücke abzugeben, um einen Abgleich mit den Spuren vom Tatort zu ermöglichen. An dem Abend des Mordes sei er mit seinen Kindern Zuhause gewesen.

Er setzte die Zubereitung der Quinoa fort. Eine Pfanne wurde mit Olivenöl erhitzt, die Quinoa auf niedriger Stufe angebraten.

„Den Termin heute Abend werde ich absagen. Ich könnte es nicht ertragen, gute Freunde um mich zu haben."

„Sie sind so entschieden und schmeißen ihre Ehefrau sofort aus der Wohnung?"

„Wir hatten oft darüber gesprochen. Ich schraube meine Stunden als Lehrer auf eine Halbtagsstelle zurück, übernehme die Versorgung der Kinder. Ihr war die Karriere immer ausgesprochen wichtig. Aber eines wusste sie immer: Affäre bedeutet Trennung. Ich kann die Vorstellung nicht ertragen, dass sie mit jemand anders im Bett ist, gemeinsam am Morgen aufwacht, Liebesworte ins Ohr flüstert, den Kindern und mir gegenüber lügt, ein Doppelleben – auch wenn es nur auf Zeit ist – führt, Sex mit einem anderen hat. Dieser quälende Kitsch widert mich an. Eine ähnliche Situation hat es schon einmal in der Vergangenheit gegeben, ich habe es über längere Zeit ertragen und die Würdelosigkeit dieser Situation hat heftige Wunden gerissen."

Harry Harrison gab die vorbereiteten Tomatenstückchen zu der Quinoa, rührte um, und ergänzte das Ganze mit einer Knoblauchzehe, die nur kurz goldbraun angebraten und sogleich wieder entfernt wurde. Beim Servieren wurde alles leicht gesalzen und die geschnittenen Minzblätter hinzugefügt.

„Entschuldigen Sie. Ich hatte geplant, die Quinoa mit einer Gemüsepfanne zu servieren. Diese muss ich nicht ausprobieren. Sie werden verstehen, dass mir der Appetit vergangen ist."

Ein längeres Schweigen. Harrison hing seinen Gedanken nach. Sie wirbelten ihm durch den Kopf. Friedrich genoss das Essen. Er hatte sich trotz des Hungers emotional gut gehalten. Sensible Befragung gestellt - trotz seelischem Ausnahmezustand.

86

„Die Affäre war mit einer Frau? Sie ist jetzt tot, ermordet. Ist meine Ehefrau Zeugin oder Verdächtige?"

„Verdächtige."

Weitere zehn Minuten vergingen. Der Schlüssel drehte im Schloss.

„Sie hatten mir versprochen, meinen Ehemann herauszuhalten!" Voller Wut fauchte Petra Harrison Friedrich an. „Verzeih mir! Ich wollte mich trennen. Gib mir noch eine Chance!"

„Pack Deine Sachen! Ich will keine Details und keine Entschuldigungen hören."

Friedrich stand auf, begrüßte Petra Harrison. „Ich werde Sie bald alleine lassen, um Ihre privaten Konflikte zu besprechen. Vorher muss ich Sie fragen, ob Sie mit der detaillierten Betrachtung ihrer Wohnung einverstanden sind. Er vermied das Wort Hausdurchsuchung, da nicht sicher war, ob diese genehmigt werden würde.

„Tun Sie, was Sie nicht lassen können."

„Die Spurensicherung wartet vor dem Haus und wird, sobald ich ein Signal gebe, die Wohnung untersuchen. Gibt es irgendwelche Dinge, die Sie mir vorab aushändigen wollen?"

Beide schauten ihn entsetzt an. Eine Gruppe fremder Menschen, die in ihrem Privatbereich schnüffeln, alle ihre privaten Gegenstände berühren. Eine widerliche Vorstellung. „Daher muss ich Sie bitten, mit dem Packen Ihrer Sachen etwas zu warten."

„Wie lange wird es dauern? Ich werde als erstes organisieren, dass die Kinder in dieser Zeit anderweitig versorgt sind. Und sie möglichst nicht wahrnehmen, dass Sie überhaupt hier waren." Harrison zog sich kurz zurück.

„Ich stehe also unter Verdacht, diejenige, die ich geliebt habe, umgebracht zu haben. Es entwickelt sich alles immer mehr zu einem Alptraum."

Die Spurensicherung machte ihre Arbeit und nahm fast das ganze Arbeitszimmer mit. Der Schreibtisch und die Regale blieben stehen. Petra Harrison gab bereitwillig ihre Passwörter zum Computer und zu ihrem Handy preis.

Kapitel 31

„Haben Sie den Weg zum Studio gut gefunden?" Peter Fischer hatte aus der Schule in Erinnerung, dass gegenüber Engländern ein Mindestmaß an Höflichkeit notwendig war. „You are welcome!" passte auch nicht so richtig für den Auftakt eines Verhörs. Sie befanden sich in einem Studio des Bundeskriminalamts. Dort gab es einen virtuellen

Konferenzraum. Die Kollegen vom Central Department for Criminal Investigation stellten ihren in London zur Verfügung. Mit dieser Technik entstand schnell der Eindruck, sich gemeinsam in einem Raum zu befinden, es irritierte manchmal, dass der eine dem anderen nicht in die Augen schaute. Immer knapp daneben.

„Sie haben gelogen!" Der Simultanübersetzer übersetzte die Worte und versuchte, den mitschwingenden Affekt zu imitieren.

„Are you crazy? Wie kommen Sie darauf, dass ich gelogen habe?" Prof. Steve Gale runzelte die Stirn.

„Sie haben keine Idee, worauf sich meine Aussage beziehen könnte. Jetzt wäre die Chance, sich selbst zu erinnern."

Gale schien sich große Mühe zu geben, seine Gehirnwindungen auf mögliche Uneindeutigkeiten seiner bisherigen Aussagen zu durchsuchen. „Die Tage waren sehr voll. Als Mitglied des Präsidiums der WPA sprechen sie von morgens bis abends mit Leuten. ‚Könntest Du mich bei diesem und jenem unterstützen'? ‚Könnten Sie zu einem Vortrag kommen'? Ständig besteht Kontakt zu dem Veranstalter des Kongresses, um die kleinen Katastrophen einer Großveranstaltung zu beheben. An welcher Stelle soll ich die Unwahrheit gesagt haben?"

„Wann haben Sie das Mordopfer zuletzt gesehen?"

„Nur aus der Ferne. Ich habe Ihnen erklärt, dass ich keinen größeren Bedarf habe, mich intensiver mit ihr auseinander zu setzen. Je größer die Entfernung, desto besser."

„Wie kommen dann ihre Fingerabdrücke in das Hotelzimmer von Monika Betram?"

Steve Gale wendete sich ab, so dass sein Gesicht nicht zu sehen war. Entglitten ihm die Gesichtszüge? „Sure, ich weiß selbst ganz genau, dass ich in ihrem Zimmer war. Sie stolzierte wie auf dem Laufsteg über den Flur. Es war ein Fehler, dies nicht gleich zu berichten. Sorry. Aber da ich mit dem Mord nichts zu tun habe, wollte ich Ihnen ihre Arbeit erleichtern." Gale hatte sich wieder umgedreht und schaute an Fischer vorbei. „Sie hätten einen Verdächtigen mehr gehabt!"

„Sie werden uns hoffentlich nachsehen, dass Sie sich damit besonders verdächtig gemacht haben. Gibt es andere wichtige Punkte, die Sie uns aus Rücksicht nicht berichteten? Zum Beispiel, warum sie Monika Betram in ihrem Hotelzimmer aufgesucht haben, wie sie überhaupt wussten, in welchem Zimmer sie logierte, ob und wie heftig es zum Streit kam, ob sie ihr drohten?"

„Der Streit, welcher Streit? Wir hatten eine Diskussion und ich habe versucht, Sie zur Vernunft zu bringen. Sie sollte ihren Antrag zurückziehen. Es machte doch keinen Sinn, dass niemand die Gelder bekommt. Und was sagte sie: ‚Besser keiner als Sie'! Diese Frau ist völlig irrational."

„War. Beim letzten Mal haben Sie sich so sicher geäußert, die Gelder zu erhalten. Wo ist Ihre Selbstsicherheit hin? Eine zweite Lüge. Drohten Sie ihr?"

„Nein! Es war eine hitzige Diskussion, mehr nicht!" Der Schweiß lief dem stiernackigen, übergewichtigen Hypertoniker tröpfchenweise von der Stirn. Seine Atmung ging schneller, verunsichert schaute er hin und her.

„Die Wände haben Ohren. Und die Auszüge aus den Gerichtsakten sprechen für sich. Ihre Auseinandersetzungen im Rahmen ihres Rechtsstreits liefen selten auf dem Niveau der feinen englischen Art ab." Es war hoch gepokert. Es gab keinen Lauschangriff. Fischer hatte dies aber auch nicht behauptet.

„Ja, ich habe hart mit ihr geredet. Jemand Außenstehendes könnte es als Drohung aufgefasst haben."

„'Ich mache Dich fertig! Du wirst nicht mehr glücklich'' Keine schweren Drohungen?"

„Das habe ich nicht gesagt! Ich weise es zurück!"

„Könnten Sie mir bitte ihren genauen Tagesablauf, beginnend am Samstag um 17 Uhr, aufschreiben. So minutiös wie möglich. Mit wem haben Sie gesprochen? Wer könnte Sie gesehen haben? Dann können wir besser prüfen, ob ihr Alibi zum Zeitpunkt des Mordes wasserdicht ist."

Es war egal, dass sie bisher den Zeitraum kaum eingrenzen konnten, aber Gale wird sich in der Ungewissheit Mühe geben, den persönlichen Ablauf des Tages sehr genau aufzuschreiben. Er wusste, dass Gale – von Beruf Psychiater - früh in die Forschung gegangen war. Fischer nahm sich vor zu prüfen, ob Gale auch heute noch über ausreichende medizinische Kenntnisse verfügte, um den Mord zu begehen.

„Eine medizinische Frage: Wie setzte man eine Nadel, wenn diese an der Halsschlagader angelegt wird?"

„Sie stellen komische Fragen: Von oben nach unten. Immer zum Herzen hin." Gale verfügte zumindest über basale medizinische Kenntnisse. Damit wurde er, mit der Bitte sich für weitere Befragungen zur Verfügung zu halten, verabschiedet.

Nachdem er den Raum verlassen hatte, kommentierte der „commissioner": „Sehr verdächtig, aber zu wenig, um weitere Schritte einzuleiten. Sie müssen uns mehr bringen, um intensiver in sein Privatleben eindringen zu dürfen."

Kapitel 32

Der private Computer erfüllte mäßig hohe Sicherheitsstandards. Alle Ordner waren einzeln mit Passwörtern geschützt. Das Einloggen in den Computer war möglich, da Monika Betram ihrer Sekretärin die Zugangsdaten gegeben hatte. ‚Sie habe von dem Rechner aus manchmal Überweisungen getätigt. Etwas ungewöhnlich, aber manchmal waren diese dringend und Monika Betram wollte sie nicht aus dem Ausland tätigen. Sie habe die Kontodaten nach der Ausführung sofort wieder vernichtet'. Die Ordner hatten Bezeichnungen wie ‚Hauskauf', ‚Fotos Kinder', ‚Geschäftliches' oder ‚Wissenschaft'. Es war unklar, ob es gelingen würde, die dahinterliegenden Dateien zu öffnen. Das private Email Postfach von Monika Betram war sofort im Zugriff. Sie hatte einen Link auf die Bildschirmoberfläche gelegt und das Einloggen erfolgte automatisch.

Es gab sehr viele langweilige Mails. Schulfreundinnen, die schon längst in der Versenkung verschwunden wären, wenn es nicht so leicht wäre, eben ein „Wie geht es Dir?" zu schicken. Eigentlich interessierte sie es nicht wirklich, vermutlich hoffte sie nur, dass kein langer Bericht über die erfolgreichen Kinder folgte oder noch schlimmer, die anstehende Scheidung mit der Bitte, Rat zu geben. Aber diese Katastrophen traten zum Glück nur selten auf.

„Meine Liebste, unser Wochenende war unglaublich. Ich kann Dich noch an meiner Haut riechen."

„Noch drei Tage. Voller Ungeduld!"

„Zimmer gebucht. Beim Bezahlen kribbelten mir die Finger."

Kaum ein Tag verging, ohne dass Petra Harrison ihr eine Mail schickte. Manchmal kurz, manchmal lange schnulzige Liebeserklärungen.

‚Egal, wie gebildet jemand ist. Bei Liebeserklärungen setzt der Verstand aus. Peinliches Geschreibsel von außen betrachtet, Herzklopfen auslösende prickelnde Zeilen, wenn man der Verliebte ist', Karl Schuster gefiel es, voyeuristisch durch die privaten Zeilen von Monika Betram zu streifen. Die Affäre begann vor einem Jahr. Ihr Verliebt sein hatte sich bei einem Kongress in Wien entwickelt. Die genauen Umstände waren aus dem Email Verkehr nicht zu rekonstruieren. Es war nur klar, dass sie sich schon vorher kannten.

„Du bist überrascht, eine Frau lieben zu können? Sich von ihr angezogen zu fühlen? Ich kann Dir keine Antwort geben, warum gerade ich Dir diesen neuen Blick ermöglicht habe."

„Es gibt Paralleluniversen. Deine Familie und ich – das sind solch zwei parallel existierende Welten. Wir können sie beide gleichzeitig leben. Genießen wir beide, dann schenkt uns das Leben doppeltes Glück."

Sie schienen beide verliebt zu sein, glückliche Momente zu erleben. Dieses ging auch aus den Antworten von Monika Betram hervor.

„Meine Liebste, in Deiner Nähe bin ich eine andere. Eine geheimnisvolle andere, die ich voller Neugierde entdecke. Es sind glückliche Momente mit Dir."

„Die Tage sind zu kurz. Ich bräuchte jeden Tag zwei Stunden mehr. Dann wäre es ein Leichtes, alles Glück miteinander zu verbinden."

„Ich habe Sehnsucht nach Dir und zähle die Tage rückwärts. Wenn ich nachts wach liege, wandern meine Gedanken zu Dir."

Karl Schuster nahm sich vor, einige dieser Bemerkungen abzuschreiben. Vielleicht könnte er sie bei passender Gelegenheit in eine Begegnung mit seiner Freundin einbauen. Sie fand ihn zu wenig romantisch und es war sicherlich legitim, Nachhilfe bei einer Ermordeten zu nehmen.

Nach sechs Monaten änderte sich allmählich die Tonlage. Petra Harrison forderte sehr aktiv ein, sich häufiger zu treffen, Monika Betram verschob Treffen, entschuldigte sich oft, die Familie, der Job, die Reisen, die Reitstunde, das Vorspiel, der Kindergeburtstag, die Vorlesung. Petra Harrison schien anfänglich geduldig, die Geduld wirkte dann zunehmend bemüht.

Schließlich kam die erste drastische Mail: „Liebste, ich ertrage Deine Absagen nicht mehr. Ich ertrage es nicht, an den Wochenenden alleine bei mir zu sitzen und nur auf Dein Foto zu schauen. Ich ertrage es nicht mehr, Dich in den Armen Deines Mannes zu wissen. Ich ertrage es nicht mehr, auf Dich zu warten, ohne zu wissen, ob Du jemals wiederkommen wirst."

„Bedränge mich nicht. Es ist eine schwierige Situation. Er darf nichts wissen. Ich möchte meine Ehe nicht gefährden. Er wird es nicht hinnehmen, wenn er etwas erfährt. Bitte, bitte, bedränge mich nicht. So hatten wir es abgemacht." Der letzte Satz war fast flehentlich vorgebracht."

Es war überraschend, wie schnell die Situation eskalierte. Aus dem Terminkalender konnte man rekonstruieren, dass die Abstände der Termine immer weiter auseinanderlagen. An manchen Wochenenden stand: B. – Fürstlich Drehna. Es fanden sich aber auch andere Abkürzungen, die dagegen in dichteren Abständen den Terminkalender füllten. ‚S. – Telefonat'. Zweimal fand sich der Eintrag ‚S. – Treffen in Berlin'. Ein Treffen lag am Tag vor Beginn des Weltkongresses. ‚Hatte sie noch eine weitere Liebhaberin? Einen weiteren Liebhaber? War dies der große Unbekannte, der vor dem Hotelzimmer gesehen wurde? Diese Frau war beneidenswert sexuell aktiv."

Zwei Wochen vor dem Weltkongress der Eintrag: ‚Fürstlich Drehna – sie hat sich entschieden'.

„Du hast mich hintergangen. Deine Liebe war geheuchelt. Wenn Du mich liebst, würdest Du Deinen Mann verlassen. Ich werde Deine Entscheidung nie akzeptieren."

Nur einen Tag später fanden sich unverhohlene Drohungen: „Wenn Du mich zerstörst, zerstöre ich auch Dich." „Ich stand vor dem Kindergarten. Dieses Mal habe ich ihn noch nicht angesprochen."

Petra Harrison flehte anfänglich, dann drohte sie ebenfalls. „Ich werde es nicht zulassen. Glaubst Du, dass von unserer Liebe etwas übrigbleibt, wenn Du mich erpresst. Wo ist Dein Verstand geblieben? Eines kann ich Dir sicher sagen: Ich werde nicht zulassen, dass Du mein Leben zerstörst."

Und ein anderes Mal: „Du wirst es Dir gut überlegen. Du hast auch viel zu verlieren. Nicht nur ich. Meine Antwort wird schmerzhaft sein."

Ob Monika Betram wusste, was Harrison meinte? Waren es abstrakte Drohungen. Die Computerspezialisten hatten noch einiges zu tun, um die Passwörter zu knacken, alles zu sichten, was ein Computer an Informationen hergab. Auch der Arbeitscomputer musste noch analysiert werden. Einiges an Arbeit. Die bisherigen Informationen waren weiteres Material, um Petra Harrison in einer weiteren Befragung unter Druck zu setzen.

Kapitel 33

„Rekonstruieren Sie bitte den Abend des Mordes." Friedrich fand, dass sein Gehirn ausreichend Neurotransmitter verbraucht hatte. Er hatte früh die Kunst gelernt, wach zu erscheinen und doch zu schlafen. Gewissermaßen einen Meditationszustand vor laufendem Publikum. Er bat Simone Krüger noch schnell, ein Protokoll der Sitzung zu schreiben. Natürlich nicht wegen ihm. Peter Fischer war nicht anwesend und sollte nicht vom aktuellen Ermittlungsstand ausgeschlossen werden.

„Beginnen wir mit Monika Betram. Ihre letzte Veranstaltung ging bis 18:30 Uhr. Sie sprach dann noch kurz mit einem Teilnehmer. Wie hieß er noch gleich? Egal. Er spielt keine Rolle. Folglich könnte sie ab 18:45 Uhr auf ihrem oder auf dem Zimmer von Petra Harrison gewesen sein. Ab diesem Zeitpunkt besteht Unklarheit. Die toxikologischen Untersuchungen lassen keine weitere Begrenzung der Zeit zu. Jetzt kommt eine Zeitschätzung. Unsere Experten haben den Tatablauf, soweit wir ihn kennen, zu rekonstruieren versucht. Sie gehen davon aus, dass der Mörder mindestens eine Stunde gebraucht hat, um den Mord in dieser ungewöhnlichen Form zu begehen." Hans Hanusch startete mit der Rekonstruktion des Abends.

„Henrike Brinkmann, die Mutter der Patientin, die sich das Leben nahm, und Fritz Spittler wurden zuletzt gegen ca. 16 Uhr gesehen. Dabei ist die Zeitangabe von Henrike Brinkmann sicherer, da der Irrenwiderstand seinen Infotisch um diese Zeit abgebaut hat. Eine Mitarbeiterin des Hotels meint, Spittler noch einmal um 20 Uhr gesehen zu haben, aber war sich nicht sicher. Feststeht, dass Henrike Brinkmann spätestens um 21:00 Uhr bei ihrer Übernachtungsmöglichkeit angekommen war. Minus eine Stunde Wegezeit bedeutet dies, dass sie höchstens bis 20:00 Uhr im Hotel hätte sein können. Damit ist sie fast aus dem Rennen. Es sei denn, sie hat einen Komplizen." Als Hanusch gähnte, wies ihn Friedrich zurecht. Er solle in der Konzentration nicht nachlassen. Das Recht, müde zu werden, hatte er sich in den Jahren erarbeitet. Junge und unverbrauchte Kollegen müssen sich dies erst noch erarbeiten – darauf bestand er.

„Kommen wir zu drei weiteren Verdächtigen. Petra Harrison, Peter Klemp und Steve Gale hatten eines gemeinsam. Sie hatten zwischen 20 Uhr und 22 Uhr ein Alibi. Alle drei waren in einer Abendveranstaltung. Niemand konnte von Ihnen vor 22:30 Uhr den Mord begangen haben. Aber die Nacht war lang.

Und Peter Kleinkamp: er hatte zu keinem Zeitpunkt ein Alibi."

„Was können wir tun, um die Aufenthaltsorte und die Zeiten, an den sich die Personen in der Nähe des Tatorts aufhielten, einzugrenzen. Wie sieht es mit einer Genehmigung aus, über den Telefonanbieter genauere Informationen zu bekommen? Wir sollten die Erlaubnis für Brinkmann, Spittler und Kleinkamp erhalten. Vielleicht geben sie uns auch die Genehmigung, ohne dass ein Gerichtsbeschluss herbeigeführt wird." Einmal an diesem Abend erwachte Friedrich aus seinem meditativen Zustand, lehnte sich aber gleich wieder entrückt nach hinten.

„Ich werde es beantragen! Gleich nach der Sitzung formuliere ich einen Brief." Es war nicht überraschend, dass Karl Schuster es anbot. Die anderen nickten freundlich zustimmend.

„Peter hat übrigens recherchiert, womit sich Gale wissenschaftlich beschäftigt. Ich meine nicht sein Großthema Demenz, sondern ein wenig genauer. Im Zentrum seiner Forschung zum Thema Demenz steht die funktionelle Bildgebung. Positronenemmissionstomographie – abgekürzt PET. Er beschreibt, dass radioaktiv markierte Substanzen in die Blutbahn gespritzt werden. Dies soll es möglich machen, die Aktivität des Gehirns genauer zu untersuchen. Das wichtigste dabei: Es scheint für ihn Alltag zu sein, Venen zu punktieren. Es sei denn, er lässt die ganze Arbeit seine wissenschaftlichen Hilfsarbeiter machen. Peter plant morgen in England anzurufen, um zu klären, welche Venen bei der Methode angebohrt und welche Art von Kanülen benutzt werden und ob unser genialer, streitlustige Wissenschaftler selbst tagtäglich zur Tat schreitet." Diese Zusammenfassung kam von Hanusch, der vorher seinen Oberkörper gestrafft hatte, um nicht noch einmal abgestraft zu werden.

„Teilen wir uns die Arbeit für Morgen auf. Tanja Brieke, die Ex-Freundin von Peter Kleinkamp wird zur Befragung ins Präsidium kommen. Ich denke, dass Sie dies gemeinsam machen können. Ich werde noch einmal ins Boros-Museum gehen. Eine Mitarbeiterin hat sich heute im Präsidium gemeldet. Dieses Museum lässt mich nicht los." Er verriet nicht, dass seine Faszination vor allem auf die Popcornmaschine zurückzuführen war. Peter Fischer sollte den Psychotherapiepatienten befragen, um genauere Informationen über die Verwicklung vom Geschäftsführer Klemp in illegale Absprachen zu erhalten. Die Aufgaben waren verteilt. Endlich. Friedrich konnte alle nach Hause schicken.

Kapitel 34

„Er war voller Hass. Seine Gedanken drehten sich nur um Monika Betram und das Unrecht, welches sie ihm angetan hatte. Kein Tag, an dem er das Thema nicht ansprach. Er fand sie undankbar, ignorant, schimpfte über sie, weil sie all die Dinge, die er für die Klinik getan hat, nicht gesehen hatte. ‚Sie ist eine Hure der Wissenschaft'. ‚Ihr Interesse an den Patienten liegt bei null'. So sprach er aber nicht immer von ihr. In den ersten Jahren war er regelrecht begeistert von ihr, lobte ihre Feinfühligkeit, ihre Zugewandtheit. Auch das nervte manchmal. Nur es war damals nicht das einzige Thema, somit gut auszuhalten." Die Ex-Freundin von Kleinkamp Svenja Brieke hatte zufälligerweise in Berlin zu tun, so dass die Befragung im Berliner Präsidium stattfinden konnte.

„Haben Sie schon einmal einen Menschen erlebt, der voller Hass ist? Erst habe ich versucht zuzuhören, angenommen, dass die Zeit diese Wunde heilt. Wir waren nur am Wochenende mit unseren Kindern zusammen, da er seinen Job in Sperrwitz antrat. Wir waren uns einig, dass ein gemeinsamer Umzug nicht in Frage kam. Er wollte nach dem Ende der Ausbildung zurückkehren, denn die Familie ist fest in Dresden verankert. Er schmiedete Pläne, wie er ihr schaden könne, schadete sich aber nur selbst. Argumenten war er nicht zugänglich. Wie oft habe ich ihm gesagt, dass man die Macht anderer manchmal akzeptieren müsse. Sonst reibt man sich auf. ‚Ich gebe nicht klein bei. Sie wird sich ins Fäustchen lachen'. Es war wie eine Obsession."

Es war nicht nötig, Fragen zu stellen. Aus Frau Brieke sprudelte es nur so heraus. Der Dampfkessel hatte kein funktionierendes Ventil.

„Auf Dauer hält das keine Beziehung aus. Wir stritten uns immer häufiger. Ich habe ihn aufgefordert, mal nicht über dieses Thema zu reden. Mit Unverständnis reagiert, warum er sich nicht auch für seine Kinder interessiert. Sehen Sie, er war kaum noch in der Lage, mit ihnen auch nur kurz zu spielen. Und er hatte es vorher geliebt, sich mit ihnen zu balgen, Fußball zu spielen, sie durchzukitzeln. Er warf mir vor, sich nicht für sein Leben zu interessieren, egoistisch zu sein. Sie fühlen sich einfach beschissen! Klar habe ich mich

94

immer wieder gefragt, ob es an mir liegt, ob ich etwas falsch mache, ob mein Zugangsweg falsch ist. Wie viele innerliche Dialoge habe ich unter der Woche geführt, um seine Mauer zu durchbrechen. Nichts funktionierte!"

„Wann haben Sie das letzte Mal Kontakt zu ihm gehabt?" Krüger stellte die erste Frage. Schuster saß mit ihr im Verhörraum, Hanusch saß hinter der Scheibe. Und Friedrich? Er plante für das nächste Abendessen mit Christie Schilte. Er musste sich ein Gericht überlegen und wälzte verschiedene Rezeptbücher. Alleine die Entscheidung, eine neue Vorspeise, ein neues Hauptgericht oder eine neue Nachspeise auszuprobieren, stellt eine große Herausforderung dar.

„Er sieht die Kinder alle vier Wochen, wenn er nach Dresden kommt. Mehr ist ihm zeitlich nicht möglich. Ich würde ihm nicht im Wege stehen, wenn er häufiger Zeit hätte und sie häufiger sehen möchte."

„Wann haben Sie sich getrennt?"

„Ich habe es mehr als zwei Jahre ausgehalten. Und es war die Hölle. Es war psychische Gewalt. Selbst jetzt, wenn wir die Kinder übergeben, kann er sich nicht zurückhalten und fängt wieder mit dem Thema an."

„Hat er ihr gedroht? Drohungen formuliert?"

„Er hat ihr ständig gedroht. ‚Ich werde sie anzeigen'. ‚Sie wird ihre Weiterbildungsbefugnis verlieren'. Und er hat viele Briefe geschrieben. Es waren unzählige Abende, die er damit verbracht hat. Er hat damit alles nur noch schlimmer gemacht. Niemand in der Gegend von Dresden nahm ihn mehr ernst. Zwischenzeitlich bewarb er sich an anderen Kliniken in der Umgebung von Dresden. Und immer bekam er Absagen. Er vermutete, dass sie dahintersteckte."

„Wie weit gingen die Drohungen?"

„Sie meinen, ob er mit Gewalt gedroht hat? Nein, niemals. Er ist kein gewalttägiger Mensch. Trotz unseres heftigen Streits – wir haben uns angeschrien und furchtbare Dinge an den Kopf geworfen – ist er nie gewalttätig geworden. Trotz seines Hasses ist es für mich unvorstellbar, dass er etwas mit dem Tod seiner ehemaligen Chefärztin zu tun hat."

„Hat er auch sonst nie Gewalt ausgeübt?"

„Nein, nie. Oder doch? Warten Sie kurz. Einmal vor einigen Jahren waren wir mit dem Fahrrad unterwegs. Die Kinder waren auf den Gepäckträgern in Kindersitzen. Ein Autofahrer hat uns beim Abbiegen geschnitten, das war gefährlich. Da ist er zur Furie geworden, hat den Autofahrer an der nächsten Ampel erwischt und wie wild gegen die Seitentür getreten."

„Sperrwitz ist doch nur auf Zeit?" Krüger ging es einfach nicht in den Kopf, dass sich aus einer Zurückweisung so viel Hass entwickeln kann.

„Er war dafür nicht zugänglich. In drei Jahren hätte er seine Facharztausbildung beenden können. Aber er hat – soweit ich weiß – keine einzige Psychotherapie in Sperrwitz begonnen. Die Facharztprüfung liegt in unendlicher Ferne.

Auch für das Ende unserer Beziehung machte er Monika Betram verantwortlich. Keine Kündigung, keine Wut, kein Wechsel nach Sperrwitz, kein Streit, keine Trennung – insbesondere auch von den Kindern. So wenig er noch Interesse an den Kindern hatte, so viel macht er Betram verantwortlich. Alles war in seiner Wahrnehmung eine lineare Ereigniskette und er immer das Opfer."

„Es ist für mich schwer vorstellbar, dass er so, wie sie ihn schildern, eine Hilfe für Menschen mit seelischen Erkrankungen sein kann."

„Ich kann es mir in den letzten Jahren auch nicht mehr vorstellen. Vielleicht war es der einzige geschützte Ort für ihn. Vielleicht waren die Ängste, die Traurigkeit anderer Menschen so stark, dass er sein eigenes Innenleben für kurze Zeit verdrängen konnte. Ich weiß es einfach nicht. Aber ehrlich gesagt, es interessiert mich auch nicht mehr. Die Trennung ist vollzogen. Ich habe lang genug – auch nach der Trennung – gelitten. Glauben Sie mir, dass ich ihn selbst jetzt noch manchmal vermisse. Es sind die Bilder des Beginns unserer Beziehung, die mich ihn vermissen lassen. Ich muss sie dann mit anderen Bildern aktiv wegdrängen. Die Streitereien bekommen, je länger sie zurückliegen, etwas Unwirkliches.

Und die Kinder lieben ihren Vater – kompromisslos. Sie verstehen nicht, warum wir nicht mehr zusammen sind."

Wie irrational kann ein Mensch werden, wenn er hasst? Wie geplant kann er vorgehen, wenn er sich an jemandem anderen rächen möchte? Die drei Kommissare diskutierten diese Fragen intensiv, nachdem sie Brieke verabschiedet hatten.

Kapitel 35

„Mir sind die Bilder, die Sie mir gezeigt haben, durch den Kopf gegangen. Neben dieser Person, die ermordet wurde, war vor einiger Zeit noch eine weitere Person in der Ausstellung, die ich auf einem der Bilder erkannt habe." Frau Franquesa vom Boros Museum hatte sich im Präsidium gemeldet und gebeten, mit Friedrich zu sprechen. „Ich habe erst nicht daran gedacht, da wir uns so intensiv über unseren treuesten Gast unterhalten haben. Monika Betram war mindestens einmal mit einer gut aussehenden Frau in der Ausstellung. Ich erinnere mich daran, weil sie heftig gestritten haben. Es flogen die

96

Fetzen. Völlig unangemessen für einen Ort, an dem Kunstinstallationen auf einen wirken, einen inspirieren sollen."

„Können Sie sich an das Thema des Streits erinnern?"

„Sie stritten sich so laut, dass es unmöglich war, es nicht zu hören. Ich wollte sie gerade vor die Tür setzen, als Monika Betram voller Wut die Ausstellung verließ. Vorher forderte Betram lautstark ein, dass sich die andere für sie entscheide. Sie werde es nicht zulassen, dass ihre Liebe kaputt gemacht werde. Ihre Liebe sei für die Ewigkeit bestimmt. So ein romantischer Kitsch! Das kann doch nicht gut gehen. Die andere beschwor Betram, dies nicht zu fordern. Sie liebe ihre Familie und werde sie nicht verlassen. ‚Dann werde ich Deinen Mann informieren‘. ‚Das darfst Du nicht, bitte! Er wird mich verlassen‘."

Friedrich war es beim bloßen Zuhören peinlich, wie zwei erwachsene Personen sich in der Öffentlichkeit so pubertär streiten konnten. Die Emotionen dieser Damen schienen ihre Großhirne lahm gelegt zu haben. „Blieb es dabei?"

„Der Tonfall wurde immer schärfer. ‚Ich werde es nicht zulassen, dass Du meine Familie zerstörst‘. Die andere: ‚Du willst ohne mich sein? Dann kannst Du Deine Familie vergessen‘. Betram: ‚Warum tust Du mir das an‘? Es kann sein, dass der Wortlaut anders war, aber es passiert nicht jeden Tag, dass wir Zeugen eines heftigen Streits werden."

„Es wird jemand kommen, damit Sie die Person identifizieren, die sich mit Frau Betram gestritten hat." Friedrich hatte keinen Zweifel, dass es nur Petra Harrison sein konnte.

„War Fritz Spittler bei dem Streit anwesend?"

„Fritz Spittler?" fragte Frau Franquesa.

„Das ist ihr Lieblingsgast. Ich hatte bisher noch nie den Namen erwähnt."

„Ich denke nicht. Zumindest kann ich mich nicht an ihn erinnern. Aber er war so oft da."

„Ein ganz anderes Thema: Die Popcornmaschine hat mich schwer beeindruckt. Auch wenn das Popcorn, welches auf dem Boden lagen, ekelig schmeckte, abgestanden, trocken, wie maisartige Asche. Haben Sie sie einmal gegessen?"

„Ist etwas länger her, als es noch möglich war, frisches Popcorn aufzufangen. Damals habe ich es frisch gegessen. Schmeckte gut. Jetzt kann ich es Ihnen nicht empfehlen."

„Man sollte nicht zu lange warten. Sonst wird leckeres Essen fahl und abgestanden. Aber das ist vermutlich zu profan gedacht." Friedrich nahm seine Kunstinterpretation selbst nicht ernst. Trotzdem gefiel sie ihm. „Und wie ist Ihre Interpretation?"

„Sie müssen noch etwas üben. Kunstkritiker können sie sonst nicht werden. Michael Sailstorfer hat die Arbeit ‚Zeit ist keine Autobahn‘ genannt. Wenn Sie sich beispielsweise mit Freunden zum Essen treffen, sollten Sie sich Zeit lassen, entschleunigen moderndeutsch. In diese Richtung geht meine Interpretation."

„Nur jahrelang auf ein Essen zu warten, hält die beste Freundschaft auch nicht aus. Ich hatte nicht daran gedacht, hastig den nächsten Hamburger zu verschlingen. Das Brot von dieser weltweiten, aufdringlichen Fast-Food-Grausamkeit schmeckt schon vor dem ersten Bissen abgestanden. Aber ein gutes Rindersteak, medium gebraten, sollte unmittelbar mit Genuss verzehrt werden. Quatschen mit dem Freund kann man anschließend."

„Vielleicht könnten Sie doch Kunstkritiker werden. Haben Ihre Fragen zu dieser Installation denn etwas mit dem Mord zu tun?"

„Nein. Es war trotzdem nett, dass Sie sich etwas länger Zeit für mich genommen haben."

Kapitel 36

‚Entschuldigen Sie, dass wir Sie kontaktieren. Sie waren Patient von Monika Betram'? Krüger hatte sich von Friedrich instruieren lassen und wollte mit dieser Frage die Befragung von Peter Schillert beginnen. Ohne dass Schillert ihnen offiziell von dem möglichen Betrug, der vermeintlichen Korruption durch Klemp detaillierter erzählte, ihnen möglicherweise Unterlagen aushändigte, konnten sie kaum das Betrugsdezernat einschalten und noch weniger, Hendrik Klemp mit dem Vorwurf der Korruption konfrontieren. Aus den Akten war ersichtlich, dass Schillert lange Zeit gebraucht hatte, um sich Monika Betram zu öffnen. Es war ein schmaler Grat. Sie durften nicht sagen, dass sie seine Krankenakte ohne Gerichtsbeschluss gelesen hatten. Ohne etwas anzudeuten, war es gleichzeitig unmöglich, ihn auf das Thema zu bringen. „Ich nehme Kontakt zu dem Psychotherapiepatienten auf. Vielleicht habe ich dann eine bessere Vorstellung, warum sie sterben musste."

Kapitel 37

„Sie sind voller Vorurteile. Ihre Ermittlungen sind tendenziös. Fritz Spittler ist ein freundlicher Mann, der keiner Fliege ein Leid zufügen könnte. Sie haben zu viel Tatort geschaut." Ziegler konnte kaum seinen Ärger über Friedrich stoppen, der mit einem Gerichtsbeschluss kam, dass alle Akten von Spittler beschlagnahmt werden können. „Was hat er getan, außer in der Nähe des Tatorts aufgetaucht zu sein? Er ist in der Klinik ausgesprochen unruhig, muss den ganzen Tag laufen. Ich habe ihn noch nie so ruhelos erlebt."

„Er ist einer der Verdächtigen und daher bin ich verpflichtet, alle verfügbaren Informationen einzusammeln. Die Mitnahme ist richterlich abgesegnet. Sperren Sie viele ihrer Patienten ein?" Friedrich fragte ohne schlechte Hintergedanken.

Ziegler atmete tief durch. „Wir sind eine offene Psychiatrie. Es ist unser Ziel, die Menschen aus schweren psychischen Krisen herauszuführen, die Selbstbestimmungsfähigkeit von Patienten zu verbessern, sie wiederherzustellen. Manchmal ist es zum Verzweifeln. Die Vorurteile gegenüber der Psychiatrie und den Menschen, die dort behandelt werden, stammen aus einer Zeit, als in der Chirurgie Operationen ohne Narkose ausgeführt wurden."

„Ist denn Fritz Spittler nicht geschlossen untergebracht?"

„Natürlich nicht. Es sucht Hilfe und inneren Freiraum. Und wir wollen ihn darin unterstützen."

„Ich habe mit der Irrenbewegung gesprochen. Die sagen etwas Anderes."

„Ja, es gibt eine kleine Gruppe von Menschen, deren freie Beweglichkeit zeitweise eingeschränkt ist und die Irrenbewegung tut so, als ob dies alle Patienten in der Psychiatrie betreffen würde. Aber würden Sie eine Patientin mit Demenz sich verlaufen lassen, mit der Gefahr, dass sie im Winter erfriert? Oder zulassen, dass ein anderer, weil er aufgrund seiner seelischen Erkrankung die Welt völlig anders sieht, sich hoffnungslos verschuldet? Aber nicht wir entscheiden, ob jemand bleiben muss. Dafür sind ausschließlich Gerichte zuständig, die intensiv prüfen und große Gefahren sehen müssen, damit jemand unfreiwillig in der Klinik bleiben muss. Und dies ist für die kürzest mögliche Zeit, weil die Patienten bald ihre Entscheidungen selbst wieder treffen können, ohne sich oder andere zu gefährden. Die meisten sind froh, dass wir in dieser Zeit geholfen haben. Aber nicht alle. Einige von diesen haben sich in der Irrenbewegung zusammengeschlossen."

„Wird sich der Zustand von Herrn Spittler bessern?"

„Ich bin optimistisch. Er hat in den letzten beiden Aufenthalten in der Klinik bewiesen, dass er viel Kraft in sich hat."

„Und wie lange könnte es dauern, bis er vernehmungsfähig ist?"

„Ich gebe Ihnen mal eine optimistische Prognose: drei Wochen. Aber ich habe Ihrem Kollegen schon gesagt, dass es kaum möglich ist, eine sichere Prognose abzugeben. Fritz Spittler wird ein großes Interesse haben, dass der Mörder von Monika Betram gefunden wird."

„Trotzdem möchte ich Sie bitten, mir die Krankenakte auszuhändigen. Wie lange brauchen Sie, um die Akte zu besorgen?"

Innerhalb einer halben Stunde lagen alle Unterlagen vor, Stephan Friedrich klemmte sie sich unter den Arm und verließ die Klinik.

Auszüge aus der Krankenakte, Aufnahmebericht 2014:

„Fritz Spittler stellt sich notfallmäßig in der Notaufnahme vor. Er fühle sich bedroht, habe den Eindruck, von fremden Mächten, die er nicht genauer benennen könne oder wolle, beobachtet zu werden. Dies mache ihm keine Angst. Er habe alles unter Kontrolle, habe selbst Beobachtungen aufgenommen und fange an, dass Netzwerk der Gegner zu verstehen. Da Fritz Spittler große Schwierigkeiten hat, Sätze klar zu strukturieren, ist eine Einschätzung seines inneren Erlebens nur begrenzt möglich.

Die Personen, die ihn beobachten, kommen aus Prag. Er habe bei seiner letzten Reise, als er mit seinem Vater unterwegs war, aus Versehen ein Messer in der Hand gehalten, mit dem jemand getötet wurde und fürchte, dass der (wahrscheinlich) Geheimdienst ihn ausschalten wolle. Aufgrund seiner Auffassungsgabe erkenne er aber rascher als andere mögliche Gefahrensituationen und reagiere schneller als der Geheimdienst.

Nachdem die Polizei mehrfach abgelehnt habe, seine Anzeige aufzunehmen, sich störende Schlafstörungen einstellten, habe er sich – nach Rücksprache mit seiner Mutter – entschlossen, sich in der psychiatrischen Notaufnahme vorzustellen. Er begrüßte das Angebot, in der Klinik eine Rückzugsmöglichkeit zu haben."

Er konnte sich leider nicht in sein Lieblingscafé setzen. Aus Datenschutzgründen. Patientendaten waren hochsensibel. Daher konnte er sich nur mit einer käuflich erworbenen Zimtschnecke an seinem Schreibtisch vergnügen.

1971 in Heidelberg geboren, wuchs dort auf, hat zwei Geschwister, zu denen kein Kontakt besteht. Die Eltern sind in den Jahren 2010 (Vater) und 2015 (Mutter) verstorben. Sie hielten bis zu ihrem Tod Kontakt zu ihrem Sohn, konnten ihn aufgrund körperlicher Einschränkungen in den letzten Jahren nicht mehr besuchen. Schulabschluss: Abitur. Ausbildung: Krankenpfleger. Bis 2010. Krankschreibung wegen chronischem Erschöpfungssyndrom. Seitdem keine Rückkehr an den Arbeitsplatz. 2013 erstmals psychotische Symptomatik. Ambulante Behandlung durch den Nervenarzt Dr. Schied. Besserung unter Medikation (Name und Dosierung unbekannt). Absetzversuch. Ein Jahr stabile Phase. Anfang 2015: erneutes Erleben von Bedrohung, subjektiv das Gefühl, diesem gewachsen zu sein.

Es wurden verschiedene Untersuchungen durchgeführt, die Friedrich nicht kannte und einschätzen konnte. Ausführlich wurde der Verlauf der Behandlung beschrieben: Das Bemühen um einen guten Kontakt, das allmähliche Gewinnen von Vertrauen, die Teilnahme an verschiedenen Therapieverfahren, die Bereitschaft, sich mit Medikamenten behandeln zu lassen. Besonders wurde beschrieben, wie kreativ er war, sich über Bilder ausdrückte, in ihnen sein Innenleben darstellte. Die Termine in der Kunst- und Ergotherapie waren ihm heilig. Auch wenn es ihm meist schwer fiel aufzustehen, da er in der Nacht kaum Schlaf fand: Diese Termine versäumte er nie. Es schien, als ob er in der Kunst, in seinen Bildern eine andere, eine eigene Sprache verwendete.

Friedrich war überrascht, dass schon nach drei Wochen deutliche Veränderungen eintraten. Das Personal beschrieb, dass es einfacher wurde, sich mit Spittler auszutauschen. Er interessierte sich für andere Themen als die erlebte Bedrohung und deren Abwehr und sprach nicht mehr so konfus. Wie drückte eine Eintragung es passend aus: ‚Es wurde wieder eine gemeinsame Sprache gefunden'. In der Akte fanden sich einige seiner Kunstwerke. Friedrich konnte nicht beurteilen, ob es große Kunst war. Aber ausdrucksvoll waren die Bilder. Die Tuschezeichnungen zeigten fragmentarische Gegenstände und Menschen. Wenn man sich zwischen Gliedmaße, Kopf und Rumpf Gegenstände wie einen Stift, ein Buch, eine Kaffeetasse wegdachte, fügten sich die Körperteile zusammen. Es entstand der vollständige Körper eines Menschen, vielleicht eher der einer Fantasiefigur aus einer anderen Welt.

Der Arztbrief formulierte eine gute Prognose. Fritz Spittler wurde an die ambulante Psychiaterin vermittelt und über die Möglichkeit der Teilnahme an Selbsthilfegruppen informiert. Eine Unterstützung, sich beruflich neu zu orientieren, wünschte er nicht.

Ein halbes Jahr später kam es zu einer erneuten Aufnahme. Seine Versuche, sich als Krankenpfleger eine Stelle zu suchen, scheiterten. Er setzte bald nach der Entlassung die Medikamente ab. Es wurde diskutiert, welche Faktoren dazu beitrugen, dass es erneut zu einem psychotischen Schub kam. Die Krankheitszeichen ähnelten sehr dem ersten Aufenthalt. Dieses Mal war er bereit, mehr Unterstützung anzunehmen. Er konnte nachvollziehen, dass eine mögliche Wiederaufnahme seines alten Berufes ein langer Weg ist und eine therapeutisch unterstützte Arbeit ein guter Zwischenschritt sein könnte.

Friedrich war beeindruckt von der Intensität der Zusammenarbeit, der Suche nach Wegen, um aus der Erkrankung herauszufinden, dem Vermeiden falscher Illusionen und der Ausrichtung der Behandlung an den Ideen und Wünschen, die Fritz Spittler in sich trug. Er hatte es sich anders vorgestellt – viel direktiver, viel strenger, weniger die Lebenseinstellungen berücksichtigend.

Beim zweiten Aufenthalt war noch verzeichnet, dass er alle Angebote nur für eine kurze Zeit wahrnahm. Es war ihm fremd, den ganzen Tag mit anderen seelisch erkrankten Menschen zu verbringen. In der Einschätzung der Therapeuten trug der Verlust der äußeren Struktur dazu bei, dass er bald wieder in seine andere, psychotische Lebenswirklichkeit rutschte.

Friedrich war sich sicher. Spittler war kein Mörder, kein Täter, niemand Gefährliches. Es blieb unklar, warum sich seine Fingerabdrücke im Hotelzimmer fanden. Dafür würde sich eine Erklärung finden.

Kapitel 38

Peter Schillert war überrascht, als ihn ein fremder Mann auf der Straße vor dem Bauamt ansprach. Er hatte einen langen, unbefriedigenden Arbeitstag hinter sich. Er tröste sich mit der Vorstellung, das Abendessen mit seiner Freundin und deren zwei Kindern zu verbringen. Die neue Beziehung half ihm, seine Depression endgültig zu überwinden. Ohne die intensive psychotherapeutische Behandlung bei Monika Betram wäre er gleichzeitig nie in der Lage gewesen, sich auf eine Beziehung wieder einzulassen, sich zu trauen, über sein inneres Erleben mit ihr zu sprechen. Der fremde Mann stellte sich als Peter Fischer von der Kriminalpolizei vor.

Er war alles andere als das, was er sich früher als einen typischen Bürokraten vorgestellt hatte. Anzug und Krawatte lehnte er ab und er war der erste im Amt, der mit einer kleinen, aber gut sichtbaren Tätowierung zur Arbeit kam. Er war kein mutiger Mensch, keiner, der es darauf anlegte, Risiken einzugehen. Engagiert in netter Atmosphäre seine Arbeit machen. So wünschte er sich seine Arbeit. In den ersten Jahren erfüllten sich seine Vorstellungen. Andere hätten es langweilig gefunden, er empfand eine Sicherheit, in der die Zeit in einem Schwebezustand an ihm vorbeizog. Seine Aufgaben wurden größer. Beteiligung an Genehmigungsverfahren umfangreicher Bauvorhaben. Keine Mehrfamilienhäuser am Stadtrand von Dresden mehr. Dann wurde er dem Bauprojekt ,Universitätsklinik Dresden' zugeordnet. Er war nur einer unter mehreren. Manchmal wunderte er sich, wenn er zu einzelnen Sitzungen nicht eingeladen wurde, Ausschreibungen fertig waren, ohne dass ihm klar war, wie seine Kollegen dies so schnell bewältigen konnten. Falscher Ehrgeiz! Seine Interpretation, um sich nicht unter Druck zu setzen. Dann fielen ihm einzelne Ungereimtheiten auf. Er hatte seinem Kollegen über die Schulter gesehen, wie er Dokumente begann zu bearbeiten und am nächsten Tag war dieses Dokument fast fertiggestellt. Dies war nicht möglich, auch wenn er die ganze Nacht durchgearbeitet hätte. Entsprechend den europäischen Vorschriften zur Wettbewerbschancengleichheit wurden einzelne Bauvorhaben europaweit ausgeschrieben. Aber immer wieder bekam die gleiche Firma den Zuschlag. Sie gaben das niedrigste Angebot ab, unterboten alle anderen, gaben unrealistisch niedrige Preise ab. Eine Plausibilitätsprüfung durch die Klinik oder im Bauamt erfolgte nicht. An anderer Stelle waren Anforderungen in der Ausschreibung enthalten, die nur wenige Spezialfirmen erfüllen konnten, aber völlig überflüssig waren. Alle wussten, dass Bauvorhaben ein hartes Pflaster sind. Wer verliert, setzt meist keine Energie ein, die Niederlage zu hinterfragen oder rechtlich dagegen vorzugehen. Die Energie wurde in die Abgabe eines neuen Angebots für eine andere Ausschreibung gesteckt.

„Sie haben vom Tod Ihrer ehemaligen Psychotherapeutin Prof. Dr. Betram gehört?"

Peter Schillert schaute entsetzt. „Was ist passiert? Seit wann ist sie tot?"

„Sie ist ermordet worden und wir bemühen uns, diesen Mord aufzuklären."

„Ermordet? Das ist ja furchtbar! Sie ist, ich meine war ein warmherziger Mensch. Ohne sie würde es mir nicht so gut gehen. Wer kann so ein Verbrechen begangen haben?"

„Wir sind auf der Suche und vielleicht können Sie uns helfen. Können Sie sich vorstellen, wer ein Motiv haben könnte?"

„Warum fragen Sie mich? Sie war meine Psychotherapeutin. Ich weiß kaum etwas von ihrem Leben."

„Es finden sich heikle Unterlagen, die sie Monika Betram übergeben haben."

Peter Schillert wusste sofort, um welche Unterlagen es sich handelte. Er war so erleichtert gewesen, mit seinem Wissen nicht mehr alleine zu sein. Er hatte eine Komplizin. In der Baubehörde wäre alles versucht worden, die brisanten Informationen unter den Teppich zu kehren. Er wäre nicht stark genug gewesen, sich der Auseinandersetzung zu stellen. Und jetzt war Monika Betram ermordet worden und die Polizei hatte die Unterlagen gefunden. Was für ein Alptraum! Wie in einem Horrorfilm rasten die Bilder durch seinen Kopf: isoliert, bloßgestellt, ausrangiert – dies würde es im Bauamt bedeuten, wenn in der Behörde bekannt werden würde, dass er sich als whistleblower betätigt hat.

Als ob Peter Fischer seine Gedanken gelesen hätte. „Wir können Sie schützen. Ihre Informationen anonym behandeln. Es wird Ermittlungen geben, in denen sie aber nicht angehört werden. Wir müssen nur detaillierter wissen, um welche brisanten Informationen es sich handelt. Dann können wir gezielt vorgehen."

‚Sollte er die Unterlagen der Polizei aushändigen? Er hatte sich zwei weitere Kopien gemacht, die er an sicheren Orten abgelegt hatte. Hunderte von Seiten. Dieses Risiko war er eingegangen. Fotokopien gemacht. Angstschweiß war von seiner Stirn getropft. Was wusste die Polizei? Anscheinend hatten sie nicht alle Unterlagen gefunden. Sonst bräuchten sie nicht zu ihm kommen. Vielleicht war dies seine Chance, reinen Tisch zu machen. Was war mit Monika Betram passiert? Hatte der Mord etwas mit den Unterlagen, die er ihr übergeben hatte, zu tun? Es ging um viel Geld, um Korruption, illegale Absprachen, mafiöse Strukturen'.

„Die Therapie ist schon seit einem halben Jahr vorbei. Um was für Unterlagen soll es sich handeln?"

„Ich denke, dass Sie es wissen. Und wie heikel sie sind. Auch gefährlich für Sie. Wir möchten Sie schützen. Das können wir aber nur, wenn wir keine offiziellen Ermittlungen einleiten. Geben Sie uns keine Informationen, müssen wir es tun und dann müssen wir auch Sie offiziell befragen. Ich kann Sie nur bitten: Sprechen Sie mit uns!"

‚Woher wussten Sie von den Unterlagen? Monika Betram hatte zugesagt, sie sicher aufzuheben. Aber sie wird nicht davon ausgegangen sein, sich in Lebensgefahr zu befinden. Vielleicht wurden die Unterlagen bei ihr Zuhause gefunden'.

Peter Fischer hatte mit Friedrich abgesprochen, nichts davon zu sagen, dass sie überhaupt keine Unterlagen in der Hand und alle Informationen aus der Krankenakte hatten. Sie würden später eine Lösung finden – wenn er sich entschied, zu reden und die Unterlagen zu übergeben.

„Einverstanden! Ich erzähle Ihnen alles, was ich weiß. Aber könnten wir uns als erstes von diesem Ort entfernen. Ich würde ungern gemeinsam mit Ihnen gesehen werden."

Er rief seine Freundin an, dass er heute deutlich später nach Hause kommen würde und es war wohltuend, sie zu hören und ihr Bedauern darüber zu spüren. „Ich kann Ihnen eine Vielzahl von Hinweisen übergeben, dass beim Neubau des Universitätsklinikums illegale Absprachen erfolgten und gehe davon aus, dass einige im Amt die Hand aufgehalten haben. Das kann ich aber nicht beweisen. Im Zentrum der Absprachen stehen Hendrik Klemp, Geschäftsführer des Universitätsklinikums Dresden, und Klaus Köhn, Leiter des Bauamts. Es wurden Aufträge einzelnen Firmen zugeschoben, es kam immer wieder zu Kostenexplosionen, die von Anfang an klar waren und sie wurden von allen Beteiligten abgesegnet. Dabei geht es nicht um kleine Summen. Ich habe Hinweise gefunden, dass diese Firmen Subfirmen beauftragen, sie aber nicht bezahlen. Es werden ihnen Mängel vorgehalten, die so nicht existieren. Es werden Gutachter beauftragt, die diese Mängel bestätigen – immer die gleichen Gutachter. Auf der Baustelle wurden sie nie gesehen."

‚Eine schwierige Konkurrenzsituation wird in den Ermittlungen entstehen', ging es Fischer durch den Kopf. ‚Ermittlungen bei schwerer Form der Wirtschaftskriminalität brauchten Zeit, um erfolgreich zu sein. Die Aufklärung von Morden hatte unverzüglich zu erfolgen'.

„Könnten Sie uns ihre vollständigen Unterlagen übergeben?"

„Ich dachte, Sie haben sie gefunden?"

„Wir können aber nicht sagen, ob sie tatsächlich vollständig sind. Dies können wir nur einschätzen, wenn Sie uns eine Kopie zum Vergleich geben."

„Wie wollen Sie mich schützen?"

„Aufgrund eines anonymen Hinweises werden wir in großem Rahmen Hausdurchsuchungen, Zugriffe auf Bankdaten etc. beantragen. Und wir würden Ihnen empfehlen, dass wir auch ihre Wohnung durchsuchen dürfen. Damit werden Sie zum scheinbar Verdächtigen, niemand wird auf die Idee kommen, dass Sie der Datenlieferer sind. Wir werden es bei Ihnen so unauffällig ablaufen lassen, dass Ihre Nachbarn nichts mitbekommen. So oder ähnlich. Wir würden es genau mit Ihnen planen."

„Ich habe Angst, dass am Ende meine Existenz in Gefahr gerät, ich die Belastungen, spätere Anfeindungen nicht aushalte. Oder noch schlimmer: ins Visier irgendwelcher Krimineller gerate." Nach einer kurzen Pause. „Kommen Sie mit! Ich gebe Ihnen die Unterlagen. Monika Betram hat mir geholfen, sie ist tot. Ich bin es ihr schuldig."

Kapitel 39

Sie fühlte sich in die Enge gedrängt. Sie wurde mit den Fragen in die Enge gedrängt. Keine Atempause seit mehr als drei Stunden. Sie erbat sich eine Auszeit, die ihr gewährt wurde. Nun saß sie auf der Toilette und schaute auf die Scherben ihres Lebens. Sie wollte die Macht über ihr Leben zurück und verlor stattdessen alles. Ihr Mann hatte ihr klar signalisiert, dass es kein „zurück" gibt. Und sie kannte ihn. Er war in allem gnadenlos konsequent. Auf der Arbeit war noch nichts durchgesickert. Es war nur eine Frage der Zeit. Wenn bekannt würde, dass sie im Mittelpunkt von Ermittlungen in einem Mordverfahren steht – als Verdächtige – würde sie von der Arbeit freigestellt. Das war sicher. Sie müsste selbst darum bitten, da sich kein Patient mehr von ihr behandeln lassen würde. „Was sind Ihre Ziele für die nächste Woche?" Diese harmlose Frage würde den Gedanken bei den Patienten auslösen, ob sie in der nächsten Woche überhaupt noch da ist oder ihr gemütliches Zuhause mit einer harten Pritsche getauscht hat. „Welche Erlebnisse in ihrem Leben haben sie geprägt?" ruft die Gegenfrage auf „War der Mord ein prägendes Ereignis für Sie?" Sie kämpfte mit den Tränen. Es war Zeit. Die Polizistin vor der Toilette lief unruhig auf und ab.

Petra Harrison war zum Verhör einbestellt worden. Ihr wurde signalisiert, dass sie alle Termine absagen sollte, da die Dauer der Befragung nicht vorherzusagen war. Auf dem Weg zum Verhör scannte sie innerlich, was alles in dem Email-Verkehr zwischen ihr und Monika Betram zu lesen stand. Es war vorhersagbar, welches Mordmotiv ihr unterstellt werden würde. Sie hatte ein klares Mordmotiv. Aber deshalb ist sie noch lange keine Mörderin! Sie würde die Ermittler auffordern, ihr logisch zu erklären, warum sie zur Mörderin geworden sein soll. Es sei doch klar, dass, wenn die Polizei ihre Liebesbeziehung entdeckt, dies damit auch ihrem Mann über kurz oder lang offenbart würde. Die Katastrophe damit ihren Lauf nimmt. Und sie hat schon begonnen, ihren Lauf zu nehmen. ‚Für wie blöd halten mich diese Schnüffler! Hatten sie mehr gegen mich in der Hand'? In einem versteckten Ordner fanden sich Fotos von ihnen beiden. Fotos eines Liebespaars. Darüber hinaus nicht verfänglich. Diese bedeuteten keinen Informationsgewinn. Die Fotos, die sie am meisten liebte, waren in der Boros Ausstellung gemacht worden. Mehrfach hatten sie sich dort getroffen, die Ausstellung genossen. In diesen Momenten spürten sie ein großes Maß an Gemeinsamkeit. Es war auch der Ort seltsamer Begegnungen. Einmal sprach sie ein psychotischer Patient an, der offensichtlich Monika kannte. Und es war der Ort ihres einzigen Streits in der Öffentlichkeit. Monika hatte sie immer mehr bedrängt. Es war kaum auszuhalten.

„Wir stimmen also in der Einschätzung überein, dass sie ein Mordmotiv haben?" Viel weiter waren sie auch in den letzten Stunden nicht gekommen.

„Ja, das habe ich Ihnen schon mehrfach bestätigt. Monika Betram bedrohte den Zusammenhalt meiner Familie. Dies machte mir Angst. Welche Auswirkungen dies hat, ist jetzt zu erkennen. Mein Ehemann hat sich getrennt, ich werde meine Kinder kaum noch sehen."

„Sie hatten ausreichend Zeit, um den Mord zu begehen. Nach der Abendveranstaltung ist ihr Aufenthaltsort unbekannt. Haben Sie Monika Betram nach der Abendveranstaltung noch gesehen?" Friedrich versuchte sie unter Druck zu setzen und er biss seit Stunden auf Granit. Stundenlang die gleichen Fragen, die zu nichts führten. Es nervte ihn unendlich. Aber die Chance, sich ganz wieder anderen Dingen widmen zu können, motivierte ihn, auch mit leerem Magen durchzuhalten.

„Nein. Wir lagen im Streit. Ich habe mich von ihr getrennt. Warum sollte ich mich noch mit ihr treffen. Weder vor noch nach meinem Abendtermin habe ich mich mit ihr getroffen." Sollte er hoch pokern und einfach behaupten, dass sie jemand gesehen hat. Vielleicht später.

„Was gefiel Ihnen so sehr an der Boros Ausstellung?"

Petra Harrison schaute etwas überrascht. Was hatte dies mit dem Mord zu tun? Eine Finte? Aber es gab in diesem Fall keinen Grund, nicht ehrlich zu sein.

„Im Flur standen zwei Besen, wie zufällig abgestellt. Sie sind krumm und schief, nicht funktional, vergessen, vom Leben bearbeitet. Wir hatten beide den Eindruck, dass sie ein gutes Bild für unsere Beziehung sind. Zumindest in der Anfangszeit unserer Beziehung. Wir fühlten uns wie in einem anderen Universum, unsere Beziehung war ohne besonderes Ziel, die Welt hatte uns vergessen und es war gut so. Alles war anders als in meinem bisherigen Leben. Ich hatte noch nie eine lesbische Beziehung, mir war noch nicht einmal bewusst, dass es diese Seite an mir gab. Trotz langer Selbsterfahrung, in der ich – das kann ich Ihnen versichern – viel über mich erfahren habe, entdeckte ich etwas Neues an mir. Und dann gibt es noch dieses Gebäude. Ein Bunker, ein Schutzraum, unzerstörbar. Er vermittelt Sicherheit vor der äußeren Welt."

„Wer ist mit S. in ihrem Kalender gemeint?"

Kurz zuckten ihre Lider, schaute sie irritiert. Nur ganz kurz, dann hatte sie sich wieder im Griff. „Ich weiß nicht, was Sie meinen." Etwas Klügeres fiel ihr auf die Schnelle nicht ein.

Endlich, dachte Friedrich, gab es eine Reaktion, an der er ansetzen konnte. „Sie wissen, was ich meine. In ihrem Kalender war in immer dichterem Abstand S. eingetragen, zuletzt einen Tag vor Beginn des Kongresses. Wer ist diese Person?"

„Es ist keine Person. Wie kommen sie darauf. S. steht für Seminar. Während des Weltkongresses habe ich ein Seminar gehalten und ich musste mir Zeitfenster reservieren, um das Seminar vorzubereiten. Das braucht Zeit."

„Sie sind sicher, dass Sie bei dieser Version bleiben? Wo haben Sie sich zu dieser Zeit befunden? Können Sie uns die Ergebnisse der Vorbereitungen zeigen? Finden sich Aufzeichnungen auf Ihrem Rechner? Können Sie uns die Unterlagen, die Sie den Seminarteilnehmern ausgehändigt haben, zur Sichtung übergeben? Ich könnte noch einige Fragen ergänzen, um Ihre Aussage zu überprüfen. Bleiben Sie dabei?"

„Klar. Sie müssten mir nur meinen Computer wieder zur Verfügung stellen. Dann kann ich Ihnen die Unterlagen zeigen."

„Einer meiner Mitarbeiter wird den Rechner mit Ihnen durchgehen, damit Sie uns die Dateien zeigen können. Wir gehen davon aus, dass S. eine Person ist. Könnten Sie uns sagen, wo Sie das Seminar vorbereiteten. Wir würden gerne prüfen, ob Sie tatsächlich dort waren und ob Sie sich mit jemand anderem trafen."

„Sie können sich vorstellen, dass ich mich in die Ecke gedrängt fühle. Unter diesem Druck kann ich die Befragung nicht fortsetzen. Ich habe Sorge, mir zu schaden, da ich mich nicht erinnere. Sie merken, dass ich zur Kooperation bereit bin, aber nicht, wenn in Ihren Fragen implizit schon Vorverurteilungen stecken."

Friedrich hatte ein Druckgefühl im Magen. Er hatte wenig Verständnis dafür, dass Petra Harrison eine Druckentlastung brauchte. Auf ihn wartete ein Streuselkuchen, rein und ehrlich, ohne Fruchtmasse, die die Süße der Streusel relativierte und ihm Entlastung bringen würde.

Er verabschiedete sie mit der Bitte, sich für weitere Befragungen bereit zu halten. Die Spurensicherung, der Computerexperte und der sonstige Zulieferbetrieb würden weitere Informationen liefern. Er war sich sicher. Und dann konnte die Befragung fortgesetzt werden.

Kapitel 40

Der lange Ausflug ins Wirtschaftsdezernat Dresden erzeugte ein kurzes Glücksgefühl. Simone Krüger und Hans Hanusch hatten sich mit den Kollegen in Dresden in der Polizeidirektion verabredet. Beim Betreten der Büros kostete es etwas Mühe, die Kollegen hinter ihren Aktenbergen zu entdecken. Sie stapelten sich auf und um die Schreibtische. Diesem schweren Schicksal waren beide entronnen. Tagelanges Studieren von Zahlenkolonnen, Bauanträgen und Baugenehmigungen, Ausschreibungen und Bauplänen, Korrespondenz mit verschiedensten Ämtern. Ein Job mit hohem Risiko für Magengeschwüre. Die gesamten Unterlagen, die im Bauamt Dresden, insbesondere im Büro von Klaus Köhn, und beim Geschäftsführer Hendrik Klemp gefunden wurden.

Das Szenario machte sofort deutlich, dass es noch Tage bis Wochen dauern würde, um umfassende gesicherte Erkenntnisse zu extrahieren. Vielleicht war wenigstens eine Aussage möglich, ob Klemp an illegalen Absprachen beteiligt war. Vielleicht fanden sich auffällige Geldbewegungen. Peter Schillert hatte einige Hinweise gegeben, in welchen Aktendeckeln sich besonders brisantes Material befinden könnte. Einiges hatte er kopiert, aber noch mehr lohnenswerte Unterlagen wurden in Aussicht gestellt.

Sie schlenderten cool zu ihren Kollegen, in Gedanken hatten sie ihre Colts gut sichtbar positioniert und die Hand am Griff. Jederzeit bereit, jedwede schwierige Situation zu meistern. Die Kollegin Leonara Müller nahm ihr Machogehabe nicht wahr, sie war zu sehr mit dem Tragen der Akten beschäftigt, die sie stabilisierte, indem sie den Stapel zwischen ihren Händen und Kinn klemmte.

„Da habt Ihr ja einen ganz dicken Fisch an Land gezogen! Ein Dresdner Biotop für korrupte Beamte und erlösoptimierenden Baufirmen. Klaus Köhn und Hendrik Klemp könnten im Mittelpunkt dieses Skandals stehen, der unsere Stadt nachhaltig erschüttern wird. Meine Prognose: Irgendein politischer Kopf wird rollen, da er seiner Aufsichtspflicht nicht ausreichend nachgekommen ist. Und Euer Whistleblower will nicht aussagen? Schade! Dies würde das Verfahren deutlich erleichtern. Und er will in Kauf nehmen, eventuell auch verdächtigt zu werden? Er wird gute Gründe haben. Vielleicht würde ich es auch so wollen, wenn mir sonst Gefahr durch die Baumafia droht." Sie redete ohne Punkt und Komma. Die Abteilung für Wirtschaftskriminalität hatte ihre eloquenteste Mitarbeiterin geschickt, um mit der Kriminalpolizei aus Berlin zu kooperieren.

„Und Sie denken, dass dieser Sumpf mit dem Mord an der Chefärztin aus Dresden zusammenhängt? Ihr Name ist mir bisher nirgends in den Unterlagen aufgefallen. In das Bauprojekt selber war sie nicht eingebunden. Nun ja, ihre Baustellen waren nicht aus Stein."

„Wie…" Krüger musste richtig laut werden, um zu Wort zu kommen „… gesichert ist es, dass Hendrik Klemp an dieser Korruptionsaffäre beteiligt ist?"

„Es fehlen noch einige Bausteine. Aber das Jucken in meiner rechten Pobacke sagt mir, dass wir es ihm nachweisen können. O.k. Sie werden sich für mein Jucken nicht so sehr interessieren, sondern von mir den eitrigen Ausschlag der Korruption präsentiert haben wollen. Das braucht noch etwas Zeit. Zumindest für die ganze Eiterbeule.

Aber Kooperation ist alles. Nicht wahr! Also wir haben intensiv hin und her und her und hin diskutiert. Immer mit der Frage, wie wir bei den Mordermittlungen helfen können. Es ist für uns nicht gerade Routine, an Mordermittlungen beteiligt zu sein. Also was ist das Ergebnis unserer Überlegungen? Möchten Sie eigentlich einen Kaffee`? Wie unhöflich von mir, nicht zu fragen."

Sie konnten nur den Mund aufmachen. Bevor ein Ton herauskam, war sie schon verschwunden, um fünf Minuten später wieder mit einem Tablett aufzutauchen.

„Entschuldigen Sie. Sie müssen sich bescheiden. Ich kann Ihnen nur Kaffee ohne Milch anbieten. Die Milch wird immer so schnell schlecht, wenn nicht jemand im Blick hat, wann das Verfallsdatum abläuft. Es ist uns einmal passiert und der ganze Kühlschrank hat bestialisch gestunken. Und die ganzen Lebensmittel aus dem Kühlschrank mussten weggeschmissen werden. Daher haben wir in einer Dienstbesprechung beschlossen, keine Milch mehr im Kühlschrank zuzulassen. Es war keine einstimmige Entscheidung. Aber wir leben in einer Demokratie. Ich hoffe, Sie können sich auch mit schwarzem Kaffee arrangieren. Vielleicht sollten wir beim nächsten Mal mit unseren Unterlagen einfach zu Euch kommen. Dann müsst Ihr nicht auf Milch verzichten. Wo war ich stehen geblieben? Ach ja. Wir haben uns auf einen Teilaspekt des ganzen Bauprojektes gestürzt, um Euch schneller Materialien an die Hand geben zu können. Ihr müsst die beiden ja in die Enge drängen."

Krüger und Hanusch fragten sich, wie sie diese Frau stoppen sollten. Sie wollten gar keinen Kaffee, aber das Treffen würde sich möglicherweise verlängern, wenn Leonara Müller auf die Idee käme, ihnen Tee als Alternative anzubieten. Bei der Geschwindigkeit, mit der Müller auf ‚Du' wechselte, würde mit jeder Minute die Gefahr steigen, bald in die Gartenlaube zum Grillen eingeladen zu werden.

„Wahnsinn, wie viele tolle Gedanken Sie sich schon gemacht haben. Jetzt muss es nur noch schnell gehen, damit der Mörder nicht den Hals aus der Schlinge zieht. Welchen Teilaspekt haben Sie ausgewählt und was hat die Untersuchung ergeben?" Krüger hoffte, dass das Lob half, den Redefluss zu begrenzen.

„Ich fange am besten kurz nach der Wende an, als das erste Mal über die langfristige Konzeption der Universität Dresden nachgedacht wurde." Sie holte Luft.

„Nein! Bitte nicht!" Hanusch konnte nicht mehr an sich halten. „Nur diesen einen Teilaspekte, bitte!"

Etwas pikiert schaute Müller Hanusch an und bemühte sich danach tatsächlich, sich zu begrenzen. Es war damit aber klar, dass sie keinen Kaffeenachschub anbieten würde. Sie ahnte nicht, wie froh die beiden waren.

„Es geht um den Umbau der sanitären Anlagen im Krankenhaus. Den Zuschlag hat eine Firma ‚Bad und Bengler' erhalten, die im Rahmen der Ausschreibung das niedrigste Angebot abgab. Es lag nur knapp unter dem zweiniedrigsten. Es stellt sich die Frage, ob der Bieter das zweitniedrigste Angebot kannte, um es nur gering zu unterbieten. Während der Ausführungsphase finden sich dann aber immer wieder Hinweise der Firma, dass der Kostenrahmen nicht eigehalten werden kann. Diese Kostensteigerungen wurden immer wieder genehmigt. Und ratet mal von wem? In den Bankunterlagen der beiden finden sich darüber hinaus einige überraschende Zahlungseingänge, passend zu der etwas zu großen Limousine auf dem Parkplatz des Bauamtes. Diese Unterlagen kann ich Euch gerne zusammenstellen."

„Bis wann können wir sie haben?"

„Wenn Ihr mich nicht zu lange aufhaltet, sollte ich in zwei Stunden so weit sein. Ich würde sie Euch dann persönlich übergeben. Und los! Die Zeit drängt!"

Beide gaben ihre Freude zum Ausdruck – über die Zustellung der Unterlagen und über die persönliche Übergabe. Damit war klar, dass sie zwei Stunden in Dresden überbrücken mussten. Die meiste Zeit nutzten sie, um intensiv zu diskutieren, wer sich bei der Übergabe der Unterlagen quälen lässt und wer die Sonne in einem Straßencafé genießt.

Kapitel 41

Der Ton war selten aggressiv. Ein öffentlicher Chat, in dem sich ehemalige Patienten austauschten und Krankenhäusern vorwarfen, Kunstfehler begangen zu haben. Alle Fachrichtungen waren vertreten. Chirurgische Patienten, die anhaltende Schmerzen nach einer Hüftoperation hatten und den Operateur dafür verantwortlich machten. Andere warfen ihrem Hausarzt vor, zu spät an einen Spezialisten überwiesen zu haben. Dritte konnten nicht akzeptieren, dass ihr Angehöriger gehbehindert blieb. Bei vielen geschilderten Fällen schüttelte man den Kopf, wie es sein konnte, dass Ärzte mit ihren Diagnosen, mit ihren Behandlungen so danebenliegen konnten. In anderen Fällen wirkte es, als ob die Verbitterung, dauerhaft Schmerzen zu erleiden, das weitere Leben mit einschränkenden Behinderungen zu meistern, nur zu ertragen war, wenn jemand anders die Schuld hatte. Es fanden sich viele hilfreiche Tipps, Hinweise, welche Rechtsanwälte auf

Behandlungsfehler spezialisiert waren. Psychiatrische Behandlungsfehler wurden selten beklagt. Warum auch immer.

Ihr Ton war dagegen unkontrolliert aggressiv. Sie drohte. ‚Ich werde es nicht zulassen, dass sie ungestraft weiterlebt'. ‚Sie darf nicht weiter praktizieren'. ‚Sie hat meine Tochter auf dem Gewissen'! Ich werde gegen sie vorgehen und ein Zeichen setzen'. ‚Auch wenn ich den Rest meines Lebens im Gefängnis verbringe, der Tod meiner Tochter darf nicht sinnlos gewesen sein'.

Manchem Besucher im Netz gingen die Äußerungen zu weit. Sie fürchteten, dass die anonyme Person eine Gefahr für die Ärztin sein könnte. Der Versuch, beruhigende Kommentare zu schreiben, bewirkte nur das Gegenteil. Sie fühlte sich nicht verstanden, warf den anderen vor, ihrer eigenen Verantwortung nicht gerecht zu werden.

Einzelne informierten die Polizei, die aufgrund der befürchteten Gefährdung eines Dritten intensive Ermittlungen einleitete, den Betreiber des Chats drängte, die Daten der Person der Polizei zu übergeben. Es brauchte Zeit. Nur eine Dependance des Betreibers saß in Deutschland, hielt Rücksprache mit der Zentrale, die klären musste, ob die Weitergabe der Daten mit deren nationalem Recht zu vereinbaren war.

Es waren die Daten von Henrike Brinkmann. Es war zwei Monate her, dass die Polizei Kontakt zu ihr aufnahm, sie befragte. Sie hatten nicht den Eindruck, dass von ihr eine Gefahr ausging, entschieden, Betram, die Ärztin, auf die sich die Aggression bezog, nicht zu informieren. Brinkmann erhielt eine Verwarnung. Die rechtlichen Konsequenzen wurden ihr aufgezeigt, falls sie diese Drohungen wiederhole.

Zufälligerweise hatte der zuständige Kollege Kontakt zu Perol, dem Psychologen im Kommissariat, gehabt. Sie tauschten sich über die Höhepunkte der letzten Arbeitswoche aus und da fiel der Name Brinkmann. Perol wurde hellhörig.

Friedrich kaute Kaugummi. Das hatte er sich angewöhnt, wenn in der letzten Mahlzeit zu viel Knoblauch verarbeitet wurde. „Wie schätzen Sie es ein? Ein häufiges Phänomen? Eine Mutter, die ihren Hass auf die Therapeutin richtet."

Perol hatte die kriminalpsychologische Literatur durchforstet. „Es gab vor 8 Jahren einen Fall in Nürnberg. Ein Vater verletzte die Psychotherapeutin seines Sohnes schwer, weil diese den Suizid nicht verhindern konnte. Die Psychologin überlebte mit schweren Verletzungen. Mehr konnte ich zu diesem Thema nicht finden. Aber die Drohungen sind heftig. Ihr werdet weiter überlegen müssen, ob sie nicht als Täterin in Frage kommt."

Kapitel 42

„Fritz Spittler besteht darauf, sich mit Ihnen zu treffen. Ich habe ihm davon abgeraten, aber er lässt sich nicht davon abbringen. Er möchte unter allen Umständen nach Berlin kommen, um Ihnen dort einiges zu zeigen." Herr Ziegler meldete sich telefonisch bei Friedrich.

„Jetzt bin ich überrascht. Sie haben mir doch erst vor zwei Tagen gesagt, dass es einige Wochen dauern kann, bis Fritz Spittler in der Lage ist, Auskunft zu geben und sich unseren Fragen zu stellen. Wie kann das sein? Hat er nur simuliert? Handelt es sich um eine Spontangenesung?"

„Er war schwer gequält. Vorgestern spitzte es sich zu. Er entschied sich, Medikamente gegen seine Ängste zu nehmen. Es würde zu weit führen, sie in die medikamentöse Behandlung von Psychosen einzuführen. In Kurzform: die langfristig empfohlenen Medikamente brauchen einige Wochen, um zu wirken, sind dann aber in ihrer Wirkung stabil. Für akute Situationen können wir den Patienten andere Medikamente anbieten, die oft erstaunliche Effekte haben. Die Patienten sprechen wieder klarer, verständlicher, ihre psychotischen Ängste nehmen ab, sie sind wieder handlungsfähig. Dies ist nur bei manchen Patienten so, aber Fritz Spittler gehört zu diesen."

„Tolles Medikament! Warum geben Sie es nicht allen?"

„Das hat verschiedene Gründe. Es kann akut erheblich helfen, aber zumeist nicht ausreichend. Mit der Zeit können diese Medikamente ihre Wirkung verlieren und besonders wichtig. Sie machen abhängig, wenn sie lange genommen werden. Daher achten wir immer darauf, dass am Ende eines Krankenhausaufenthaltes dieses Medikament nicht mehr verordnet wird."

„Wir finden es natürlich großartig, wenn Fritz Spittler uns einige Fragen beantworten könnte. Gibt es etwas zu beachten? Was kann ich falsch machen?"

So ganz geheuer war es Friedrich nicht, Spittler zu befragen. Er hatte kaum einen Satz von ihm verstanden, als er ihn das letzte Mal gesehen hatte. Wie sollte so eine Befragung ablaufen, damit es zu sinnvollen Erkenntnissen kommen konnte. Seine Sätze waren vollständig unvollständig gewesen.

„Muss ihn jemand begleiten bzw. abholen?"

„Es ist keine gute Idee, ihn mit dem Polizeiauto abzuholen. Oder wie hatten Sie sich das vorgestellt?"

„Ich wollte nur nett sein. Das Denken kommt bei mir manchmal erst später. Wo möchte er sich mit mir treffen?"

„Im Boros Museum. Er ist sich bewusst, dass andere ihn schlecht verstehen. Daher möchte er an die Orte gehen, an denen er sich besser verständlich machen kann. Wenn Sie viel von ihm erfahren wollen, sollten Sie sich etwas Zeit blockieren. Ich hatte ihn so verstanden, dass er noch an andere Orte mit Ihnen fahren möchte."

Friedrich wurde ganz anders. Ihn möglicherweise mit seinem Mercedes mitnehmen. Ein unangenehmes Gefühl beschlich ihn.

Ziegler schien die Verunsicherung zu spüren. „Machen Sie sich keine Sorgen. Fritz Spittler ist der sanfteste Mensch der Welt."

„Könnte ich auch einen meiner Mitarbeiter schicken?" Vielleicht ließ sich der Job jemandem anders zuschieben.

„Leider nein. Er besteht darauf, nur mit Ihnen das Gespräch zu führen. Fühlen Sie sich geehrt. Fritz Spittler scheint sie als warmherziger und verständnisvoller wahrzunehmen als sie es selbst tun."

‚Diese Psychos. Warum musste die Begegnung mit ihnen immer zu einem Selbsterfahrungstrip werden'? „Wann wird er morgen beim Museum sein?"

„Um 14:30 Uhr kommt er am Hauptbahnhof an, um 15 Uhr wird er beim Museum sein. Ich schicke Ihnen meine Handynummer per SMS, falls Sie noch Fragen loswerden wollen. Und ermutigen Sie ihn, danach wieder zu uns nach Dresden in die Klinik zu kommen!"

Kapitel 43

Spätherbst. Sie schlenderten ohne Eile die Friedrichstraße entlang. Die Sonne lud dazu ein. Um diese Uhrzeit nahmen die Gebäude am Straßenrand der Sonne nicht die Sicht. Einzelne Touristen nahmen ihren Cappuccino auf den Sitzplätzen außerhalb der Cafés ein. Sie hatten sich heute kochfrei genommen. Ein seltener Anlass, der dazu genutzt wurde, sich ausschließlich kriminalistischen Diskussionen zu widmen. Kurze kulinarische Ausflüge waren erlaubt – aber sie mussten die Ausnahme bleiben.

„Ich sehe vor lauter Verdächtigen die Tote nicht mehr."

„Eine schillernde Person. Erfolgreiche Wissenschaftlerin, knallharte Ökonomin, verzweifelte Liebhaberin, Täuscherin, nachtragender Machtmensch. Nur welche der Personen verantwortet ihren Tod?"

„Du bist Dir sicher, dass Spittler aus dem Rennen ist?"

„Ja. Es bleiben die Fingerabdrücke im Hotelzimmer. Er könnte das medizinische Vorwissen haben, aber er war zu sehr mit seinem Innenleben beschäftigt als dass er einen kaltblütigen

Mord hätte planen können. Und noch viel wichtiger. Du hättest seine Akte lesen sollen. In seiner Psychose zieht er sich ab einem bestimmten Punkt zurück, bleibt immer höflich und zuvorkommend. Wenn er wieder besser kommunizieren kann, berichtet er von seinem Bedrohungserleben und seiner Kraft, diesen Bedrohungen zu widerstehen. Aber es gibt nie den Hauch von Aggressivität. Er ist einfach ein netter Kerl. Es muss eine andere Antwort darauf geben, warum er beim Hotel war. Wenn er morgen kommt, wird er uns vielleicht die Antworten geben. Mittlerweile können wir auch die Zeit eingrenzen, die er im Hotel gewesen war. Eine Polizeistreife wurde alarmiert, als er friedlich, aber abwesend wirkend vor einer Kneipe in Kreuzberg gesehen wurde. Es war nicht klar, ob die Kneipenbesucher sich Sorgen machten oder sich gestört fühlten. Die Polizisten haben ihn angesprochen, ihm Hilfe angeboten, was er dankend abgelehnt hat. Das war um 21:30 Uhr."

Sie liefen von Süden nach Norden auf der Friedrichstraße. Auf Höhe der Kochstraße beschleunigten sie ihre Schritte, um schnell an den Touristenmassen vorbei zu kommen.

„Meine Favoritin ist Petra Harrison. Wie viele Mordfälle hatten wir gemeinsam, in denen die Bedrohung der eigenen Familie das Hauptmotiv war? Und Monika Betram war dicht davor, den Ehemann anzusprechen, selbst wenn sie damit ihre Beziehung zu Petra Harrison zerstört. Entweder sie bekam alles oder die andere sollte auch nichts haben."

„Aber warum dann dieser brutale, inszenierte Mord? Eine unaufdringlichere Methode hätte es doch auch getan."

„Stellen wir es uns einmal vor. Wie könnte der Mord abgelaufen sein? Sie trinken gemeinsam einen Sekt. Die k.o.-Tropfen hat Petra Harrison untergemischt. Monika Betram verliert das Bewusstsein. Anschließend wird sie ausgezogen und gefesselt, der Trachealschnitt erfolgt und das Ablassen des Blutes. Petra Harrison hätte es als Freundin leicht gehabt, in dieser Form vorzugehen. Andere Idee: Die Fesselung erfolgte erst, dann betäubt Petra Harrison Monika Betram z.B. mit Chloroform, Betram kann sich aufgrund der Fesselung nicht wehren. Eher unwahrscheinlich, da die Druckmarken auf den Armen und Beinen sehr gering ausfallen. Immer bleibt Deine Frage: Warum diese sadistische Form zu morden?"

„Vielleicht gerade weil es nicht vorstellbar ist, dass ein Mensch, der liebt, so brutal sein kann. Ihr trauen wir den Mord in dieser Form nicht zu. Sadismus und Liebe sind schlecht in Einklang zu bringen."

Sie machten einen kleinen Schwenker über den Gendarmenmarkt. Sie liebten es, dort einen ersten Cappuccino einzunehmen. Im Café Einstein mit Blick auf den französischen Dom. Ein romantischer Moment. Kurz berührten sich ihre Hände. Mehr an Romantik konnte Friedrich nicht ertragen. „Zwei große Cappuccini, bitte!" Sie amüsierten sich immer, wenn andere ‚zwei Cappuccinos" bestellten. Stillos.

„Wechseln wir zum nächsten Verdächtigen. Klemp hat ein überzeugendes Motiv. Die Bedrohung seiner wirtschaftlichen Existenz. Sein beruflicher Erfolg. Sein Renommee. Sein Narzissmus. Seine Selbstverliebtheit. Sein Gefühl der Macht und Unantastbarkeit. Sein drohender Absturz ins Bodenlose. Sein möglicher Aufenthalt hinter schwedischen Gardinen. Viele Motive. Bisher hatte er alles in seinem Leben unter Kontrolle. Und nun dieser Kontrollverlust. Über den Mord würde er die Kontrolle wiedererlangen. Seine Fingerabdrücke finden sich im Hotelzimmer, er wurde im Streit mit Monika Betram an ihrer Zimmertür beobachtet. Nur leider verfügt er nicht über das ausreichende medizinische Wissen. Im Erste-Hilfe-Kurs wird man die Fachkompetenz nicht erworben können. Er bräuchte folglich einen Komplizen."

„Bist Du Dir sicher, dass umfangreiche medizinische Kenntnisse notwendig sind? Sie wurde mehrfach punktiert. Vielleicht war es Glück und er hätte sie bei einem Scheitern anders getötet. Auch bei ihm würde gelten: Falls medizinische Kenntnisse notwendig sind, hätte er das perfekte Alibi. Da wir die Zeit des Mordes nur sehr grob eingrenzen können, hilft es uns nicht, dass er spätestens ab 20 Uhr auf dem Treffen der Geschäftsführer war."

Friedrich schnaufte. „Es bleibt dabei: er ist mein präferierter Mörder. Sympathiepunkte null. Wie weit ist die Wirtschaftsabteilung? Hanusch und Krüger sind heute in Dresden. Vielleicht fällt einiges an Erkenntnis für uns ab. Würden die Unterlagen ausreichen, um Klemp festzunageln?" Er murmelte diese Fragen vor sich hin. Christie Schilte konnten ihm die Frage nicht beantworten.

Die Cappuccini und die Sonne neigten sich dem Ende zu. Es wurde kühl und sie beschlossen, ins Lafayette zu gehen, um französische Leckereien zu riechen. Der Lebensmittelbereich befand sich im Subterrain. Vielleicht waren deshalb die angenehmen Gerüche so intensiv. Im Café hatte Friedrich seinen Vorsatz kundgetan abzunehmen, um seine Lebenserwartung zu verbessern. Daher kämpfte er sich erfolgreich an der Kuchenabteilung vorbei.

„Und wie schätzt Du Henrike Brinkmann ein?"

„Sie hat vielleicht das heftigste Motiv. Ein Verlust ohne Rückfahrtschein ist eingetreten. Sie lebt für sich allein mit ihrer Trauer. Ihr ganzes Leben hat sie darauf ausgerichtet. In ihrer Wohnung befindet sich ein Altar. Die Bilder ihrer Tochter – sie sichert auf jede erdenkliche Art ab, sie nicht auch noch innerlich zu verlieren. Und es ist ein schlechtes Gewissen zu spüren, als Mutter versagt zu haben. Sie weiß, dass die psychische Krise bestand, bevor Monika Betram in das Leben ihrer Tochter eingetreten war. Monika Betram konnte sie nicht retten, ist folglich die ideale Person, um auf sie die Schuld zu laden."

„Diese Verbissenheit. Furchtbar! Du hast gesagt, dass die Wohnung von Henrike Brinkmann leblos wirkte, gleichzeitig verwohnt und ungepflegt, es intensiv roch, als ob die Fenster lange Zeit nicht mehr geöffnet wurden." Christie Schilte schüttelte den Kopf. „Sie ist doch nicht die einzige, die ein schweres Schicksal bewältigen muss. Warum geht sie nicht zu einer Selbsthilfegruppe von Eltern, die ihre Kinder durch Suizid verloren haben? Warum verliert sie sich in ihrer Wut, vielleicht sogar Hass."

„Sie hat zugegeben, im Hotelzimmer gewesen zu sein und Monika Betram gedroht zu haben, sie mit der Nachttischlampe zu verletzen. Aber nicht am Tag des Mordes, sondern zwei Tage vorher. Es hat sie niemand gesehen. Weder am Tag des Mordes, noch zwei Tage vorher. Für den Abend des Mordes hat sie kein Alibi. Interessant ist, dass Monika Betram sie in das Zimmer hereingelassen hat, deutet darauf hin, dass sie bereit war, mit ihr zu sprechen, sie zu empfanden, einen Weg zu finden, ihr zu helfen, und vermutlich auch, dass Monika Betram ein schlechtes Gewissen hatte. Frau Ziegler sagte, dass Monika Betram von dem Tod geschockt war und sich Vorwürfe gemacht hatte."

„Nur, wie soll sie es technisch angestellt haben? Wie hat sie die Kenntnisse erworben, um diesen Mord durchzuführen."

„Sie ist Tierarzthelferin. Ich habe in der Praxis angerufen, um zu fragen, was damals ihre Aufgaben waren. Es ist keine homöopathische Kleintierpraxis. Es wird das gesamte Therapiespektrum angeboten. Von der Kastration bis zur Tumoroperation, von der Wurmbehandlung bis zur Impfung. Sie hatte bei Operationen assistiert. Und sie hat auch Zugänge zu Venen gelegt. Mir konnte niemand sagen, ob diese technischen und anatomischen Kenntnisse auch für den Menschen reichen würden, aber da der Mensch maximal eine Weiterentwicklung des Hundes darstellt, können wir es zumindest nicht ausschließen." Friedrich rief sich das Bild von Henrike Brinkmann vor Augen. Karl Schuster hatte ihm ausführlich seinen Eindruck beim Betreten der Wohnung von Henrike Brinkmann beschrieben. Diese Leere, ihr wirrer Blick, die Ratlosigkeit. Vielleicht war ihr letztes Ziel im Leben verschwunden: Monika Betram zu vernichten. Aber vielleicht hatte auch jemand anders ihr dieses Ziel genommen.

„Die Punktion gelang nicht beim ersten Mal. Dies spricht dafür, dass keine langjährige Erfahrung beim Punktieren vorliegt. Ich kann ihre Wut auf ihr Schicksal nachvollziehen. Was willst Du tun?"

„Ehrlich gesagt: Ich weiß es nicht. Es wird eine Erkenntnis vom Himmel regnen. Die Wettervorhersage lässt nur nicht erkennen, wann es regnen wird."

„Ich tippe auf unseren selbstzerstörerischen Assistenzarzt Peter Kleinkamp." Auch Christie Schilte hatte ihren Favoriten.

„Warum bezeichnest Du ihn als selbstzerstörerisch?"

„Er ist aggressiv, vorwurfsvoll, die ganze Welt ist an seinem Schicksal Schuld, nur er selbst nicht. In seiner Arbeit quält er sich, die Stadt, in der lebt, findet er unerträglich, seine Partnerin hat er vertrieben, seine Kinder kann er nur noch selten sehen und seine Ausbildung bekommt er auch an seiner neuen Arbeitsstelle nicht auf die Reihe, da er sich immer noch über die Psychotherapien ärgert, die er nicht beenden konnte. Ich finde das selbstzerstörerisch."

Sie kamen an einer großen Buchhandlung vorbei. Die Spiegel-Bestseller dominierten die Auslagen. Ohne Platzierung sanken die Verkaufszahlen ins Bodenlose. Wie diese Listen zustande kommen? Christie Schilte nahm sich vor, dies zu recherchieren.

„Aber es kann doch sein, dass er verantwortungsvoll tagsüber in der Klinik arbeitet, um sich dann abends seiner Verbitterung hinzugeben? Die Chefärztin Hannelore Springer aus Sperrwitz hat die guten Rückmeldungen der Patienten ausdrücklich betont. Sie war auch nicht ganz unglücklich, dass er sich Zeit ließ. Damit würde es länger dauern, bis sie einen neuen Arzt suchen muss, den es nicht gibt."

„Wie soll er in das Hotelzimmer eingedrungen sein? Wie Monika Betram überwältigt? Sie wusste um seine Wut. Ich kann mir nicht vorstellen, dass sie ihn freiwillig in das Zimmer hereingelassen hat. Patienten und Angehörige – dies entsprach vermutlich ihrer professionellen Grundhaltung zu helfen und vielleicht dabei auch ungewöhnliche Wege zu gehen. Aber einen Assistenzarzt, mit dem sie sich im Streit befand? Besser gesagt: er hatte den Streit mit ihr. Die medizinischen Kenntnisse hat er definitiv. Seine Erfahrungen liegen zwar schon etwas zurück, als er in der Neurologie auf der Spezialstation für Schlaganfälle gearbeitet hat. Das Legen von Braunülen – egal in welche Arterie oder Vene – ist dort Routine. Gut ein Trachealschnitt nicht. Aber es kommt vor."

Friedrich holte das Gesprächsprotokoll mit Kleinkamps ehemaliger Freundin Svenja Brieke hervor und überflog den Text. „‚Er machte sie für alles verantwortlich. Außerhalb der Arbeit schien er an nichts Anderes zu denken'. Ich werde bitten, eine Hausdurchsuchung zu beantragen. Vielleicht klappt es wenigstens bei Kleinkamp. Die Beweislage ist dünn, aber vielleicht kann ich die Staatsanwaltschaft überzeugen. Er könnte einwenden, dass man gerade von ihm keine Fingerabdrücke gefunden hat. Seine kritische Bemerkung war, dass ich sehr freizügig mit der Beantragung von Hausdurchsuchungen sei."

„Aber im Gegenteil. Dies spricht für ihn als Mörder. Wärst Du so arglos, Deine Fingerabdrücke zu hinterlassen, wenn Du einen Mord planst. Ich zumindest würde mir Handschuhe anziehen. Und den Zugriff zu geeigneten Handschuhen sollte Kleinkamp haben."

„Ich werde es versuchen und mit der Staatsanwaltschaft in ... Ja, das muss ich erst einmal klären. Welche Staatsanwaltschaft für Sperrwitz zuständig ist."

„Lass den dortigen Staatsanwalt durch Peter Diekmann anrufen. Von Staatsanwalt zu Staatsanwalt macht sich das besser. Und Diekmann ist bei der Beantragung von Hausdurchsuchungen kein Bedenkenträger."

„Hättest du Lust, zum Abschluss dieses schönen Nachmittags später ein Dessert einzunehmen?" Friedrich lief das Wasser im Mund zusammen, als er an sein Spezialdessert dachte. Er musste einen kurzen inneren Kampf aushalten, um sich dann zu sagen, dass an einem Wochenende es erlaubt sein muss, etwas gegen seine guten Vorsätze, sich mit der Nahrungsaufnahme zurückzuhalten, zu verstoßen. ´Vermutlich habe ich dann mehr Kraft, am Sonntag die Diät fortzusetzen. Einmalige Belohnungen für vorangegangene Kraftanstrengungen sollen motivationsfördernd sein´. Diese überzeugenden Überlegungen gingen ihm durch den Kopf. „Wir müssten nur zum Lafayette zurückgehen, um Bisset zu besorgen."

„Ich bin nicht abgeneigt."

„Gale ist am schwierigsten zu fassen. Die kurzen Interviews – übersetzt oder mit der Kamera – sind keine gute Grundlage für unsere detektivische Arbeit. Hans Hanusch hat noch einige Erkenntnisse zusammengetragen. In seinem Umfeld gab es vor vier Jahren einen unklaren Todesfall. Gleichfalls einen Konkurrenten. Damals in seiner Arbeitsgruppe. Die Auseinandersetzung wurde bis aufs Blut geführt. Die Londoner Polizei wird den Fall neu aufrollen. Es wurde keine Todesursache gefunden, es lag aber auch kein Verdacht auf Fremdverschulden vor. Außerdem gab es bis vor einem Jahr einen intensiven email-Austausch mit Petra Harrison. Er riss zu der Zeit ab, als die Liebesbeziehung zu Monika Betram begann. Es wurde über eine deutsch-englische Wissenschaftskooperation nachgedacht. Sie wollten nicht gemeinsam forschen, aber in ihren Funktionen haben sie die Aufgabe, Netzwerke zu fördern, so dass letztendlich Drittmittel und – davon gehe ich aus – bedeutsame Forschungsprojekte an ihren Universitäten landeten. Harrison wusste von dem heftigen Streit, hätte folglich Gale in eine mögliche Mordplanung mit einbeziehen können."

„Was gilt es zu tun?

„Den Druck erhöhen. Petra Harrison mit der Analyse der Auswertung ihres Computers konfrontieren. Klemp mehrfach zum Verhör einladen. Sich die Geldgeschäfte erläutern lassen. Die Abteilung für Wirtschaftskriminalität wird der Staatsanwaltschaft nahelegen, ihn anzuklagen. Es werden nur noch einige Unterlagen eingesammelt werden müssen. Aber wir werden ihn nicht mit Details belästigen. Vermutlich wird er beim nächsten Mal mit Anwalt kommen. Wenn er nicht kooperiert, werden wir ihm mitteilen, dass wir seine Vorgesetzten, den Gesamtgeschäftsführer, den Aufsichtsrat, wen auch immer einladen werden. Er weiß, dass er damit seinen Ruf, seinen Job und alles, was er aufgebaut hat, verlieren wird. Kleinkamp werden wir mit der Hausdurchsuchung erfreuen – hoffentlich wird sie genehmigt. Gale gerät möglicherweise unter Druck, weil der Todesfall in seiner

Arbeitsgruppe unter dieser neuen Perspektive aufgerollt wird. Vielleicht erhöht dies seine Kooperationsbereitschaft, die doch sehr aggressiven Mails zu erläutern."

„Und Fritz Spittler?"

„Der Oberarzt Ziegler hat mir gesagt, dass er mit mir persönlich sprechen möchte und nach Berlin kommt."

„Was für einen Nachtisch ohne Hauptspeise erwartet mich denn?"

Friedrichs Augen leuchteten. „Der Bisset wird fein zerbröselt. Naja, nicht zu fein. Man muss später noch innerlich das Knackgeräusch beim Beißen hören. Diese Köstlichkeit wird mit geschlagener Sahne und mit tiefgefrorenen Himbeeren vermischt. Volà, der Nachtisch ist fertig. Du wirst begeistert sein. Und das Beste: Wir müssen alles essen und genießen. Schon nach kurzer Zeit wird der Bisset matschig und dann es ist nur noch ein fauler Kompromiss."

„Und von den Spurensuchern hast Du keine neuen Informationen?" Christie Schilte hatte im Kommissariat mitbekommen, dass diese etwas frustriert waren.

„Leider nicht! Die Wäsche der Ermordeten ist weiterhin nicht aufgetaucht. Er oder sie hat sie mitgenommen. Als ob es ein Fetisch wäre. Eine Trophäe. Was auch immer."

„Lass uns gehen und genießen!"

Kapitel 44

Dieses Mal traf es Simone Krüger und Peter Fischer, sich auf den langen Weg nach Sperrwitz zu machen. Sie hatten gelost und verloren.

„Warum fährst Du eigentlich so ungern Auto?" Fischer war oft davon überrascht, dass Krüger es vorzog, auf dem Beifahrersitz Platz zu nehmen. Ihm war es recht. Fahrten waren dann kurzweiliger. Aber sie war eine hervorragende Fahrerin, viele kritische Situationen hatte sie antizipiert, schnell und souverän reagiert.

„Du möchtest es wirklich wissen? Ich vertraue Dir. Aber ich müsste Deine feste Zusage haben, dass es unter uns bleibt und nicht morgen im Kommissariat kursiert."

Fischer war verwundert. Er hatte gedacht, eine harmlose Frage gestellt zu haben. Sie schien eine größere Dimension zu haben. „Klar kannst Du Dich darauf verlassen! Versprochen!" Vielleicht wurde die Fahrt noch kurzweiliger als vermutet. Sie schien ihm zu vertrauen. Das ehrte ihn.

„Bevor ich zur Kriminalpolizei kam, war ich bei der Bereitschaftspolizei. Viele Einsätze, schnelle Dienstwechsel, schlechte personelle Besetzung. Ständig mussten wir Streit schlichten, in denen die Streithähne gar nicht wollten, dass der Streit geschlichtet wird. Sie waren aggressiv, unter Alkohol, pöbelten sich an. Ich habe es oft geschafft, zu deeskalieren, mit Geduld an die meist nicht mehr vorhandene Vernunft zu appellieren. Und ich habe es gerne gemacht. Ein bisschen verrückt."

„Und dann?"

„Es gab etwas, was ich hasste! Die vielen gewaltsamen Demonstrationen. Rechte, die sich versammelten, um gegen Flüchtlinge zu hetzen. Linke, die meinten, präventiv die Rechten anzugreifen. Und bei diesen Extremen ist der Staat immer der Feind. Diese Hassparolen, die wir uns anhören mussten. Immer das Risiko, nicht gesund nach Hause zu kommen. Und weißt Du, was das Schlimmste ist? Man muss sich so sehr schützen, dass man dem anderen nicht mehr in die Augen schauen kann. ‚Hey, Du hast es mit einem Menschen zu tun, nicht mit einer anonymen Schießbudenfigur'."

„Manche scheinen zu vergessen, dass wir Menschen sind."

„Nach einem dieser Demonstrationen war ich auf dem Weg nach Hause. Erschöpft. In der S-Bahn. Da steigen zwei rechte Schläger in die S-Bahn ein, pöbeln, grölen mit der Bierflasche in der Hand. Und dann geht mir dieser Gedanke durch den Kopf: ‚Ich ziehe einem von denen einen über den Kopf! Jetzt sofort'. So einen Gedanken hatte ich noch nie gehabt."

„Aber die hätten es doch verdient!"

„Nein, nein. Dafür bin ich nicht zur Polizei gegangen. Ich war mir immer sicher, auf der Seite der Guten zu stehen. Und dann reagierte mein Körper. Schwitzen, Herzklopfen, ‚Ich verliere die Kontrolle', Schwindelgefühl, Angst, ohnmächtig zu werden. Es steigerte sich zur Panik. Vermutlich schwer vorstellbar?

„Es fällt mir tatsächlich schwer."

„Ein Satz kann so eine Macht über Dich entwickeln. Im Kern ist es die Angst, die Kontrolle über Dich zu verlieren. Ich weiß heute, dass es niemals passiert wäre. Eigentlich wusste ich es schon eine halbe Stunde später. Durch die Angst verwechselte ich den Gedanken mit meinem Handeln. Ich musste raus aus der U-Bahn. Die Angst ließ nach.

Zwei Tage später war ich wieder in der U-Bahn. Es war eng, die Luft schlecht. Und die Angst kam wieder. Die Leute in der Umgebung nahmen es wahr und riefen den Notarzt. Rettungsstelle. Körperlich alles in Ordnung. Das ist drei Mal passiert. Ich musste mich krankschreiben lassen. Ich will Dir nicht jeden Schritt downstairs erzählen. Ich vermied Situationen, die ich in Verbindung mit diesen körperlichen Zuständen brachte. Die Anzahl der Ärzte, die ich aufsuchte, war hoch. Alle sagten mir, dass alles in Ordnung sei. Kannst Du

Dir das vorstellen? Dein Körper reagiert wie verrückt und die Ärzte sagen, dass alles in Ordnung sei. Da muss man doch am Gesundheitssystem zweifeln!"

„Wahnsinn, was Du mir anvertraust! Aber jetzt bist Du hier. Ich wäre nie auf die Idee gekommen, dass Du so ein psychisches Problem hast."

„Hattest. Mein Unwohlsein beim Autofahren ist der Rest, der mich dran erinnert, wie schwer eingeschränkt ich war. Mein Bewegungsradius war nicht mehr groß."

„Wie bist Du aus der Nummer herausgekommen?"

„Ich bin auf einen fitten Arzt getroffen, der mir nicht sagte, dass ich nichts habe, sondern vorsichtig fragte, ob ich mir vorstellen könne, dass es ein psychisches Problem ist. Natürlich hatte ich darüber nachgedacht. Aber die Frage war trotzdem ein Schlag ins Gesicht. Ich! Taff, Kämpferin, Leistungssportlerin sollte ein psychisches Problem haben. Ich habe es von mir gewiesen und bin dennoch eine Woche später wiedergekommen. Er hat mich an eine Psychotherapeutin vermittelt. Tolle Frau. Ich habe vieles verstanden. Die Erfahrung, die Kontrolle über seinen eigenen Körper zu verlieren, ist eine Grenzerfahrung. Ich habe sie verwechselt mit der Befürchtung, die Kontrolle über mein Handeln zu verlieren."

„Hilft diese Erkenntnis?"

„Ja, sehr. Die Absurdität Deines Erlebens ist nicht mehr so absurd. Und Du glaubst nicht, wie gut es tut, anderen Menschen mit ähnlichen Erfahrungen zu begegnen. Zeitweise habe ich mich regelmäßig mit anderen getroffen, die auch solche Angstattacken kennen. Nicht mehr so isoliert zu sein. Nicht mehr Alien von einem anderen Stern zu sein."

„Und Dein Weg wieder zurück zur Polizei?"

Peter Fischer war ein toller Zuhörer. Das Risiko zu erzählen hatte sich gelohnt. „Harte Nummer. Allen Situationen und Gedanken, die ich vermieden habe, aussetzen. In die U-Bahn gehen. In Gedanken den nächsten Polizeieinsatz sich vor Augen führen. Panische Zustände durchleben. Therapeutisch begleitet. Sonst hätte ich es nicht geschafft. Aber ist ein geniales Gefühl, wieder die Kontrolle zu gewinnen, mächtiger als die Angst zu sein. Ich ging zurück zur Bereitschaftspolizei, viele Demonstrationen und heftige Einsätze habe ich erlebt. Geschwitzt habe ich weiterhin. Aber nur wegen der Schutzkleidung, die im Sommer die Hölle ist.

Trotzdem wollte ich anderes im Leben. Weiterqualifikation und jetzt bin ich hier."

Sie hatten die Wegstrecke vergessen. Die Landschaft war da, aber sie erlebten sie nicht.

„Danke, dass Du mir Dein Vertrauen geschenkt hast." Fischer lachte sie an. Sie lachte zurück.

„Und jetzt bringen wir den Mörder zur Strecke!"

Kapitel 45

Friedrich wippte etwas unruhig auf seinen Füßen. Er war eine Viertelstunde früher vor dem Boros Museum. Eine ungewöhnliche Situation für ihn, der immer andere warten ließ. Häufiger ging sein Blick auf die Uhr, dann die Rheinhardtstraße in Richtung Friedrichstraße, um zu sehen, ob sich Fritz Spittler näherte.

Um kurz nach drei näherte er sich, ohne Eile und reichte ihm freundlich die Hand. „Spittler mein Name, aber wir kennen uns schon."

„Ja, wir sind uns schon mehrfach begegnet. Sie hatten sich gewünscht, mich zu treffen."

„Wer kennt sich schon selbst? Verwirrung in Ihrem Kopf? Ich will helfen, Sie zu lösen. Sie kennen die Gefahren? Sie sind vorbei, da das Unglück nicht verhindert werden konnte. Meine Bemühungen laufen ins Leere."

Friedrich hatte den Eindruck, ihn deutlich besser zu verstehen. Die Unsicherheit wich einem Gefühl der Spannung. ‚Warum hatte er ihn gerade hierhin bestellt? Wollte er von dem Streit zwischen Monika Betram und Petra Harrison berichten'?

„Treten wir ein? Ein Schritt in eine andere Welt, in der manche Fäden sich verknüpfen, andere wiederaufgenommen werden können."

Spittler stand lange im ersten Raum und schaute sich nur die Fäden und Seile an, die geometrische Figuren ergaben. Er sprach nicht. Es blieb sein Geheimnis, war er dachte.

Sie gingen weiter. In einem Raum legte er sich auf den Boden und gab Friedrich ein Zeichen, es ihm nach zu tun. Etwas peinlich berührt schaute sich Friedrich um, entschied sich dann, sich auch auf den Boden zu legen. In diesem und angrenzenden Räumen befanden sich gewaltige Skulpturen. Riesige Metallplatten, die in Halbbögen geformt waren. In jedem dieser Kunstgegenstände - Friedrich lächelte innerlich, dass er die Metallkonstruktionen mittlerweile als Kunstgestände bezeichnen konnte – stand ein Tonträger, der Geräusche von einem Rundbogen zum nächsten weitertrug. Die Geräusche hörte er im Liegen deutlich intensiver als im Stehen. Spittler deutete ihm an, sich nicht von der Stelle zu bewegen. Er ging in den Nachbarraum, Friedrich konnte nicht sehen, was er dort tat. Aber er konnte ihn kurze Zeit später sprechen hören.

„Verrat. Betrug. Sie schadet allen. Sie muss verschwinden. Geben Sie mir, was mir zusteht!" Er konnte Spittler gut verstehen. Er war weit weg und seine Stimme sehr nah. Spittler kam kurz um die Ecke, um zu prüfen, ob Friedrich weiterhin auf dem Boden lag, um ihn zu hören.

122

„Wen haben Sie gehört? Wer ist ‚Sie'? Wissen Sie es?"

„Klemp und Kleinkamp – sie haben sich zusammengetan. Ich musste sie schützen. Versagen." Spittler senkte bedrückt den Kopf.

„Aber wer hat gesprochen?" Spittler schüttelte den Kopf. Der Widerhall der Skulptur verzerrte die Stimmen. Er hätte die Stimme von Spittler auch nicht erkannt. „Haben Sie noch mehr hören können?" Möglicherweise könnte Spittler die Stimme wiedererkennen, wenn sie die Situation vor Ort reproduzieren würden. Aber zum jetzigen Zeitpunkt würde die Aussage von Spittler nicht viel bewegen können.

„Geld, Geld, Geld. Immer nur Geld. Klemp voller Wut. Kleinkamp blieb zurück. Klemp verließ erst den Schutzraum. Keinen Blick für die Schönheit der Kunst."

Fred Spittler wirkte erschöpft. Er machte sich Vorwürfe. Wie hatte er erahnt, dass Monika Betram in Gefahr war? Ging er davon aus, dass er ein konspiratives Treffen miterlebt hat, in welchem ein Mord verabredet wurde? Das Material war noch sehr dünn, aber es war zumindest erwiesen, dass Klemp und Kleinkamp sich nicht nur zufällig beim Kongress über den Weg gelaufen waren. Sie hatten sich verabredet. Gezielt Kontakt aufgenommen. Gemeinsam schlürften sie still einen Tee, um wieder Kraft zu sammeln. Spittler hatte deutlich gemacht, dass er mit ihm noch zu einem anderen Ort fahren wollte.

Das Hotel Novena das Ziel. Sie fuhren mit öffentlichen Verkehrsmitteln, saßen sich gegenüber, als ob sie sich nicht kennen würden. Spittler reagierte sehr dünnhäutig auf Geräusche, schaute sich um, wenn hinter ihm lauter gesprochen wurde. Sie brauchten eine Stunde, um ihr Ziel zu erreichen.

„Hier ging es weiter." Er zeigte im Hotel die Stelle, an der sich Klemp und Kleinkamp gestritten hatten. Auch dies hatte er mitbekommen. Er war wie ein Schatten, der durch die Flure des Hotels gestrichen war, um Monika Betram zu schützen. Gut, bewiesen war es noch nicht. Aber Friedrich hatte keinen Zweifel, dass Spittler retten und nicht schaden wollte.

Er führte ihn dann zum Hotelzimmer 317.

„Kleinkamp beobachtete!" Er stellte sich hinter eine Ecke des Flurs, von dem man die Zimmertür sehen konnte, selbst aber nicht gesehen wurde. „Klemp drohte!" Jetzt rannte er fast aufgeregt zur Zimmertür, um deutlich zu machen, wie Klemp an der Tür stand und Monika Betram unter Druck setzte. „'Ich mache Dich fertig. Du hast versprochen, zu schweigen'. Dann habe ich eingegriffen. Bin dazwischen. Mit aller Kraft. Ich musste es doch! Sie war in Gefahr."

„Und dann?"

„Sie rannten weg – beide. Ich hätte bei ihr bleiben sollen. Alleinsein ist gefährlich."

Friedrich bat jemanden vom Hotel, die Zimmertür zu öffnen, damit Spittler die Szene noch genauer nachstellen konnte. Seine Darstellung entsprach genau den Fingerabdrücken, die sie gefunden hatten.

„Wann hat Klemp versucht, in das Zimmer einzudringen."

„Am Tag minus eins."

Kapitel 46

Getragene Trauermusik. Das "Largo" von Francesco Maria Veracini wurde vom spontan zusammengestellten kleinen Ensemble des Universitätsklinikums Dresden gespielt. Es war die offizielle Abschiedsfeier. Die Tote Prof. Dr. Monika Betram wurde geehrt. Der Saal war überfüllt, die Presse reichlich vertreten. Helene Kirchler hatte Tränen in den Augen. Sie hatte die Trauerfeier vorbereitet. Über ihre eigene Zukunft hatte sie noch nicht nachgedacht. Würde ihr Nachfolger sie als ihre Sekretärin haben wollen? Oder wurde sie in den Schreibdienst abgeschoben. Sie wusste von einigen Chefarztsekretärinnen, denen dies passiert ist. Es wurde an der Loyalität gezweifelt. Die eigene, liebgewonnene Sekretärin begleitete den neuen Ordinarius, sonnte sich im Karrieresprung ihres Chefs.

Hendrik Klemp saß am Rande. Als Simone Krüger ihn sah, war sie überrascht, ihn bei der Trauerfeier zu sehen. Immerhin war er erst einmal von seinen Aufgaben entbunden. Vielleicht wollte er Präsenz zeigen. Allen deutlich machen, dass er nicht klein zu kriegen ist. Oder war es auch seine eigene Abschiedsfeier? Bei dem letzten Gespräch fühlte er sich unangreifbar, führte sich selbstsicher, eher arrogant auf. Ob ihm diese Überheblichkeit heute vergehen würde? Er wusste, dass sein Büro und sein eigenes Haus durchsucht worden waren. Es war nicht klar, was bei den Ermittlungen der Abteilung für Wirtschaftskriminalität herauskommen, ob die Hinweise sich zu Beweisen verdichten würden. Er hatte schon verlauten lassen, dass alle Kommunikation über seine Anwälte laufen soll. Unter Geldmangel schien er zum jetzigen Zeitpunkt nicht zu leiden. Es waren die besten Wirtschaftsanwälte der Stadt.

Es gehörte nicht zu ihrer Routine, als Beobachter bei Trauerfeiern anwesend zu sein. Beide empfanden sich als Fremdkörper. Hendrik Klemp nahm sie nicht wahr. Er war in sich gesunken, trauerte vermutlich vor allem um sein Leben, rätselte, ob er wieder auf die Füße kommen wird. Seine Familie musste gleichfalls leiden. Er würde Dresden verlassen müssen, entweder seinen Platz mit einem komfortablen Gefängnis tauschen oder vorbestraft in eine andere Stadt wechseln, hoffend, dass seine Kompetenz mehr als sein krimineller Hintergrund zählte.

„Wo können wir uns unterhalten?" Peter Fischer sprach ihn am Ende der Trauerfeier von hinten an. Er zuckte zusammen. Seine Dünnhäutigkeit war zu spüren. „Wir haben eine Fülle von Fragen. Sie werden sicherlich Zeit haben."

Sein Büro stand ihm noch zur Verfügung. Es war leergeräumt. Alle Aktenordner waren verschwunden, der Schreibtisch wirkte ohne Computer verlassen. Die Staubränder deuteten an, wo er gestanden hatte.

„Es wird eng für Sie. Wünschen Sie hier oder auf dem Präsidium befragt zu werden?" Krüger leitete ohne große Vorrede ein.

„Wir können hierbleiben. Von Ihnen habe ich nichts zu befürchten und habe großes Interesse daran, eine Baustelle weniger zu haben." Sein Ton war defensiv freundlich. Wie sich die Dinge doch ändern. Es konnte direkt ein angenehmes Gespräch werden.

„Wir haben einen glaubwürdigen Zeugen, der Sie im Hotel Novena im Streit mit Frau Betram gesehen hat."

Klemp zögerte leicht. „Selbst wenn der Zeuge eigentlich nicht sehr glaubwürdig ist. Ja, ich habe mich mit Frau Betram gestritten. Es wurde laut, wir standen an der Eingangstür ihres Hotelzimmers und wurden schnell unterbrochen. Wie eine Furie tauchte ihr Zeuge auf und attackierte mich. Er brabbelte unverständliches Zeug. Ich musste mich mit aller Kraft erwehren, er zog mich vom Zimmer weg. Schließlich konnte ich mich freimachen und habe mich schnell aus dem Staub gemacht. Er hat mich nicht verfolgt. Ich hörte aber noch, wie die Tür laut zuschlug. Fragen Sie mich aber nicht, wer es war. Ich kannte ihn nicht und habe auch kein nachhaltiges Interesse, ihn kennen zu lernen."

„Ihre Offenheit macht uns die Befragung leichter. Was wollten Sie von Frau Betram? Und warum haben Sie gelogen?"

„Würden Sie, wenn es vermeidbar ist, zugeben, dass Sie einen Tag vor einem Mord mit unbekanntem Täter sich mit dem Mordopfer gestritten haben? Ich habe einfach gehofft, unkompliziert aus dieser Nummer heraus zu kommen."

„Worum haben Sie sich gestritten?" Krüger und Fischer wechselten sich ab, die Fragen zu stellen.

„Jetzt wird es heikel, da ich mich mit den Aussagen auf meiner anderen Baustelle belasten würde. Wie soll ich es sagen? Ihr wurde mich belastendes Material zugespielt. Sie hat dann Druck auf mich ausgeübt, innerhalb der Universität bei der Bewilligung von Stellen großzügiger zu sein. Alles im Rahmen. Noch vertretbare Forderungen, aber die mich zu Einsparungen an anderer Stelle zwangen. Sie persönlich hat nie ihre Hand aufgehalten. Aber ihre Forderungen wurden immer frecher. Da wollte ich den Kongress als Möglichkeit nutzen, sie in ihre Grenzen zu weisen."

„Würden Sie dies in möglichen Gerichtsverhandlungen alles wiederholen?"

„Ich sähe keinen Grund, es nicht zu tun. Ich bin kein Mörder. Sie können mir folglich nichts beweisen, was ich nicht getan habe."

Pokerte er? Es war ihm zuzutrauen. Er verriet immer nur so viel, wie eh bekannt war.

„Und deuteten Sie nicht an, dass man medizinisches Vorwissen benötigt? Ich bin Wirtschaftsklempner. Ansonsten bin ich nur in der Lage, meinen Kindern Pflaster auf die aufgeschürften Wunden zu kleben."

„Sie müssen nicht alleine gehandelt haben?"

„Ein Komplize! Der große Unbekannte. Der Geheimagent, den ich angeheuert habe. Wer soll denn diese ominöse Person sein?"

„Peter Kleinkamp!" Simone Krüger ließ den Namen wirken. Es war förmlich zu sehen, wie die Gedanken von Klemp ratterten. Er abwog, ob er die Befragung fortsetzen oder sich eine Verschnaufpause gönnen sollte.

„Ist das diese Person, zu der Sie mich bei unserem letzten Treffen befragt haben? Andere Informationen kann ich Ihnen nicht geben. Wir stritten uns um Geld, welches er von der Klinik erwartete. Abstruse Forderung! Er erwartete eine Art Schmerzensgeld für das Unrecht, das ihm geschehen war. Die Kündigung sei nicht rechtens gewesen und es gibt einen moralischen Anspruch, den er geltend machte. Ich habe dies natürlich zurückgewiesen. Diese Psychos. Behandeln Patienten und haben selbst einen an der Klatsche."

„Und ihr Gespräch im Boros Museum? War dieses Treffen auch ein Zufall?" Beide waren sich sicher, dass Klemp mit diesem Schwenk nicht rechnen würde. „Und erinnern Sie sich, was Sie miteinander gesprochen haben?"

„Das muss eine Verwechslung sein. Ich kenne das Boros Museum nicht."

„Die nächste Lüge? Das erhöht nicht ihre Glaubwürdigkeit."

„Wissen Sie, ich habe mich bemüht, Ihnen Auskunft zu geben. Jetzt stehe ich vor der überraschenden Situation, dass jemand behauptet, mich dort gesehen zu haben. Dazu möchte ich mich nicht einlassen. Es ist doch an der Zeit, einen Anwalt hinzuziehen. Daher würde ich Sie bitten, mir eine offizielle Einladung zukommen zu lassen."

Einladung war ein schönes Wort für Vorladung. „Selbstverständlich können wir so verbleiben. Sie werden zeitnah eine Vorladung erhalten und dann unser Gespräch fortsetzen. Möchten Sie zum Abschluss noch etwas sagen?"

„Ich hätte mir nie träumen lassen, Hauptperson eines Horrortrips zu sein. Vielleicht wache ich morgen auf und es entpuppt sich alles als eine schlechte Filminszenierung."

Kapitel 47

„Warum konnten Sie sich nicht lösen und den Tod Ihrer Tochter akzeptieren?"

„Wollen Sie sich zu meinem Psychotherapeuten aufschwingen? Ich habe nicht so gute Erfahrungen mit dieser Berufsgruppe." Bewusst hatten sie für diese Befragung die Zweiersituation verabredet. Kein Sichtfenster. Kein Tonband. Sie gingen davon aus, dass nur eine intimere Atmosphäre sie zum Sprechen bringen würde.

Peter Fischer hatte die Aufgabe übernommen, das Gespräch zu führen. Der Polizeipsychologe empfahl, dass ein Mann das Interview durchführt, um keine negativen Gefühle auszulösen. Und Peter Fischer hatte das authentischste Interesse, etwas vom Innenleben von Henrike Brinkmann zu erfahren.

„Vielleicht sehen Sie es mehr unter der Perspektive, dass ich es einfach verstehen möchte. Wie sie damit umgehen, ist einzig und alleine ihre Sache. Ich habe mich nur gefragt, warum ihre Wut so groß ist."

„Ich habe erlebt, wie meine Tochter voller Hoffnung war, dass Frau Betram ihr helfen würde. Sie schwärmte von ihr. Ich warnte sie, nicht zu viel Hoffnung in sie zu setzen. Wir sind zu oft enttäuscht worden. Und dann hat sie sie einfach aus der Klinik rausgeschmissen. Fallen gelassen, einfach so. Ohne Skrupel. Meine Tochter hätte sich nicht das Leben genommen, wenn sie dies nicht erlebt hätte."

„Aber – Sie müssen mich korrigieren – sie hat doch mehrere Suizidversuche begangen, zu Zeitpunkten, als sie noch nicht bei Frau Betram in Behandlung war."

Henrike Brinkmann schaute nur wütend an ihm vorbei, ging über diese Aussage einfach hinweg.

„Jetzt nach dem Tod von Frau Betram – können Sie neu beginnen? Vielleicht nicht neu. Aber zumindest ihr Leben anders ausrichten?"

„Ich weiß es nicht."

„Sie sind weiterhin eine Verdächtige für uns."

„Ja, und? Glauben Sie wirklich, dass mich dies berührt? Selbst wenn ich schuldig wäre, würden meine Verletzungen bleiben."

„Erst vor wenigen Wochen haben Sie in einem Chat Frau Betram regelrecht gedroht, haben angekündigt, ein Fanal zu setzen. Die anderen Besucher dieser Chats waren so beunruhigt, dass sie sogar die Polizei eingeschaltet haben."

„Ja, sie waren bei mir, haben mich verwarnt. Seitdem habe ich keinen weiteren Kommentar im Chat hinterlassen. Wenn noch nicht einmal diejenigen, die gleichfalls unter den Ärzten gelitten haben, sich solidarisch zeigen, dann war es nicht der richtige Ort, um etwas zu bewegen."

„Kennen Sie einen Peter Kleinkamp oder einen Hendrik Klemp?"

„Kleinkamp nein, Klemp ja. Ein arroganter Typ. Er hat sich geweigert, gegen seine Chefärztin vorzugehen. Die halten wie eine klebrige, ekelige Masse zusammen."

„Haben Sie ihn in der letzten Zeit gesehen oder gesprochen?"

„Nein. Hat er sie umgebracht?" Henrike Brinkmann lächelte. Der Gedanke gefiel ihr.

Peter Fischer verabschiedete sich mit dem schallplattenartig vorgetragenen Satz, dass sie sich bitte zur Verfügung halten solle.

Er war fast schon an der Tür, als er sich umdrehte. „Eine persönliche Frage: Was würde sich Ihre Tochter eigentlich wünschen?"

„Meine Tochter? Ich kann sie nicht mehr fragen."

Kapitel 48

Peter Fischer war ratlos. Der Tod lag mehrere Jahre zurück und Frau Brinkmann sprach von der Tochter, als ob sie gestern verstorben wäre. Sie war voller Verbitterung. Fast hatte man den Eindruck, als ob sie sich immer in Habachtstellung befinde, falls es gilt, Vorwürfe gegen sich selbst abzuwehren. Sie musste doch berücksichtigen, dass ihre Tochter schon vor der Therapie bei Betram Suizidversuche begangen hatte. Er klopfte beim Psychologen Perol. Vielleicht konnte er ihm helfen, die seelische Situation von Brinkmann zu verstehen.

„Für mich ist dieser Groll nicht einfühlbar. Sie beschuldigt jemanden, die sich für ihre Tochter engagiert hat. Die Wut ist so groß, dass wir ihr sogar zutrauen, einen Mord begangen zu haben."

Perol machte die für Psychologen charakteristische Kunstpause. „Tatsächlich nicht einfühlbar? Sie hat ihre Tochter verloren. Wenn ich mir die Beschreibung ihrer Wohnung durchlese, was bleibt ihr noch? Und sie muss die eigene Schuld von sich fernhalten, die sie vermutlich selbst überschwemmen würde. Entweder die Aggression gegen andere richten, oder die Verzweiflung gegen sich selbst."

128

Fischer runzelte die Stirn. „Das ist mir zu viel Verständnis. Es klingt mir zu sehr danach, dass sie ausschließlich Opfer ist."

„Das wollte ich damit nicht sagen. Sie hat zu allererst selbst die Verantwortung dafür, wie sie mit dem Tod der Tochter umgeht. Und ihr wurden vermutlich Alternativen aufgezeigt, um aus ihrer destruktiven Haltung herauszukommen."

„Ich kenne das Wort vom Trauerjahr. Soweit kann ich mitgehen, aber mehrere Jahre?"

„Sie möchten also eine kleine Einführung in Psychologie der Trauer. Nun denn: Bei ihr handelt es sich um eine sogenannte komplizierte Trauerreaktion."

„Also kompliziert ist die Frau auf jeden Fall!"

Perol überging seinen Zwischenruf. „Von vielen Fachleuten wird diese Art zu trauern als psychische Erkrankung gewertet. Ein naher Mensch stirbt und der, der zurückbleibt, hat das Gefühl, dass der Verstorbene noch anwesend ist, sieht und hört ihn, meint, ihn um die Ecke biegen zu sehen, hört ihn beim Betreten der Wohnung, beim Hantieren in der Küche. Die Intensität der Trauer wird nicht geringer, starke, impulsive Reaktionen wie Wut treten auf. Häufiger sind aber heftige Angst und tiefe Traurigkeit."

„Warum ist dies eine Krankheit?"

„Gute Frage. Wo befindet sich die Grenze zwischen normaler und krankheitswertiger Reaktion? Eine Grenzlinie ist bei ihr überschritten, weil es langanhaltendes Leid verursacht. Ihr das Führen eines sie befriedigenden Alltags nicht ermöglicht. Es ist nachgewiesen, dass sowohl Psychotherapie als auch Medikamente gegen Depressionen zu einer Besserung bei einer komplexen Trauerreaktion führen. Die komplizierte Trauer ist gewissermaßen eine extreme Ausprägung einer normalen seelischen Reaktion."

„Und ist Wut und Hass dabei selten?"

„Sehr selten. Vielleicht versucht Frau Brinkmann zu verhindern, sich selbst anzuklagen."

„Komisch. Warum verharren die einen in ihrer Trauer, während andere schnell wieder ins Leben zurückkehren."

„Ich kann Ihnen nur sagen, wann die Rückkehr schwerfällt. Die Wahrscheinlichkeit steigt, wenn es um einen plötzlichen Verlust handelt und der Tod gewaltsam – wie bei einem Suizid – erfolgt. Aber Häufigkeiten sagen nichts darüber aus, warum Brinkmann so ist wie sie ist."

„Danke!"

Kapitel 49

Gale zierte sich. Er behauptete, nach der Abendveranstaltung direkt ins Bett gegangen zu sein. Der Nachtportier des Hotels war sich sicher, ihn um 3 Uhr in der Nacht noch einmal im Foyer gesehen zu haben. Es ließ sich nicht aufklären. Gale beharrte auf seinem Standpunkt.

„Sie haben intensivmedizinische Erfahrungen?" Hanusch führte die Befragung per Videokonferenz durch. Er hatte in der Schule Englisch Leistungskurs gehabt und wagte sich mutig hervor, sagte, er würde die Befragung in englischer Sprache packen. Zwischenzeitlich konnte man Zweifel bekommen, da er bisweilen etwas ratlos schaute. Gale kam aus Dublin und gab sich keine Mühe, seinen irischen Akzent zu verbergen.

„You are a young boy. In Ihrem Alter habe auf einer intensive medicare unit gearbeitet. Das war Teil meiner Ausbildung zum general practioner."

Er übersetzte für die anderen: Intensivstation, Ausbildung zum Allgemeinarzt. Und lächelte Anerkennung suchend.

„Für Ihre wissenschaftlichen Untersuchungen müssen sie Braunülen legen?" Das Wort Braunülen hat Hanusch sicherheitshalber vorher im Wörterbuch nachgeschaut. Trotzdem schien Gale nicht zu verstehen, wonach er fragte. Er versuchte es ein zweites, ein drittes Mal, umschrieb das Wort, ging in Zeichensprache über. Sein schauspielerisches Talent war lausig. Gale verstand ihn erst, als Hanusch ihm eine Braunüle zeigte.

„Natürlich nicht. Ich konzipiere Studien. Aber die Ausführung überlasse ich meinen Mitarbeitern. Und keiner von denen hatte Zeit, mich nach Deutschland zu begleiten. Hätte ich auf diesen Erfahrungsschatz zurückgreifen können müssen, um den Mord zu begehen? Mir fehlt die Übung. Wie lange muss ich eigentlich noch Ihre Befragungen ertragen. Sie bitten mich", seine Stimme klang wenig nach ‚bitte', „zum dritten Mal ins Kommissariat. So werde ich wenig Chancen haben, innovative Forschungsprojekte zu entwickeln."

Kapitel 50

„Woher kennen Sie Herrn Klemp?" Erneut der lange Weg in die Provinz. Nur um einige wenige Fragen loszuwerden. Peter Fischer wusste schon jetzt die Antworten. Erst Leugnen, dann ‚Ach, ja. Habe ich vergessen. Sind Sie sich sicher? Könnte sein, dass ich es gesagt habe, aber vielleicht auch nicht'.

„Ich protokolliere meine vielfältigen Begegnungen nicht. Genauso wenig, wie ich meine Lebensweisheiten stenographiere. Diese würden kluge Bücher füllen. So muss die Menschheit auf meine Weisheiten verzichten." Sie waren in der zweiten Phase der

130

Befragung. Nach dem Leugnen erinnerte sich Peter Kleinkamp daran, Klemp im Boros Museum getroffen zu haben.

„Tolle Ausstellung. Ich liebe moderne Kunst und habe mich nur auf den langen Weg gemacht, um die Ausstellung zu sehen. Und dann treffe ich doch tatsächlich diesen unangenehmen Typen. Aber ein wenig small talk musste ich über mich ergehen lassen. Gerade so viel, dass der Kunstgenuss nicht darunter leiden musste."

„Sie haben mit der Wahrheit keine Freundschaft geschlossen." Fischer versuchte irgendeine Idee zu entwickeln, wo er auf dem Rückweg einen Zwischenstopp einlegen konnte, um die Qualen dieser Befragung etwas zu mindern. Vielleicht in Cottbus? Cottbus soll eine traumhafte Innenstadt haben. Alte Verteidigungsanlagen aus dem 13. Jahrhundert, verschiedenste Theater.

Sie trafen sich im Krankenhaus von Sperrwitz. Ein weitläufiges Areal. Fast ein Naturerlebnis zwischen den Stationen des Krankenhauses hin- und herzulaufen.

„Nervt Sie es nicht, ständig nach Sperrwitz zu fahren? Um mich zu befragen, der noch nicht mal weiß, wie das Wort Mord geschrieben wird. Vielleicht sollte ich meine Einschätzungen noch einmal überdenken. Besser in Sperrwitz arbeiten statt ständig frustriert nach Sperrwitz zu fahren. Ich kann mich nicht erinnern, im Museum über Betram geredet zu haben. Vermutlich hat sich ihr Zeuge verhört. Gute Rückfahrt!"

Kapitel 51

„Ein neuer Weg, Reis zuzubereiten. Du wirst begeistert sein." Friedrich hatte sich ein ganz besonderes Rezept ausgesucht. „Es ist ein Rezept, bei dem wir viel Küchenrolle verbrauchen werden." Alleine das Kaufen der Zutaten hatte ihn einige Stunden gekostet. Bei ihrem wöchentlichen Termin war er mit dem Einkaufen an der Reihe. „Was gibt es für Neuigkeiten aus Deinem unterirdischen Labor?"

„Abtropfen, trocken tupfen, frittieren. Ich koche besser als Du, weil diese Tätigkeiten im Labor zu meinem Alltag gehören."

„Angeberin. Dafür bin ich nicht so verbissen und habe ein besseres Vorstellungsvermögen."

„Und – das beweise mir. Wie stellst Du Dir vor, war es möglich, die Trachealschnitte zu setzen, ohne dass sich Betram wehren konnte."

„Sie war in Vollnarkose."

„Falsch."

Sie hatten zwischenzeitlich den Reis gewaschen und in Salzwasser eingeweicht. Auberginenscheiben wurden großzügig mit Salz bestreut und gleichfalls in Wasser eingelegt. Sie mochten beide nicht diese salzarmen Anithypertoniegerichte. Die rundherum angebratene Hähnchenbrust war geschnitten und wurde anschließend weichgekocht.

„Falsch? Na dann leg mal los. Überrasche mich mit Deiner Genialität."

Christie Schilte lächelte selbstzufrieden. Sie hatte von Anfang an den richtigen Riecher gehabt. Monika Betrams Muskulatur war lahmgelegt worden. Bei vollem Bewusstsein. Grausam. Daher konnte sie sich nicht wehren.

„Kennst Du Succinylcholin. Es handelt sich um eine bisquternäre Ammoniumverbindung, die depolarisierende muskelrelaxierende Eigenschaften hat."

„Ich bin stolz auf Dich, dass Du diese Zungenbrecher ohne Verknotungen der Zunge aussprechen kannst. Aber ich wäre Dir dankbar, wenn Du mir den Sachverhalt in laiengerechten Worten schilderst."

„Medikament, pieken in den Oberschenkel, Medikament verabreichen, Lähmung aller Muskeln, nicht wehren können. Einfach genug?"

Friedrich war zu sehr damit beschäftigt, einen Topf mit Sonnenblumenöl zu füllen, um ihr einen Tritt in den Hintern zu verpassen. „So erklärst Du Dir die Einstichstellen. Aber warum so viele?"

„Die entspannende Wirkung hält nur kurz an, somit musste der Mörder immer wieder nachspritzen. Und wenn die Dosis zu hoch gewesen wäre, hätte die Atmung zu lange ausgesetzt und sie wäre erstickt. Das Ausbluten war dann doch die sanftere Methode. Sie verlor ganz allmählich das Bewusstsein."

„Deinen Verdacht hättest Du doch gleich sagen können. Erst uns so mühselig ermitteln lassen, um dann die Katze aus dem Sack zu lassen." Friedrich schätzte innerlich ab, wie viel Lebenszeit ihm unnötigerweise gestohlen worden ist. In dieser Zeit hätte er seinen zweiten Vorsatz umsetzen können, mit regelmäßigem Joggen zu beginnen.

„Die Substanz ist nur wenige Minuten nachweisbar." Christie Schilte zuckte mit den Schultern und machte eine bedeutungsvolle Pause.

Jetzt musste Friedrich erst einmal nachweisen, dass er innerhalb weniger Minuten nacheinander die verschiedenen Substanzen frittiert, ohne sich mit Fett zu bespritzen. Volle Konzentration war gefragt. Das Fenster wurde weit aufgerissen, um sich in einem Gourmetrestaurant und nicht in einer Frittenbude zu fühlen. Er brillierte.

„Und? Nun mach mal hinne. Irgendetwas muss doch noch kommen."

„Ich erinnerte mich daran, dass es ein Speziallabor in Münster gibt. Ach, muss ich Dir Halbwertzeit noch einmal erklären? Dort wurde eine neue Methode entwickelt, die einen längeren Nachweis von Succinylcholin möglich macht. An der Substanz ein wenig herumdoktern. Isotopenmassenspektrometrie. Nachweis gelingt. Unter 10ng/ml. Hochsensitiv. Großartig."

„Wie lange ist mit dieser Technik der Nachweis möglich."

„Spätestens nach 16 h muss die Probe abgenommen worden sein, damit der Toxikologe in Münster noch etwas nachweisen kann."

„Warum haben wir die Ergebnisse erst jetzt?"

„Die Aufarbeitung der Proben – übrigens auch des Urins –braucht einige Tage und ist erst heute bei mir eingetroffen. Und das Ergebnis ist eindeutig."

Friedrich verließ kurz die Wohnung, um das heiße Öl vor die Haustür zu stellen, um es später zu entsorgen. Das könnte der Durchbruch sein. Mit Sicherheit wird man diese Substanz nicht bei Lieschen Müller in der Apotheke um die Ecke erhalten.

Jetzt galt es die verschiedenen Gemüse und das Fleisch in einem Topf zu schichten, den aufgeweichten Reis und ausreichend Brühe hinzuzugeben. Alle Schichten mussten mit Brühe bedeckt sein. Viele Gewürze wurden hinzugefügt. Am interessantesten fand es Friedrich, dass Zimt einen Teil der Würze erzeugen sollte.

„Daher der teure Expressversand. Du hast die Probe von Berlin nach Münster geschickt. Es wäre auch möglich gewesen, meinen Privatjet zu nehmen. Einmal lächeln und ich hätte ihn Dir sofort zur Verfügung gestellt."

Bedauernd lächelte Christie Schilte. „Die Probe musste mit 100%ger Sicherheit unversehrt ankommen."

„Deine Ergebnisse machen noch einmal deutlich, mit welcher Grausamkeit Monika Betram ermordet wurde. Der Hass des Mörders muss grenzenlos sein. Wo wird diese Substanz eingesetzt?"

„In der Anästhesie. Im Rahmen von Narkosen."

„Alle unsere Verdächtigen arbeiten im Umfeld der Psychiatrie. Wird neuerdings in der Psychiatrie operiert?"

„Operiert natürlich nicht. Aber Succinylcholin kommt in der Psychiatrie zum Einsatz. Bei einem speziellen therapeutischen Verfahren. Der Elektrokonvulsionstherapie."

Das Essen köchelte bei mittlere Hitze vor sich hin. Sobald die Flüssigkeit sich aus dem Staub gemacht hatte, würden sie das Essen genießen können. Hunger lähmte das Denken. Dies war die feste Überzeugung von Friedrich. Hunger ist das Succinylcholin des Denkens. Zum Glück gab es ein einfaches Gegenmittel und es würde sich bald die Speiseröhre abwärts bewegen.

„Tolles Wort, oder? Ein Zungenbrecher. Die Kurzform ist EKT. Und welches geheimnisvolle Verfahren verbirgt sich dahinter? Ich habe für Dich für morgen früh ein Telefonat mit einem Experten verabredet. Dann kannst Du alle Deine Fragen loswerden. Nur so viel heute: Bei der Elektrokonvulsionstherapie wird ein epileptischer Anfall bei Patienten ausgelöst."

„Einige unserer Verdächtigen arbeiten in der Psychiatrie, könnten folglich einen Zugang zu dieser Substanz haben. Ich werde einen unserer Leute morgen beauftragen zu recherchieren, in welchem Krankenhaus dieses Medikament eingesetzt wird.

Dieses Verfahren klingt anachronistisch. Die Organisation „Irrenenwiderstand" sprach viel von einem Verfahren, das sie Elektrokrampftherapie nannten. Sie stellten es dar, als ob mit der Therapie ein Teil der Gehirnmasse weggebrezelt wird. Ich bin gespannt, was der Experte morgen sagen wird."

Der Mord hatte eine neue Perspektive bekommen. Überraschend. Die Anzahl der Hauptverdächtigen wurde kleiner. Wobei es immer noch die Möglichkeit des großen Unbekannten gab. Den Mann, der vor der Tür des Mordzimmers gesehen wurde. Nur von einem Zeugen. Der große Unbekannte. Ein Phantom.

Wartezeit. Köcheln. Deckel des Topfes abnehmen. Mit sauberem Tuch bedecken. Mit dem Deckel schließen. Ruhen lassen. Deckel abnehmen. 2-3 Minuten warten. Dann in einem Schwung umdrehen. Wenn man Glück hat, hält die Konstruktion. Manchmal fällt sie auseinander. So wie die beste Mordtheorie. Essenszeit. Das Gehirn aktiviert sich wieder, bis der Schlaf Macht über beide erlangte.

Kapitel 52

Noch in der Nacht formulierte er eine E-Mail an die gesamte Ermittlergruppe.

„Anzahl der Verdächtigen kann begrenzt werden. Weitere Erkenntnisse über die Mordmethode. Opfer konnte sich nicht wehren. Muskulatur chemisch abgeschaltet worden. Möglicherweise bei vollem Bewusstsein. Name des Medikaments: Succinylcholin. Nachweis erfolgte über Speziallabor in Münster. Erklärt Einstichstellen im Oberschenkel.

Max. Nachweiszeit mittels Spezialmethode. Timetable Mordabend abgeglichen. Applikation erfolgte spätestens um 22 h. Alle, die bis 22 Uhr ein Alibi haben, sind draußen.

Medikament nur in Kliniken verfügbar.

Alibi Spittler und Brinkmann sattelfest. Zwei Verdächtige weniger.

Ein hoch auf unsere Rechtsmedizinerin!"

Einmal musste Friedrich etwas Nettes schreiben. Zumindest zu dieser nächtlichen Stunde.

Die Mail ging auch an die englischen Kollegen. Schon am nächsten Morgen lag die Antwortmail vor. Sie war sehr kurz: Melissa 030 666 88 666.

Damit gab es einen weiteren Verdächtigen weniger.

Kapitel 53

Die Internetseiten der Kliniken gaben nicht viel her. Ob in Sperrwitz, in Dresden oder an zwei unterschiedlichen Standorten der Charité in Berlin – überall wurde die Psychiatrie in freundlichen Farben dargestellt. Peter Fischer war überrascht, wie umfangreich die Therapieangebote waren. Alle versuchten eine Sprache zu wählen, die auch für Leute wie ihn verständlich waren. Sein Erstaunen war besonders groß, dass viele der Patienten der Kliniken über Nacht zu Hause schlafen. Sie wurden in Tageskliniken behandelt. Er las sich die Beschreibungen der Therapieangebote durch. An der Charité Mitte fand sich ein Spezialangebot für therapieresistente Depressionen. Therapieresistenz? Das war ein Wort, das er noch nie vorher gehört hatte. Aber es wurde unmittelbar erläutert. Therapieresistenz bedeutet, dass mehrere unterschiedliche psychotherapeutische und medikamentöse Therapien zu keinem oder keinem ausreichenden Erfolg geführt haben. Die Charité Mitte warb besonders für ein Therapieverfahren – die Tiefenhirnstimulation. Dieses Therapieverfahren konnte ohne Narkose durchgeführt werden, war schlechter wirksam als die EKT, zeigte dafür kaum Nebenwirkungen. Die Universitätsklinik nimmt sich folglich Menschen mit besonders komplizierten Behandlungsverläufen an. So hatte er sich das vorgestellt. Auch in der Chirurgie werden in der Universität die schwierigsten Operationen durchgeführt.

Es suchte systematisch weiter nach dem Begriff Elektrokonvulsionstherapie. Und tatsächlich: Auf den Internetseiten aus Dresden, Berlin und Sperrwitz wurde dieses Verfahren ausdrücklich erwähnt. Ein wirksames Therapieverfahren bei schweren Depressionen. Als nächstes rief er die Anästhesien der drei Kliniken an.

In Sperrwitz und Dresden wurde bestätigt, dass selbstverständlich die Substanz Succinylcholin zur Verfügung steht. Beide würden aber kein Protokoll darüber führen, ob es eine Übereinstimmung zwischen dem Einkauf und der Verwendung von Succinylcholin gebe. Ein Anästhesist der Charité Mitte hatte keine Kenntnis darüber, dass Succinylcholin in der Klinik Anwendung findet. Aber die Anästhesie sei groß. Die Nachfrage in der krankenhauseigenen Apotheke ergab, dass Succinylcholin im Sortiment vorhanden war.

Die Anästhesisten aus Sperrwitz und Dresden bestätigten, dass sie oft beeindruckt sind, wie wirksam das Verfahren sei. Sie hätten vielfach erlebt, dass vor der ersten Behandlung die Patienten kaum Gefühlsregungen zeigten, ohne Freude waren, sich quälten, nach einiger Zeit auftauten und vor Ende der Behandlung sogar scherzten. Die Patienten verloren nur nie ganz die Angst vor der Narkose.

Kapitel 54

„Elektrokonvulsionstherapie?" Das Telefon knackte. „Ich rufe Sie später noch einmal an. Der Empfang ist zu schlecht."

Friedrich wollte mehr über dieses Therapieverfahren wissen. Karl Schuster hatte einen Experten recherchiert, mit dem er einen Telefontermin vereinbart hatte. Hermann Guske arbeitete in Göttingen an der Universitätsklinik, die dieses Therapieverfahren häufig anwendete.

„Können Sie mich jetzt besser verstehen?"

„Ich kann Sie gut hören."

„Im Rahmen von polizeilichen Ermittlungen würde es sehr helfen, mehr über die Elektrokonvulsionstherapie zu erfahren. Könnte ich Ihnen einige Frage stellen?"

„Fragen Sie einfach."

„Ich war überrascht, dass diese Methode eingesetzt wird. Ich dachte, sie sei verboten. Könnten Sie mir dazu etwas sagen?"

„Wir kämpfen mit den alten Vorurteilen gegen dieses Behandlungsverfahren. Diese Vorurteile haben ein Bild der Behandlung, wie sie vor 50 Jahren durchgeführt wurde. Eigentlich kann man kaum noch sagen, dass es das gleiche Therapieverfahren ist. Stellen Sie sich vor, ein Mensch leidet seit mehr als einem Jahr an einer schweren Depression, kommt nicht aus dem Bett, fühlt sich kraftlos, leer und freudlos. Nicht einfach nur traurig, sondern hoffnungslos, keinen Sinn im Leben spürend, ohne Lebensmut, voller Schuldgefühle. Alle psychotherapeutischen und medikamentösen Behandlungsmöglichkeiten haben nicht geholfen. Dann schlagen wir diesen Menschen die Elektrokonvulsionstherapie vor. Mehr als 50% von ihnen geht es nach 4 Wochen deutlich besser, vielen geht es wieder so gut wie vor Beginn der Depression. Sie fühlen sich gesund."

„Sie sind offensichtlich begeistert von der Behandlungsmethode. Aber es muss einen Haken geben."

„Viele sind skeptisch. Manche Patienten haben Angst vor der Behandlung. In den Medien werden Horrorgeschichten verbreitet. Wenn Patienten sich nach ausführlicher Aufklärung für die Behandlung entscheiden, konnten wir ihnen vermitteln, dass sie eine gute Chance auf Besserung haben."

„Und wie läuft diese Behandlung ab?"

„Es finden intensive Untersuchungen im Vorfeld zum Ausschluss von körperlichen Erkrankungen, die gegen die Behandlung sprechen, statt. Schriftliche Aufklärung – oft im Beisein von Angehörigen. Vorstellung beim Anästhesisten, der mögliche Risiken abschätzt und sich optimal vorbereitet. Die Behandlung findet unter Narkose statt. Der ganze Körper wird während der Behandlung mit Medikamenten in einen Zustand der Entspannung versetzt."

„Wie lange dauert die Narkose."

„Das variiert. Zwischen 4 und 6 Minuten."

„So kurz?"

„Elektroden zur Messung der Hirnaktivität sind angelegt, alles ist vorbereitet. Wenn der Patient sich in tiefer Narkose befindet und die Muskulatur entspannt ist, wird durch elektrische Impulse ein epileptischer Anfall ausgelöst, der 20 – 40 Sekunden dauert. Die Narkose braucht nur wenig Zeit vor dem Anfall und kurze Zeit nach dem Anfall, um sicher zu stellen, dass der Patient nichts von der Behandlung mitbekommt."

„Die Muskelentspannung betrifft auch die Atmung?"

„Definitiv ja. Während der Zeit der Narkose wird der Patient beatmet. Die Muskelentspannung des ganzen Körpers ist ein weiterer Grund für die Beatmung."

„Führt diese Behandlung zu Gehirnschädigungen?"

„Dies kann mit Sicherheit verneint werden" betonte Hermann Guske. „Es gibt vorübergehende Gedächtnisstörungen. Die Patienten können sich an viele Geschehnisse, die sich kurz vor und kurz nach der Behandlung ereigneten, nicht erinnern. Dies ist manchmal für die Patienten belastend."

„Führen alle psychiatrischen Krankenhäuser diese Behandlung durch?"

„Sicherlich nicht. Es braucht einen Anästhesisten am Haus. Und Ärzte, die Erfahrung mit dieser Behandlung haben. Möchten Sie einmal bei einer Behandlung dabei sein? Würde es Ihnen bei Ihren Ermittlungen helfen?"

„Vermutlich nicht. Ihre Informationen sind hilfreich und ausreichend." Friedrich mochte noch nie Krankenhäuser von innen. Die vielen Kranken störten ihn nicht, aber die

Desinfektionsmittel verdarben einem jeglichen Appetit. Daher lehnte er das Angebot dankend ab.

Kapitel 55

Sie hatte das Gesicht in ihre Hände gelegt und schwieg. Die Umgebung war nicht da, einzelne Stimmen hörte sie nur aus weiter Ferne. Sie saß im Präsidium der Berliner Kriminalpolizei. Nach dem Rausschmiss aus ihrer Wohnung hatte sie in einer kleinen Pension übernachtet, täglich versucht, Kontakt zu ihrem Ehemann aufzunehmen. Dieser ging nicht ans Telefon, reagierte nicht auf die Texte, die sie auf dem Anrufbeantworter hinterließ. Sie war kaum noch arbeitsfähig gewesen. Aber das spielte jetzt auch keine Rolle mehr. Bei den letzten Befragungen wurde ihr mit aller Deutlichkeit vermittelt, dass sie sich ständig zur Verfügung halten musste.

Die Polizei kam diskret mit zwei Personen, um sie zu verhaften. Sie versuchten es zumindest. Über welche Quelle es die Presse auch immer erfahren hatte, als sie die Pension verließ, folgte ein Blitzlichtgewitter. Im Sekundentakt wurden Bilder von ihr angefertigt. Sie hatte häufig in Vorlesungen über dissoziative Zustände vorgetragen. Ein Verlust der Umgebungswahrnehmung konnte in solchen Zuständen auftreten, alles wurde unwirklich, falsch, fern der eigenen Person. Diese Beschreibungen passten zu dem, was sie beim Verlassen ihrer Wohnung erlebte.

„Petra Harrison, der Richter hat Haftbefehl wegen des Verdachts der vorsätzlichen Tötung von Frau Monika Betram ausgestellt. Ich bitte Sie, uns ins Polizeipräsidium zu begleiten. Es wäre sicherlich sinnvoll, wenn sie etwas Ersatzkleidung und ihren Kulturbeutel mitnehmen würden."

Sie wusste nicht, warum die Entscheidung getroffen wurde, sie zu verhaften. Irgendeinen Hinweis mussten sie entdeckt haben, um sie zur Mörderin zu machen. Sie! Eine Mörderin! Allein der Verdacht zerstörte einen weiteren Teil ihres Lebens. Was könnte es sein? Sie wusste es nicht. Es blieb ihr nichts Anderes übrig, als auf das Verhör zu warten. Aus den Fragen würde schon hervorgehen, mit welchem Baustein die Polizei ihr Theoriegebäude ergänzt hat.

Stephan Friedrich saß lange vor ihr, ohne etwas zu sagen. Er wartete darauf, dass sie emotional reagierte. Ängstlich, wütend, fordernd. Aber sie saß nur auf dem Stuhl und vergrub ihr Gesicht in ihren Händen. Es näherte sich das große Finale. Triumphgefühle empfand Friedrich dabei nicht.

„Möchten Sie etwas trinken?" Keine Reaktion. „Könnte jemand bitte ein Glas Wasser bringen!" Er stellte das Glas Wasser vor ihr ab. Sie nahm es nicht wahr. „Ich werde Ihre

Aussage aufzeichnen." ‚Was wird es überhaupt zum Aufzeichnen geben? Wenn Sie weiter so schweigsam ist, könnte es sich zum Monolog entwickeln. Sie war nicht verpflichtet, sich zu belasten. Aber er hatte den Ehrgeiz, ein Geständnis zu bekommen'.

„Die Spurensicherung hat ihren Rechner intensiv untersucht und hat interessante Erkenntnisse zusammengetragen." Keine Reaktion. „Wir haben den Verlauf der Zugriffe auf Internetseiten der letzten vier Monate rekonstruieren können." Keine Reaktion. „Es finden sich Internetseiten, über die es möglich ist, k.o.-Tropfen zu bestellen. Haben Sie eine Erklärung dafür?" Keine Reaktion. Ob sie die Fragen überhaupt erreichten. Friedrich hatte es häufiger erlebt, dass Verdächtige, bei denen sich die Schlinge enger um ihren Hals zieht, innerlich abtauchen. Einige schweigen für immer, andere bringt die Einsamkeit des Untersuchungsgefängnisses zum Reden, in anderen Fällen erarbeiten Anwälte mit ihnen absurde Erklärungen für offensichtlich die Schuld beweisende Fakten, die sie dann zum Besten gaben. „Wann haben Sie das Succinylcholin an sich genommen? Haben Sie alle Kanülen entsorgt? Möchten Sie nicht doch etwas sagen?" Sie hob erstmals den Kopf, kurz, um ihn dann wieder zu senken.

Friedrich zog sich kurz zurück, um Luft zu holen. Er setzte sich hinter die Sichtscheibe und beobachtete sie. Sie war starr eingefroren in ihrer Körperhaltung. Es musste eine unendliche Qual sein, was sie durchlitt. Durfte man für eine potentielle Mörderin Sympathien empfinden? Er tat es. Während der Ermittlungen hatte er immer gehofft, dass sie es nicht wäre. Es gab genug andere unangenehme Verdächtige. Wenigstens versank Klemp in seiner Baugrube. Gegen ihn wurde ein Ermittlungsverfahren eingeleitet, er war von seinen Tätigkeiten bis auf weiteres entbunden. Aber zum Mörder taugte er leider nicht. Schade! Und Kleinkamp wäre auch ein erfreulicher Mörder gewesen. Nun gut, jetzt war es Zeit, das Verhör fortzusetzen.

„Wir haben die Firma kontaktiert. Sie haben bestätigt, dass es eine Bestellung von Ihnen gab. In Ihrer Kreditkartenabrechnung findet sich die entsprechende Abbuchung. Alle Indizien weisen auf Sie hin. Haben Sie nichts zu sagen, was sie entlasten könnte?"

Wieder hob sie kurz den Kopf und flüsterte kaum verständlich. „Ich bin keine Mörderin!" Das war alles, aber mehr als sie bisher gesagt hatte. Es wirkte so überzeugend, wenn nicht alle Fakten gegen sie sprächen.

„Dann reden Sie! Überzeugen Sie uns, dass Sie keine Mörderin sind! Wo haben Sie das Skalpell versteckt? Wie haben Sie es entsorgt? Stammte die Kanüle aus dem Krankenhaus oder haben Sie sie auch bestellt? Reden Sie!"

Es führte kein Weg zu ihr. Sie ließ sich nicht bedrängen, weil sie sich nicht gemeinsam im gleichen Raum befanden. Alles, was die Verwendung des Succinyl betraf, wollte er sich für das Verhör am nächsten Tag aufsparen. Ihm reichte es für heute. „Führen Sie sie ab. Wir werden die Befragung ein anderes Mal fortsetzen."

Kapitel 56

Das Essen schmeckte ihm nicht. Lustlos stocherte er in seinem Pilzrisotto. Eigentlich liebte er sein Risotto. Er verwendete immer verschiedene Pilzarten. Klar, Champignons waren immer dabei, aber besonders gerne mischte er diese mit Austernpilzen und Saiblingen. Jeden Wochentag gab es einen Stand auf dem Markt, der verschiedenste Pilze aus eigener Züchtung anbot. Er hatte es am Vormittag, kurz bevor Petra Harrison zum Verhör kam, schnaufend geschafft, 300 Gramm frische Pilze zu kaufen. Sie sollten am gleichen Tag verwertet werden und die ganze Intensität ihres Geschmackes entfalten.

Und jetzt saß er lustlos vor dem Essen. Der Tag war ihm auf den Magen geschlagen. Die spezielle Konsistenz, die er normalerweise an Risotto liebte, das Schmelzen des Parmesans in seinem Mund, das sanfte Zerdrücken der Pilzstückchen, die Geschmacksnuancen, die die frische Petersiele auf der Zunge entstehen ließ: für alles hatte das Gehirn keinen Platz. Er nannte das Risotto immer liebevoll seinen Babybrei für Erwachsene, der sich an diesem Abend nur als klebrige Masse in seinem Mund verteilte. Irgendetwas stimmte nicht. Und er wusste nicht was.

Er quälte sich zum Präsidium. Die andere Hälfte würde er später essen. Er konnte sich nicht erinnern, wann er das gemacht hatte. Freiwillig am Abend noch einmal ins Präsidium zu gehen. Um dort Akten zu studieren! Dieser Fanatismus war ihm fremd. Gleichzeitig musste er alles tun, um seine kulinarische Lebensader nicht länger einzufrieren.

Es blieben viele Fragen offen. Aber das war nicht das Problem. Ein Mordfall ohne ungelöste Fragen – das gab es nicht. Hauptsache die Indizien passten zueinander oder es gab freundlicherweise ein Geständnis. Er wühlte sich durch die Akten, hörte sich die Vernehmungen an, führte sich seine eigenen Erinnerungen lebendig vor Augen. Irgendetwas irritierte ihn.

Die Akten schliefen über ihm ein. Er träumte unruhig. Sein Kopf lag halb auf der Schreibtischkante. Beim Aufwachen wusste er, was ihn irritierte. Die Charité hatte zwei Standorte und sie hatten nicht recherchiert, ob möglicherweise ausschließlich an einem Standort EKT-Behandlungen durchgeführt wurden. Wenn sie dann am falschen Standort gefragt hatten, konnte sich der Anästhesist natürlich nicht erinnern. Sie hatten der Bemerkung zu wenig Beachtung geschenkt. Seine Unhöflichkeit hatte dazu geführt, ihn und seine Aussage innerlich platt zu machen. Der Zeuge war ein Anästhesist aus Mitte - vermutlich ohne Kontakt zum anderen Standort. Es war also grundsätzlich denkbar, dass

Harrison keinen Zugriff zu dem Medikament hatte, wenn am Standort Charité Mitte keine EKTs stattfanden.

Die Internetseiten machten deutlich, dass die beiden Standorte voneinander unabhängig waren. Keine gemeinsame Leitung. Der Standort Süd wurde von einem anderen Professor geleitet. Wenn seine Vermutung richtig war: Woher hatte Petra Harrison das Succinylcholin bekommen? Wie konnte sie es sich organisiert haben? War ihr ein Zugriff auf die Medikamente am anderen Standort möglich? Er konnte es sich nicht vorstellen. Konnte sie sich das Succinylcholin direkt aus der Zentralapotheke liefern lassen? Er hatte Brei im Kopf gehabt. Die Erkenntnis, es mit zwei Standorten mit unterschiedlichen Therapieangeboten zu tun zu haben, war zu simpel.

Um 8 Uhr trudelten die Kollegen langsam ein und waren mehr als verwundert, ihren Chef mit plattem Gesicht, strubbligen Haaren, unrasiert und mit knittriger Kleidung vor sich zu sehen. Das war ein schlechtes Vorzeichen. Die morgendliche Zigarette auf dem Balkon konnte nur hastig geraucht werden.

Friedrich setzte Hans Hanusch gleich darauf an, die verschiedenen psychiatrischen Kliniken in Berlin, Sperrwitz und Dresden einschließlich der dortigen Anästhesien anzurufen. In Berlin wurden die zwei Standorte kontaktiert. Die Zentralapotheke der Charité in Berlin wurde angefragt, ob zu erkennen ist, an welchen Standort unterschiedliche Medikamente geliefert wurden. Zwei Stunden später hatte er die Informationen zusammen. Sein Verdacht hatte sich bestätigt. In Berlin wurde das Succinylcholin nur in den Süden geliefert, nur dort fanden EKT-Behandlungen statt. Petra Harrison war nie am Standort Süd, hatte dort nie Leitungsverantwortung gehabt. So schnell verlor sich eine sichere Spur wieder im Nichts.

Die psychiatrischen Kollegen in Dresden und in Sperrwitz machten nahezu übereinstimmende Angaben. Sie kämen häufig früher als die Anästhesisten zur EKT-Behandlung. Sie begleiteten die Patienten, sprachen ihnen gut zu, beruhigten sie, machten ihnen Mut. Dies war nicht die Aufgabe der Anästhesisten, die die Patienten nur aus dem Vorgespräch kennen. Daher mache die Gesprächsbegleitung durch einen Anästhesisten keinen Sinn. Das Medikament Succinylcholin sei sicherlich in einem Zeitfenster vor der Narkose für die psychiatrischen Mitarbeiter frei zugänglich. Es befindet sich in einer Schublade im Behandlungsraum. Es war Aufgabe der psychiatrischen Fachärzte, die Behandlung durchzuführen.

Auch der Anästhesist aus Mitte bestätigte, dass er keine Verbindung zum anderen Standort habe und nicht wisse, ob dort EKT-Behandlungen durchgeführt werden. Auf die vorsichtige Frage, warum er dies nicht bei der ersten Befragung gesagt habe, reagierte er absolut genervt. Sie hätten ihn nicht danach gefragt und Gedankenlesen falle in das Metier der

Psychiater. Dann habe er den Hörer aufgelegt, ohne sich zu verabschieden, da er sofort in den Operationssaal müsse.

Peter Fischer war über zwei Tage abgetaucht. Friedrich fragte nie, wo seine Mitarbeiter sind. Er begründete dies damit, Eigenständigkeit fördern zu wollen. Aber eigentlich sparte er sich damit nur das mühsame Aufteilen der Aufgaben. Klar, wenn ihm die Leute über den Weg liefen, teilte er sie ein, und oft zwangen ihn die Ermittlungen dazu. Aber Fischer hatte er völlig aus den Augen verloren.

„Ich bin alle 1€-Läden in und in der Umgebung von Sperrwitz und innerhalb von Dresden abgelaufen. Und ich bin fündig geworden." Fischer war sichtlich begeistert von sich selbst. „Immer mit den Fotos der Verdächtigen in der Hand. Es waren insgesamt 53 Geschäfte, die ich aufgesucht habe." Er machte eine gekünstelte Pause. „Und in einem Geschäft in Sperrwitz haben sie Peter Kleinkamp wiedererkannt."

„Super! Und hast Du selbst auch etwas für 1€ gekauft?" Simone Krüger schüttelte den Kopf. „Hier tobt der Bär und Du suchst die günstigsten Schnäppchen für den Adventskalender."

„Nun warte mal ab. Der eigentliche Clou kommt noch. Ich hatte ein Einmachglas mit. Dämmert es Dir? Das Einmachglas war blutleer und ich habe es spazieren getragen. Die Verkäuferin war sich sicher, dass Kleinkamp mehrere Einmachgläser gekauft hatte. Warum sie sich so gut erinnern konnte? Sie kannte Kleinkamp von einem Vortrag über Depressionen, den er vor kurzem an der Volkshochschule gehalten hatte." Fischer blickte in die Runde und heischte nach Lob.

Friedrich gab sich Mühe, dieses Lob glaubwürdig auszusprechen. „Petra Harrison ist nicht mehr die sichere Mörderin. Super. Das gefällt mir." Er erinnerte sich an sein Mörder-Mikado. Sie hätten sich nicht so viel Mühe geben müssen, wenn sie sich auf die Schokostäbchen verlassen hätten.

Die Ereignisse überstürzten sich. Martin Chendran stürzte in das Großraumbüro, in dem jeder einen überschaubaren Schreibtisch sein Eigen nannte.

„Der Provider hat uns die Verbindungsdaten von Petra Harrison gesendet. Diese lahmen Gäule haben eine Woche dafür gebraucht und waren dicht davor, sich die Zustimmung vom Bundesverfassungsgericht einzuholen. Sie hatte vor vier Wochen einmalig Kontakt zu Peter Kleinkamp, dem Assistenzarzt aus Löbern. Er schaute erstaunt in die Runde, da seine Mitteilung kein Erstaunen auslöste. „Ja, also mit ein wenig mehr Euphorie hatte ich schon gerechnet. Es stellt sich nur die Frage, warum immer ‚S' in ihrem Kalender verzeichnet war. Die Vorbereitung auf ihre Seminare war übrigens von Petra Harrison frei erfunden. Es gab Präsentationen, aber die Zugriffsdaten passten nicht zu den Terminen im Kalender. Und was erklärt Eure Coolness?"

Er wurde auf den neuesten Stand gebracht und musste mit seiner kleinen Enttäuschung leben. Friedrich hatte schon vor zwei Tagen Erlaubnis zur Hausdurchsuchung bei Peter Kleinkamp auf den Weg gebracht. Die kleinen Unstimmigkeiten zur angeblichen Vorbereitung von Seminaren hatten keine Bedeutung mehr. Jetzt galt es den Einsatz mit den sächsischen Kollegen zu koordinieren. Peter Kleinkamp hatte ausreichend Zeit gehabt, um seine Wohnung von jeglichen Spuren zu reinigen. Aber vielleicht hatte er etwas übersehen.

„Lässt sich analysieren, wo Kleinkamp sich während der Telefonate befand?" Das Erstellen von Bewegungsprofilen war der letzte Schrei, daher durfte der Vorschlag auch bei diesen Ermittlungen nicht fehlen. Krügers Frage wurde von Martin Chendran aufgegriffen.

„Die Aufzeichnungen der Telefonanbieter reichen 14 Tage zurück. Leider nicht länger. Es ist sicher, dass Kleinkamp sich schon am Tag vor dem Kongress in Berlin aufhielt. Verschiedene Telefonate, die an diesem Tag erfolgten, fanden in der Nähe der Charité statt. Es ist unklar, mit wem er telefoniert hat."

Friedrich gähnte. Kurz wog er ab, ob er dieses Mal Aufgaben verteilen sollte. „Dann wollen wir uns mal auf den Weg machen. Krüger, sie bleiben wegen der Hausdurchsuchung am Ball und fahren nach Sperrwitz. Hanusch, sie klappern die Cafés und Restaurants in der Nähe des Funkmastes ab, in das sich das Handy von Kleinkamp zuletzt eingeloggt hat und versuchen zu klären, ob und mit wem sich Kleinkamp getroffen hat. Schuster und Fischer: Sie durchforsten das Leben von Klemp und Kleinkamp, rufen bei der Ex-Partnerin von Kleinkamp an und aktivieren ihr kreatives Potential, um eine Verbindung zwischen den beiden zu finden. Sie werden sich nicht zufällig beim Eis essen am Brandenburger Tor getroffen haben, um einen Mord zu verabreden. Ich werde in der Zwischenzeit alle Fakten vor meinem inneren Auge durchgehen und anrufen, falls ich dabei auf neue Erkenntnisse stoße."

Allen war klar, dass dies das Synonym dafür war, dass er nach Hause geht, um sich schlafen zu legen. Die Wege trennten sich, Friedrich hielt sich in der U-Bahn wach, um den Schlaf im Bett nicht zu gefährden. Zuhause angekommen entschied er sich, den Rest des Risotto zu essen. Jetzt konnte er wieder wahrnehmen, dass einzelne Pilzstückchen sich auf köstliche Art und Weise in seinem Mund auflösten. Er schaffte es anschließend nur noch bis zum Sofa. Der Schlaf war unruhig, voller Träume, an die er sich später nicht mehr erinnerte. Er war sich aber sicher, köstliche Essensgerüche wahrgenommen zu haben.

Kapitel 57

„Zeigen Sie mir den Fetzen Papier." Peter Kleinkamp reagierte unwirsch, als die Dresdner Polizei ihn mit großer Mannschaft aufsuchte. Karl Schuster und Simone Krüger begleiteten die Hausdurchsuchung. Sie rechneten nicht damit, viel zu finden. Kleinkamp hatte zu viel Zeit gehabt, alle verdächtigen Gegenstände zu entfernen.

„Darf ich in der Küche meinen Tee zu Ende trinken?"

„Tun Sie sich keinen Zwang an. Wir kommen alleine gut zurecht." Karl Schuster schlich durch die Wohnung, den Fotoapparat in der Hand und machte systematisch Fotos. Aus allen Perspektiven. In Groß- und Kleinformat. Sicherte die Aufnahme immer wieder auf seinem Laptop. Erst dann gab er die Räume für die Polizei frei.

„Könnten Sie sich bitte Handschuhe anziehen", fauchte Kleinkamp einen Polizisten an. „Es würde Ihnen auch nicht gefallen, mit einem Schlafanzug zu Bett zu gehen, der von einer fremden Person besudelt wurde."

Es war eine Junggesellenwohnung. Ganz wie man sich eine vorstellte. Die Klamotten lagen bestenfalls auf dem Sessel im Schlafzimmer. Das Geschirr stand schmutzig in der Spüle. Der Teppich hatte die letzte freundliche Zuwendung vor langer Zeit erhalten. Die Pflanzen hatten eine längere Trockenzeit hinter sich. Die Handtücher im Bad waren Feuchtbiotope.

An mehreren Stellen fanden sich die Bilder von zwei Kindern im Alter von 3 und 6 Jahren. Strahlende Kindergesichter. Einzelne Fotos mit ihm gemeinsam. Wie aus glücklicheren Zeiten. Im Flur hing ein besonders großes Bild von vier Personen. Seine ehemalige Freundin, Mutter der Kinder, hatte weiterhin einen Platz in seinem inneren Leben.

So chaotisch seine Wohnung war. Seine Aktenordner waren sauber beschriftet: Krankenkasse, Wohnung, Versicherungen, Zeugnisse und Bescheinigungen, Lohnsteuerjahresausgleich, Ausgaben, Kinder, Korrespondenz Sorgerecht, Sonstiges.

Der eigentlich interessante Ort war der Keller. Es fand sich eine Fülle von Kartons. Bestellungen übers Internet. ‚Eine ökologische Plage', dachte Simone Krüger. Im Abstellraum war von den Skiern bis zu ungeliebten Geschenken alles verstaut. In einem Regal standen Einmachgläser. Offensichtlich die gleiche Marke wie die makabren Sammelbehälter aus dem Hotelzimmer.

An einer Wand fanden sich viele kleine Einstichstellen. Einzelne Klebestreifen wiesen darauf hin, dass hier einmal etwas gehangen hat. „Was sind dies für Einstichstellen?"

„Ich spiele gerne Dart. Ist das verboten?"

„Aber wo ist die Dartscheibe."

„Ich ziehe es vor, Bilder auszuschneiden und dort meine Leistungen zu perfektionieren."

„Was für Bilder?"

„Warum ist das wichtig? Irgendwelche Bilder."
144

‚Es waren Bilder von ihr', schoss es Simone Krüger durch den Kopf. ‚Mal sehen, ob diese in den Unterlagen, die beschlagnahmt wurden, auftauchen'.

„Ich muss Sie bitten, Ihre Sachen zu packen und uns zu begleiten. Ich habe Ihnen einen Haftbefehl mitgebracht. Sie stehen unter Mordverdacht. Sie werden verdächtigt, Frau Prof. Dr. Monika Betram ermordet zu haben."

„Jetzt spinnen Sie komplett!"

Er rastete aus, schmiss Stühle um, raste zu Tür. Zwei Polizisten stellten sich ihm in den Weg und beruhigten ihn durch ihre körperliche Präsenz. Dann ließ er sich abführen und die Polizisten setzten in Ruhe ihre Arbeit fort.

Kapitel 58

„Wo sind die Unterlagen, mit denen Frau Betram Sie unter Druck gesetzt hat?"

Der Verhörmarathon hatte begonnen. Drei Verdächtige. Ein oder zwei oder drei Täter.

Überraschenderweise händigte Klemp ihnen die Unterlagen aus. Er hatte sie in einem Schließfach zwischengelagert.

„Es gibt keinen Grund mehr, sie Ihnen nicht zu geben. Sie haben fast alles bei mir Zuhause beschlagnahmt. Aus diesem Material gehen die Unregelmäßigkeiten hervor. Es sind nicht viele Papiere, die mir Frau Betram ausgehändigt hat."

Simone Krüger hatte das Interview übernommen. Die Papiere reichte sie nach draußen, damit die Spurensicherung sie unter die Lupe nehmen konnte und sie mit den Papieren der Abteilung für Wirtschaftskriminalität vergleichen konnten.

„Hat Frau Betram Sie erpresst?"

„Sie haben mich dies schon einmal gefragt und ich kann meine Aussage nur wiederholen. Frau Betram hat mich nicht im eigentlichen Sinne erpresst. Ich verbinde mit Erpressung, dass sie persönlich einen Vorteil aus den Papieren ziehen wollte. Sie hat sie für ihre Abteilung eingesetzt. Ein Druckmittel. Ein wenig wie Waffengleichheit zwischen uns."

„Wann ist sie erstmals auf Sie zugegangen?"

„Vor ca. einem halben Jahr. Sie wollte die Freigabe einer Assistenzarztstelle, die ich eigentlich blockieren wollte. Als Geschäftsführer muss man überall die Daumenschraube anziehen, sonst kommt die Klinik nicht in den grünen Bereich." Als er die kritischen Blicke sah, hörte er schnell mit der Selbstbeweihräucherung auf. Die Korruption und der Betrug passten nicht in das Bild des sparsamen Geschäftsführers. „Sie überschaute am Anfang nicht die Dimension der – sagen wir einmal – Unregelmäßigkeiten. Die Unterlagen sind ohne Expertise schwer zu lesen."

„Hat Sie Ihnen alle Materialien gleichzeitig ausgehändigt?" Er trat kooperativ auf, wie weichgespült. Vermutlich hätte er auch verraten, wie er seine Fußwarzen behandelt. Nur hatte er bisher immer gelogen. Warum sollte er jetzt die Wahrheit sagen. Freiwillige Kooperation? Die Aushändigung der Unterlagen war das erste Mal, dass er half, ohne dazu gezwungen worden zu sein. Simone Krüger blieb dabei, dass er bei ihr im Magen ein Gefühl erzeugte, als ob sie eine ganze Tüte Chips auf einmal gegessen hätte.

„Nach und nach. Die letzten Unterlagen hat sie mir zwei Wochen vor ihrem Tod gegeben. Nur hatte sich ihr Tonfall geändert. Sie verstand langsam die Ausmaße meines Problems. Es ging nicht mehr um Assistenzarztstellen. Sie bestand darauf, dass ich reinen Tisch mache, ich mir gewissermaßen selbst die Karten lege. Ein klassisches Mordmotiv werden sie sagen. Was soll ich sagen? Ein Unschuldiger unter Mordverdacht. Kein angenehmer Zustand." Klemp spielte den reuigen Engel, der auf Abwege geraten ist. Die Rolle passte nicht gut zu ihm. Er selbst fand sich überzeugend oder er musste sich selbst nicht überzeugen.

„Worum ging es bei dem Streit im Boros Museum mit Peter Kleinkamp?"

Klemp wurde rot im Kopf. Alleine das Erwähnen des Namens ließ die Wut in ihm aufsteigen. „Dieser kleine Schmarotzer. Ich wusste nicht, wie er auch an die Unterlagen herangekommen war. Aber er schickte mir eine Kostprobe zu. Anfänglich dachte ich, der Brief käme von Betram. Aber das war eigentlich nicht ihr Stil. Der Absender kündigte ein Telefonat an und verlangte, dass wir uns treffen. Warum er sich im Museum treffen wollte? Ich weiß es nicht. Ich bin hingegangen und er hat mich ganz banal versucht zu erpressen. 20 000 € wollte er haben. Als Schmerzensgeld für all das, was er unserer Klinik erlitten habe."

„Haben Sie ihm das Geld gegeben?"

„Nun warten sie erst einmal. Ich kannte diesen Seelenklempner nicht. Es gibt viel zu viele Mitarbeiter in der Universität. Er musste mir erst einmal seine Leidengeschrichte auftischen. Das war das Grausamste. Ihm bei seinem Selbstmitleid zuhören zu müssen. In diesem Zusammenhang kam es dann auch zu meinen Äußerungen, auf die Sie mich angesprochen haben. Ich erinnere sie nicht im Wortlaut. Aber ich war verständlicherweise voller Wut auf Betram, dass sie die Unterlagen an Dritte weitergibt und ich damit allmählich die Kontrolle vollständig verlor.

Ich habe ihm das Geld bezahlt und hoffte, dass er damit Ruhe geben würde. An die Polizei konnte ich mich schlecht wenden."

„Und Ihre Drohungen?"

„Ich konnte nicht an mich halten. Fragen Sie mich aber bitte nicht, was ich gesagt habe. Ich war einfach wütend. Auf diesen Erpresser, aber auch auf Betram, die die Informationen weitergegeben hatte. Daher habe ich geschimpft, geflucht. Ich hätte es nicht machen sollen. Meine Erfahrungen im Bereich Erpressung sind bisher nicht sehr umfangreich. Daher mein wenig professionelles Handeln." Seine arrogante Überheblichkeit blitzte wieder einmal auf.

„Warum geben Sie uns alle diese Informationen jetzt?"

„Ich habe lange über meine Strategie nachgedacht. Sie sehen es mir hoffentlich nach, von Strategie zu reden. Wenn man unter Mordverdacht gerät, muss man einen Plan entwickeln, wie man damit umgeht. Da ich nicht der Mörder bin, gleichzeitig mein Motiv offensichtlich auf dem Tisch liegt, ich viele Fakten nicht kenne, aber sie bisher so sein müssen, dass der Verdacht weiterhin gegen mich besteht, ist es besser, alles zu berichten, was ich weiß, alles mitzubringen, was von Interesse sein könnte. Das steigert die Wahrscheinlichkeit, dass sie Fakten entdecken, die mich entlasten."

„Jetzt bleibt noch der Streit im Hotel Novena."

„Peter Kleinkamp wollte mehr Geld. Er hatte Zucker geleckt. Das war alles."

Kapitel 59

„Es wird eng für Sie! Ich würde sagen, die Schlinge zieht sich so langsam um Ihren Hals. Wir gehen davon aus, dass Sie zumindest an dem Mord beteiligt waren, wenn nicht selbst den Mord begangen haben."

„Ich habe keinen Mord begangen!" Kleinkamp zog das ‚Ich' in die Länge, sein Ton wurde schrill. Seit der Verhaftung befand er sich in einem inneren Ausnahmezustand. „Da will mich jemand reinreißen."

„Und wer soll das sein?" Simone Krüger tat auf feinfühlig.

„Ich weiß es nicht! Ich weiß es nicht! Ich weiß es nicht!"

„Sie haben die Einmachgläser gekauft, sie hatten Zugang zu dem Medikament, mit dem Betram umgebracht wurde, sie sind voller Hass, haben ein perfektes Motiv."

„Das reicht doch nicht aus, um mir einen Mord zu beweisen."

„Nein, aber wir haben bei Ihnen Unterlagen aus Dresden gefunden, die sich im Besitz von Betram befanden. Es geht um Bauvorhaben an der Universität Dresden. Wie wollen Sie an die Unterlagen herangekommen sein? Sie haben sie entwendet, als Sie in das Hotelzimmer von Betram eingedrungen sind. Eine andere Erklärung wüsste ich nicht. Oder wissen Sie eine?"

Schweißtropfen perlten ihm das Gesicht herunter, so als ob er eine Chilischote verschluckt hätte. Hastig nahm er das Wasserglas, das vor ihm stand, und kippte das Wasser herunter. Ein Teil des Wassers wässerte seinen Pullover.

„Sie haben gemeinsame Sache mit Herrn Klemp gemacht. Im Museum und im Hotel Novena erfolgten die Absprachen. Warum haben Sie sich im Hotel noch gestritten? Es war doch alles entschieden. Hat Ihnen Klemp als Motivation noch Geld geboten? War Ihnen dies nicht genug? Was haben Sie mit der Kleidung gemacht? Erleichtern Sie Ihr Gewissen. Man muss wissen, wann es sich nicht mehr lohnt, mit der Unwahrheit zu kämpfen."

Es war nicht klar, ob Kleinkamp ihr überhaupt zugehört hatte.

„Ich habe vor vier Wochen einen Anruf erhalten. Rufnummer unterdrückt. Stimme verunstaltet. Mir wurde eine Chance auf Rache angeboten. Aber auf andere Art als Mord. Ich sollte Unterlagen erhalten, um die Universitätsklinik zu erpressen. In Person von Herrn Klemp, der sich auf illegale Art und Weise bereichert hat. Ein attraktives Angebot. Endlich. Ein Ventil für meine Wut finden. Diese Klinik hat mein Leben zerstört."

Kleinkamp breitete eine neue Geschichte aus. Sie passte zu den Angaben von Klemp. Sie hatten sich abgesprochen. Ihr Rückzugsgefecht. Besser Erpressung als Mord.

„Was für Bedingungen hat die verzerrte Stimme gestellt?"

„Die Stimme hat mir nicht gesagt, wofür ich alles besorgen sollte. Natürlich war mir klar, dass die Stimme nichts Gutes damit im Sinn hatte. Mehr wusste ich nicht. Glauben Sie mir bitte."

„Was hat die Stimme gefordert?"

Es war wie ein großes Theater. Hinter der Sichtscheibe war die gesamte Abteilung versammelt. Friedrich hatte den einzigen gemütlichen Stuhl bekommen. Ein Ledersessel. Ein wenig klebrig, da es Kunstleder war. Es war eine abenteuerliche Story, die ihnen aufgetischt wurde.

„Ich sollte verschiedene Dinge besorgen. Braunülen, die Einmachgläser, das Medikament Succinylcholin, ein Skalpell. Als Gegenleistung bekam ich die Unterlagen. Ich habe sie an einem verabredeten Orten abgelegt. Mehr weiß ich nicht. Mir war klar, dass all dies kein Geschenk für einen guten Freund war. Aber mehr wusste ich nicht. Ich schwöre es bei allem was mir heilig ist."

Nur, was war ihm heilig? Er nannte die Orte, an denen er die Gegenstände abgelegt hatte. Sofort machten sich drei Polizisten auf den Weg, um zu prüfen, ob diese Orte geeignet waren, um unauffällig Gegenstände abzulegen. Friedrich hielt die Aussage nicht für glaubwürdig.

Kapitel 60

Petra Harrison hatte die Nacht Zuhause verbracht. Nachdem die neuen, entlastenden Erkenntnisse auf dem Tisch lagen, wurde sie unmittelbar entlassen. Die Indizien reichten nicht aus, um sie weiterhin in Untersuchungshaft zu lassen. Umso überraschter war sie, als sie erneut zum Verhör abgeholt wurde.

„Soll ich noch eine Nacht im Untersuchungsgefängnis verbringen? Haben Sie Auslastungsprobleme? Soll ich mit oder ohne Schlafanzug kommen?"

Sie war alle Fakten mehrfach durchgegangen. Sie konnte keine Lücke finden. Alle Indizien sprachen dafür, dass Kleinkamp den Mord begangen hatte. Er würde sie vermutlich beschuldigen.

„Sie bleiben dabei, die k.o.-Tropfen allein aus ‚wissenschaftlichen' Gründen besorgt zu haben."

„Das Wort ‚wissenschaftlich' habe ich aus gutem Grund verwendet. Immer wieder berichten in der Klinik Patientinnen, Opfer von Gewalttaten zu sein. Ich wollte einen Eindruck davon bekommen, wie leicht es ist, sich diese zu besorgen. Warum gehen Sie davon aus, dass Betram mit k.o.-Tropfen betäubt wurde? Der Nachweis ist nur kurze Zeit möglich. Dies ist der Grund, warum Täter diese verwenden, ohne die große Gefahr einzugehen, dass ihr Verbrechen aufgedeckt wird."

„Sie müssen aber zugeben, dass es überraschend ist, dass Sie kurz vor dem Mord eine Bestellung von k.o.-Tropfen vorgenommen haben." Friedrich hatte beschlossen, sich erst spät in die Befragung einzuschalten. Das Verhör sollte erst einmal warmlaufen. Karl Schuster hatte alle Fakten im Kopf, der große Vorteil seiner Pedanterie.

„Manche Dinge unter dem Sternenhimmel sind nicht erklärbar."

„Es ist sicherlich auch großer Zufall, dass Sie einmal zu Peter Kleinkamp Kontakt aufgenommen haben und sich zwei Mal ihr Handy genau beim gleichen Funkmast zur gleichen Zeit eingeloggt hat."

„Das ist tatsächlich ungewöhnlich. Wann soll das gewesen sein? Sehen Sie, ich bin viel in der Stadt unterwegs. Viele Gespräche mit Externen führe ich außerhalb der Universität. Die Gespräche bekommen eine bessere Atmosphäre, es ist leichter zu gemeinsamen Projekten zu kommen und Unstimmigkeiten auszuräumen. Aber ich hatte keinen Kontakt zu ihm."

„Kleinkamp behauptet, dass er gleichfalls keinerlei direkten Kontakt mit Ihnen hatte. Und Sie auch beim ersten Anruf nicht erkannt habe, da die Stimme verstellt gewesen sein. Die Stimme hatte ihm angeboten, ihm zu helfen, sich an der Klinik zu rächen, wenn er für Sie einige Besorgungen machen würde."

„Es wird ja immer abstruser. Verstellte Stimme. Konspirative Treffen. Und ich soll dahinterstecken" Petra Harrison schüttelte den Kopf. „Ihr Herr Kleinkamp hat sich eine abenteuerliche Geschichte zurechtgelegt."

Karl Schuster ließ nicht locker. „Immerhin ist überzeugend, dass wir einen Teil der Bauunterlagen bei ihm gefunden haben, die ein ehemaliger Patient von Betram ihr ausgehändigt hatte. Wie sollen diese zu ihm gekommen sein? Wir haben sie in der Wohnung von Betram nicht gefunden. Es liegt nahe, dass sie bei Ihnen in der Wohnung zwischengelagert waren."

Petra Harrison atmete schwer. „Was soll ich Ihnen dazu sagen?"

Er hatte sich einen Naturjoghurt von Zuhause mitgebracht. Er liebte es, diesen mit verschiedenen Zutaten anzureichern. Dieses Mal hatte er Apfel und Birne gewählt. Bananen verfärbten sich auf dem Weg zum Kommissariat, daher aß er diese nur in seinen eigenen vier Wänden. Er fügte knuspriges Müsli hinzu, gut gesüßt. So richtig lief das Verhör nicht warm. Die Indizien waren zahlreich. Aber ob sie für eine Anklage reichen würden? Wie konnte er sie noch stärker in die Enge drängen? Das Müsli war gegessen. Friedrich erhob sich und schleppte sich in den Verhörraum.

„Ich bin gespannt, wie ein Richter die Fülle von Zufällen einschätzen wird." Friedrich schnaufte, bevor er sich auf den Sitz plumpsen ließ. „Es sind zu viele Zufälle. Vielleicht fehlt uns noch der zwingende Beweis, aber sie werden irgendwo einen Fehler gemacht haben."

„Wenn es keinen Fehler zu machen gibt, macht man auch keinen Fehler." Petra Harrison war guten Mutes, dass das Verhör bald ein Ende finden würde.

„Wussten Sie von den Unterlagen aus Dresden? Kannten Sie die Auseinandersetzungen mit Herrn Kleinkamp? Es müsste eine lausige Beziehung gewesen sein, wenn sie nicht über diese Punkte gesprochen haben."

„Dann muss unsere Beziehung wohl lausig gewesen sein."

Martin Chendran kam kurz in den Besprechungsraum und winkte Friedrich heraus. Der atmete ganz tief durch. Er war gerade wieder zu Luft gekommen. „Wir setzen die Befragung später fort."

„Was gibt es so wichtiges? Mein Krafttraining plane ich für später – aber in meiner Freizeit."

„Wir haben den definitiven Beweis." Ausführlich erklärte er Friedrich über die neuen Erkenntnisse der Spurensicherung auf. Friedrichs Lächeln wurde immer breiter. Er ließ sich dazu hinreißen, Martin Chendran auf die Schulter zu klopfen.

„Ich fürchte, Frau Harrison, schneller als erwartet haben wir Ihren Fehler entdeckt. Sicherlich sind Sie genauso aufgeregt wie ich, diesen Fehler gemeinsam anzuschauen."

Die Siegesgewissheit ließ Petra Harrison frösteln. „Und wie sieht dieser definitive Beweis aus." Ein leichtes Zittern war in ihrer Stimme zu hören. Sie konnte Stephan Friedrich mittlerweile so gut einschätzen, dass sie wusste, dass er nicht leichtfertig von ‚ihrem Fehler' sprechen würde.

„Wir haben den Beweis, dass Sie die Klemp belastenden Unterlagen, die ursprünglich in den Händen von Betram waren, Kleinkamp vier Wochen, der Poststempel ist eindeutig, vor dem Mord geschickt haben. Auf einigen Unterlagen, die wir im Haus von Kleinkamp vorfanden, finden sich Ihre Fingerabdrücke und die von Kleinkamp. Und von niemand anderem.

Klemp erhielt vier Tage vor dem Mord eine Auswahl der Dokumente. Woher wir wissen, dass die kompromittierenden Papiere von Klemp kamen? Auf allen diesen Dokumenten finden nur sich noch die Fingerabdrücke von Klemp, Ihre tauchen nicht mehr auf.

Es gibt nur eine Erklärung. Sie haben die Unterlagen von Bertram an sich genommen, kopiert und diese Kopien Kleinkamp zugesendet. Sie haben ihm damit die Möglichkeit gegeben, Klemp zu erpressen und haben im Gegenzug alles Notwendige erhalten, um Bertram zu ermorden. Ihr Lügengebäude ist zusammengestürzt."

Harrison setzte an zu sprechen. Dann schloss sie nur noch die Augen und legte ihren Kopf auf den Tisch.

Kapitel 61

Feines Lammrücken in Kräuter eingelegt. Viele Stunden hatten die Kräuter Zeit gehabt, um sich mit dem Geschmack in das Fleisch vorzuarbeiten. Sie hatten einen gemeinsamen Tag. Der Sekt war am Vortrag im Kommissariat getrunken. Die Pressekonferenz hinter sich gebracht. Die Zeitungen waren heute voll von Berichten. Harrisons Leben wurde auseinandergenommen. Charakterstudien verfasst. Ehemalige Studenten befragt. Bei einer Mörderin ist es leichter, Charakterschwächen zu erkennen, die einem vorgeblich schon vor langer Zeit vor Augen standen. Einmal die Chance, im Blitzlichtgewitter zu stehen. Alle Sätze natürlich in vorsichtige Formulierungen verpackt, den Konjunktiv nutzend.

Harrison hatte selbst erkannt, dass sie eingekreist, ihr ganzer Plan zusammengebrochen war. Sie brauchte nicht lange, um sich zu entscheiden und beantwortete alle Fragen bereitwillig. Sie ist eine Mörderin und sie hatte kein Interesse daran, dies zu relativieren. Sie hatte Betram geliebt und gleichzeitig berechnend einen brutalen Mord begangen, um ihre Familie nicht zu verlieren. Dies war im letzten nicht zu verstehen.

Ein Berg von Kräutern hatte sich vor Ihnen aufgehäuft. Koriander, Minze, Petersilie und Ingwer. Diese wurden mit Olivenöl, Zitronensaft und Honig vermischt. Das Kalbsfilet machte es sich in dieser köstlich frischen Mischung bequem.

„Es ist ungerecht!" Christie Schilte beklagte sich darüber, dass sie bei den Vernehmungen nicht dabei sein und sich das Geständnis als Livebericht anhören konnte. Es blieb ihr nichts Anderes übrig, als Friedrich zu bitten, ihr die Fragen zu beantworten. Sie wusste, dass sie sich dies erkaufen musste und bot freiwillig an, den Abwasch zu übernehmen.

„Sie hatte nicht mit Fred Spittler gerechnet. Ansonsten wäre es der perfekte Mord gewesen. Denn sie hatte nicht erwartet, dass jemand herausfindet, dass sie eine Liebesbeziehung zu Betram hatte. Sie telefonierten über Telefone, welche sie sich nur für ihre Beziehung angeschafft hatten. Ohne Vertrag. Ein Prepaid-Handy. In der Öffentlichkeit wurde jede Art von Liebesbezeugung unterlassen. Kein Händchenhalten, schon gar kein Kuss. Und warum sollte es ungewöhnlich sein, dass zwei Freundinnen, die beruflich einiges miteinander verbindet, Spazieren gehen, sich im Restaurant gemeinsam treffen oder in Kunstausstellungen gehen? Selbst ein Streit wie im Museum Boros, wenn es überhaupt bekannt geworden wäre, hätte keine weiteren Fragen aufgeworfen. Wer streitet sich nicht einmal? Es hätte um eine fachliche Auseinandersetzung gehen können."

Zu dem zarten Lammrücken sollte es Wurzelgemüse geben. Das Gemüse wurde nur geschält, in Streifen geschnitten und dann gewürzt, unterlegt mit etwas Öl in den Ofen gegeben. Beide liebten diese Form der Zubereitung. Die Würzung bestand aus Pfeffer, Salz, Thymian und Knoblauch und viel Olivenöl. Mehr nicht. Die verschiedenen Gemüse behielten trotz Mischung ihren eigenen Geschmack – ob rote, violette oder gelbe Mohrrübe, Pastinake oder Topinambur.

„Wie hat Spittler von Fürstlich Drehna erfahren?"

„Er hat während des Streits im Museum gehört, wie die beiden von diesem Hotel sprachen. Anschließend hat er recherchiert und die richtigen Schlussfolgerungen gezogen. Das ist das ganze Geheimnis. Eher ein großer Zufall. Er ist nur nie davon ausgegangen, dass Harrison für Betram gefährlich werden könnte."

Die Konsistenz des Gemüses musste bissfest sein. Dann entfaltete sich der eigene Geschmack der verschiedenen Gemüsesorten. Friedrich war immer wieder beeindruckt, wie vielfältig die unterschiedlichen Gemüse schmeckten. Die Süße der Karotten, der würzige Geschmack der Pastinaken, der Topinambur nach Artischocke schmeckend. Sie brauchten noch etwas Zeit. Es war zu früh, den Lammrücken kurz anzubraten.

„Harrison konnte auch nicht damit rechnen, dass Fred Spittler sie im Museum beobachtet. Damit war die Verbindung hergestellt. Sie wusste ab diesem Zeitpunkt, dass ihr Mord sinnlos war. Auch wenn sie es erbeten hatte, war es unmöglich, ihren Ehemann nicht in die Ermittlungen einzubeziehen."

Christie Schilte konnte die Konsequenz von Harrison nicht nachvollziehen. Wenn alle betrogene Ehefrauen diese Unnachgiebigkeit an den Tag legen würden, gäbe es vermutlich nur noch wenige Ehepaare in Deutschland. Aber vermutlich war es ein Vorurteil, dass Männer immer die Arschlöcher waren. „Harrison hatte einen klaren Blick für die Konsequenzen ihres Handels. Warum sie sich selbst in dieses Unglück stürzen musste? Alle Hirnregionen müssen bei ihr gefeuert haben, die Amygdala außer Kontrolle geraten sein."

„Und jetzt fingen die Fehler an, die Harrison machte. Sie selbst konnte uns nicht plausibel erklären, warum sie mit dem Bestellen der k.o.-Tropfen so leichtsinnig war und ihren eigenen Rechner nutzte. Es wäre ein leichtes gewesen, dies von einem anderen Rechner aus zu machen."

„Was hat sie dazu gesagt?"

„Sie habe sich zu sicher gefühlt. Und zum anderen bestand Zeitdruck. Sie wusste, dass sie die anderen Materialien wie das Succinylcholin nur über Kleinkamp bekommen konnte. Die Beschaffung ließ sich zeitlich leicht berechnen. Sie wusste aber nicht, wie lange es dauern würde, die k.o.-Tropfen zu bestellen. Dies war ihr größter Fehler."

„Ihr größter?"

„Kannst Du Dich um die Kartoffeln kümmern?" Diese waren die Füllung zum Sattwerden. Dies bedeute aber nicht, dass sie mit einer geringeren Finesse vorbereitet wurden. Sie wurden vorgekocht, dann halbiert, etwas plattgedrückt, mit Olivenöl bestrichen und mit Salz, Pfeffer, Rosmarin und viel Knoblauch gewürzt. Dann wurden sie von beiden Seiten in wenig Olivenöl goldbraun knusprig gebraten. „Ja, es gab noch andere ‚Fehler'. In den Vernehmungen versuchte sie, ahnungslos zu tun, um Kleinkamp den Mord in die Schuhe zu schieben."

„Kleinkamp hat aber auch alles getan, um als Schuldiger dazustehen."

„Er wird sich wegen Erpressung vor Gericht verantworten müssen."

„Aber er hätte an dem Mord doch auch selbst beteiligt gewesen sein können."

„Harrison entschied sich, ihn zu entlasten. Da sie für sich keinen Ausweg mehr sah, wollte sie niemanden anderes beschuldigen. Sie bestätigte die Version von Kleinkamp."

„Sie hätte doch weiterhin alles leugnen können."

„Harrison ist zu klug, um nicht zu wissen, wann die Beweislast zu drückend ist. Sie will einen kurzen Prozess, um ihre Familie so wenig wie möglich zu belasten. Wenigstens dies wollte sie noch für ihre Kinder tun."

„Hat Kleinkamp denn herausgerückt, welche Bilder an der Wand in seinem Zimmer gehangen hat? Wen er mit seinen Dartpfeilen durchlöchert hat?"

„Nein, dazu hat er geschwiegen. Es bleibt nur die Vermutung, dass es Monika Betram gewesen sein könnte, auf die er seinen Hass gerichtet hat. Er hat nur die versuchte Erpressung zugegeben und dass er Harrison mit den Materialien versorgt hat, ohne zu wissen, wem er diese übergab und zu welchem Zweck."

„Ihre Verteidigungsstrategie brach zusammen, als wir einen kleinen Teil der Unterlagen bei Peter Kleinkamp fanden – mit ihren Fingerabdrücken. Und es war eine Kopie der Kopie. Harrison hätte die Unterlagen auch kopieren können, ohne dass sie ihre Fingerabdrücke hinterlässt. Zum Glück begehen Verbrecher Fehler."

„Aus einem werde ich nicht schlau. Warum hat sie einen so brutalen Mord begangen?"

Stephan Friedrich schüttelte den Kopf. „Ihre Begründung. Sie ging davon aus, dass, wenn sie doch in den Fokus geraten würde, sich niemand vorstellen könnte, dass jemand der liebt, so brutal sein kann. Und da der Mord für sie sowieso eine unfassbare Brutalität darstellte, war die Ritualisierung nur noch eine geringe Steigerung des Unvorstellbaren. Sie hat sie geliebt, ihre Tränen waren echt. Sie beteuerte, dass unter der Wirkung der k.o.-Tropfen und dem Ablassen des Blutes Betram nicht wahrgenommen habe, dass sie langsam erstickte. Eine Behauptung, die sie nicht beweisen können wird."

Christie Schilte kontrollierte die Konsistenz des Gemüses. „Ich denke, in fünf Minuten könnten wir das Fleisch anbraten. Das Fleisch brutzelte in der Pfanne. Zuerst wanderte nur ein Teil der Kräuter mit in die Pfanne und verwandelten sich in eine pikante Sauce. Die Teller wurden aufgewärmt und ausnahmsweise eine Flasche Weint geöffnet. Christie Schilte bestand darauf.

„Mich beschäftigt immer wieder Henrike Brinkmann. Wird sie aus ihrer Verbitterung herausfinden. Vielleicht hat sie eine Chance, jetzt da das Objekt ihres Hasses nicht mehr lebt."

Eine romantische Atmosphäre wurde konstruiert. ‚Kitschig' dachte Friedrich. Drei Kerzen, abgedimmtes Licht. Ein wenig Euphorie, da der Fall erfolgreich abgeschlossen worden war.

„An wen hätte Sie sich wenden können?"

„Es gibt Selbsthilfegruppen in Berlin, die sich ausdrücklich an Eltern richten, die ihre Kinder durch Suizid verloren haben."

„Findest Du nicht, dass das, was Harrison gemacht hat, psychisch krank ist."

„Ich habe dies auch unseren Psychologen gefragt. Er sagte: Sie war definitiv nicht psychisch krank. Sie hat verwerflich gehandelt, abseits jeglicher gesellschaftlicher Norm. Aber dies hat für sich genommen nichts mit einer psychischen Erkrankung zu tun. Erst einmal ist ein Verbrechen einfach ein Verbrechen."

Sie genossen das Essen, jeden Bissen, setzten sich gemütlich aufs Sofa, tranken ihren Wein, kuschelten.

Später riskierten sie es und dieses Mal gab es anschließend keine Kochpause.

Epilog

„Warum lassen Sie sich nicht auf Dauer behandeln? Warum nehmen Sie nicht immer die Medikamente ein?"

„Wissen Sie immer Antworten auf das „Warum". Warum sind Sie alleine? Warum haben Sie sich nicht für Kinder entschieden? Warum muss es ein fetter Mercedes sein, mit dem Sie fahren? Warum lieben Sie das Café in der Friedrichstraße? Warum gehen Sie nie in eine Kunstausstellung? Bestimmt könnten Sie alle diese Fragen beantworten. Aber stimmen Ihre Antworten? Oder haben Sie sich nur alles zurechtgelegt, weil Sie sich dann wohler fühlen. Ist das Leben nicht durchgängig eine Ansammlung von Halbwahrheiten? Im günstigsten Fall eine Halbwahrheit, mit der wir uns wohl fühlen."

„Haben Sie nicht trotzdem eine Antwort? Vielleicht eine, die etwas Wahrheit enthält? Ich kann mich doch wieder mit Ihnen unterhalten. Es muss doch schrecklich sein, von anderen nicht verstanden zu werden."

„Ich erzähle Ihnen meine Lebenslüge. Aber glauben Sie nicht, dass Ihre besser ist. Durch die Krankheit habe ich vieles verloren. Meinen Lebensweg habe ich mir anders vorgestellt. Ich wollte meine Tätigkeit als Krankenpfleger fortsetzen. Eine Familie gründen. Meinen Sport weiter betreiben. Ich war ein erfolgreicher Volleyballer. Die Erkrankung hat mir einen Strich durch die Rechnung gemacht. Jetzt sehe ich dies alles klar, schonungslos. Es ist manchmal besser, es nicht so klar zu sehen und in eine andere Welt der Psychose abzutauchen. In dieser anderen Welt entdecke ich auch Neues. Ich bin kreativer, habe Bilder gemalt, die mir auch jetzt noch gefallen. Anderen nicht, aber das ist nicht wichtig. Diesen Zugang zur Kunst habe ich jetzt nicht. Was ist nun die bessere Welt? Und mutiger war ich auch. Glauben Sie, ich hätte versucht, Monika Betram in meinem jetzigen Zustand zu schützen? Mit Sicherheit nicht!"

„Aber mit ihrer Theorie lagen sie falsch. Sie hatten die Falschen im Verdacht, Frau Betram getötet zu haben."

„Das wissen wir heute beide. Ich habe gedacht, die Gefahr, in der sie sich befand, durchschaut zu haben. Es war ein Irrtum. Meine Dünnhäutigkeit bedeutet nicht, dass ich die Wahrheit gepachtet habe. Ich spürte, dass irgendetwas nicht in Ordnung war. Meine Schlussfolgerungen waren falsch. Aber auch diese falschen Schlussfolgerungen haben geholfen, den Mord aufzuklären."

„Ich verstehe ihre Sicht der Welt trotzdem nicht. Es muss doch schrecklich sein, von der Welt abgeschnitten zu sein."

„Das stimmt? Ich habe in der Psychose kaum Kontakt zu anderen Menschen. Alle schauen mich misstrauisch an, manche sind abweisend, fast aggressiv. Ich fühle mich manchmal wie Freiwild."

„Es ist schwer, Ihre Welt zu verstehen."

„Ich verstehe sie selbst jetzt kaum. Die Kunstausstellung war ein Schlüssel zu diesem Mord. Sie waren zumindest in dieser Ausstellung – auch wenn Sie sonst Ausstellungen hassen. Können Sie sich an die zwei Äste erinnern, die drei Meter auseinander standen? Sie sahen absolut gleich aus. Aber der eine war echt und der andere eine Kopie. Man versuchte sich den einen einzuprägen, ging die drei Meter zum anderen und hatte schon vergessen, wie der andere Ast aussah. Ich bin der gleiche, sobald ich aber zwischen den Zuständen hin und her gehe, weiß ich oft nicht, wer eigentlich mein wirkliches Ich ist. Vielleicht hilft Ihnen das Bild der Äste, um mich besser zu verstehen."

„Und wie wird es bei Ihnen weitergehen?"

„Ich habe mich erst einmal für den jetzigen Zustand entschieden. Eine Entscheidung auf unbestimmte Zeit. Vielleicht hält sie lange, vielleicht nur kurz. Es ist gut, für seine Entscheidungen nicht verurteilt zu werden."

Zeitfracht Medien GmbH
Ferdinand-Jühlke-Straße 7
99095 Erfurt, Deutschland
produktsicherheit@kolibri360.de